YI NIAN XIANG SHAN

青林之初 / 著

一念向善

重庆出版集团 重庆出版社

图书在版编目(CIP)数据

一念向善 / 青林之初著. —重庆: 重庆出版社, 2020.12
ISBN 978-7-229-15368-7

Ⅰ.①一… Ⅱ.①青… Ⅲ.①长篇小说—中国—当代 Ⅳ.①I247.5

中国版本图书馆CIP数据核字(2020)第206637号

一念向善
YINIAN XIANG SHAN
青林之初 著

责任编辑：袁　宁
责任校对：郑　葱
装帧设计：刘沂鑫

重庆出版集团
重庆出版社　出版

重庆市南岸区南滨路162号1幢　邮政编码:400061　http://www.cqph.com
重庆出版社艺术设计有限公司制版
重庆市国丰印务有限责任公司印刷
重庆出版集团图书发行有限公司发行
E-MAIL:fxchu@cqph.com　邮购电话:023-61520646
全国新华书店经销

开本:787mm×1092mm　1/32　印张:13.50　字数:290千
2020年12月第1版　2020年12月第1次印刷
ISBN 978-7-229-15368-7
定价:53.00元

如有印装质量问题,请向本集团图书发行有限公司调换:023-61520678

版权所有　侵权必究

- Contents | 目　　录　|

003/　　　　　第一篇·WB中国消亡史

031/　　　　　第二篇·两个维度的遇见

059/　　　　　第三篇·往昔与今昔

089/　　　　　第四篇·挟恩相报

117/　　　　　第五篇·冰火两重天

145/　　　　　第六篇·抽刀断水

173/　　　　　第七篇·画地为牢

197/　　　　　第八篇·以人为本

227/　　　　　第九篇·谁是谁的影子

259/	第十篇·你是我的光
289/	第十一篇·第二次失业
319/	第十二篇·命运多舛
347/	第十三篇·黑白记忆与彩色影像
375/	第十四篇·桥归桥，路归路
401/	第十五篇·白云飘逝明月归

| 第一篇 |

WB 中国消亡史

傅筱筱没想到,那个梦又来了。

梦里依然是那栋熟悉的小楼,每个房间都没有灯光,厚重的窗帘密不透风地挡住了所有外面的光线。她一个人蜷缩在黑暗中,焦虑和害怕压缩得心脏每跳动一下都震得全身发颤。她记不清自己被困在楼中多久了,只知道自己又困又累又饿。她偶尔大起胆子,将窗帘拉开一道小小的缝隙,入目依然是那些盘膝坐在院落里满满当当的人群。那些人无不虎视眈眈地盯着小楼,一双双眼中尽是阴沉、狂怒、痛恨……这已经是深夜,他们还在黑暗中做着最后的挣扎,当等待到达极限时,终于骤起喧哗。

小楼的门窗被人用力哐啷推动,梦里的她害怕极了,马上奔跑到楼梯间的小窗旁,那里是唯一一个没有被她拉上窗帘的地方,因为窗外正对的是一方池塘,围困楼外的人群没办法立足水面上。她站在窗下犹豫的一秒,楼下的人已经用铁锤将窗户敲碎,玻璃落地的脆响激得她周身血液冷凝如冰。她长长吸口气,打开小窗,爬到窗上。

池塘边蝉鸣蛙叫清晰入耳,夏日草木繁盛,夜风中阴影幢幢,宛若鬼魅穿行。

她咬咬牙,纵身一跃。冰凉的水瞬间淹没头顶,她根本不通水性,胡乱扑腾中只觉得胸口越来越紧、越来越紧,直到最后一丝空气也被挤压而出……

傅筱筱再次在窒息的压迫感中醒来,坐在床上大口大口喘气,额角冷汗淋漓。

每逢大事前,她总要做这个梦。虽然梦境一如既往地叫人无路可退,但一旦醒来,她已经越来越能从容应对。

她打开夜灯,看一眼放在床头柜的手机,凌晨2:45。

这是怎么回事?为什么又会做这个梦?傅筱筱躺在床上认真回忆半天,没觉得自己近日有什么压力。感情空白,因此没有悲欢离合;工作如意,因此没有负压前行。事实上自从她毕业找到第一份工作后,她就再未做过这个梦。

手机屏幕上突然信息闪烁不停,她略略瞧一眼,见发信息的人不约而同都来自另一半球,不由得大感困惑。

"金豫怎么突然订婚了?还不是和你订婚?"

"江晴是何方神圣?你和金豫什么时候分的手?"

"天呐,刚看到金豫的朋友圈!这什么情况?筱筱你还好吗?"

……

什么和什么？傅筱筱愣了愣，翻开朋友圈，终于看到"始作俑者"的那条消息——

"遇到你才知道，相知到相爱是六个月，相爱到相伴是六十年。往后余生，请我的江小姐多多关照。"

这是金豫在凌晨两点半发的朋友圈，地点定位在美国旧金山，配图两张照片：一张是江晴在海边晚霞中笑靥如花的倩影；还有一张，两人十指紧扣，江晴左手无名指上的钻戒在灯光照耀下璀璨绝伦。

原来是前男友与其现任终于将白首之约载明鸳谱，傅筱筱被糖齁得恍惚片刻，默默点个赞。

微信中此刻向她信息轰炸的，都是她和金豫曾经的共同朋友。他们大概还都停留在半年前她是金豫女友的记忆中，此刻看到朋友圈想必都被震得七荤八素。

傅筱筱没办法一一去解释，想了想，在金豫的朋友圈下再留了一句言：恭喜恭喜，觅得佳侣。

八个字发出后，微信中再无波澜。

傅筱筱心中放不下的还是刚刚那个梦，难道自己是因为金豫才做的梦？她被自己蠢得一个激灵，果断掐灭这个联想。金豫和她和平分手，之前恋爱期有多狗血，分手后就有多淡定。一个已经成为过去式的人，已经在她心里完全放下的人，是不会牵连自己再做那个梦的。

那究竟是为什么呢？

她放下手机,熄灯再次入睡。

没想到人生第一次,梦境竟然破天荒延续了——

冰凉的浸没周身的水终于褪去了,一双有力的手臂将她从死神手里救了回来,她清楚感知到他用力挤压自己胸口的紧张,她也能感受到他手掌拍着自己面孔的关切,她甚至能感觉到他在声声呼唤她,可是她在梦里听不清那人的声音。当她终于将塞在胃里的水流吐出,恍恍惚惚睁开眼,隐约看到了那人的眉眼。

漆黑的夜里似寒星一般,深远却又明亮的一双眼。

她在半梦半醒间迷迷糊糊地想着:这双眼似曾相识,可是,在哪里见过的呢?

再醒来时,太阳高照,时钟已经指向九点整。傅筱筱赶紧洗漱,不过从家门到小区门口的短短几分钟路,她就已经被滚滚热浪蒸出一层薄汗。前几天持续发布的高温预警不是玩笑,此刻炙热的空气中没有一丝微风,早晨十点的太阳就已能轻易把人烤化。

她在小区门口等了快二十分钟,在 WB 出行 APP 上约的网约车才姗姗而来。

上了车,她还没来得及抱怨,司机已连忙道歉:"对不起对不起,等久了吧?这个 WB 软件刚刚抽风,突然把我掉线,好不容易上线了,还找不到订单。这不折腾了半天才看到路线。唉,都说这 WB 是美国高科技公司,这技术也不行啊。"

听了司机的吐槽才知道是自家公司的产品和技术出了bug，傅筱筱含糊说："这些APP一天要服务几十万上百万订单，偶尔出个bug也是正常的。"

"您倒是通情达理。那请给我个好评啊！"司机乐呵呵在后视镜中朝她一笑。

"没问题没问题。"

司乘之间小小的误会解除，傅筱筱拿出手机准备看新闻，点亮屏幕，看到新的信息在不断提示。

都是来自WB中国区工作大群，此刻正信息沸腾。

"什么情况？我电脑今天开机就挂了，所有文件都打不开，邮件也登录不上了。大周一的要不要这么惊喜？"

"我也是！正准备去找技术团队帮忙看一眼，这么说我的不是个案？"

"同！电脑现在什么都做不了，已变砖头！"

……

无数人紧跟其后报送电脑故障信息。

WB中国区员工所有办公设备都是自行购买的，公司统一报销。按道理来说不可能集体死机，除非——

傅筱筱看到关键的一条信息，是有人说："是不是上个月总部强制让我们装的那个软件出了问题？"

想来这条信息提醒了群里的工程师，有人迅速回复："@所有人，今天早上电脑还没有联网的，请先不要联网！

不要联网！不要联网！！！"

傅筱筱下意识摸了一下随身携带的电脑，打开看了一眼。

她现在没有联网，资料果然都还在，她从包中取出U盘，备份了所有重要资料，这才又将电脑合起。

早上APP运行故障，现在所有员工电脑停摆——傅筱筱本能反应：出大事了。

她浮现脑海的第一个念头，是半个月前一家科技媒体报道的WB美国总部和中国市场上的竞争对手即刻出行公司正在密谈中国区市场合并的新闻。

随即浮现脑海的，是她在美国念书时从劳动争议案卷中处处可见的案例：美国公司辞退重要雇员，经常没有事前通知，在你毫无准备时，保安前来接管你的电脑、拿走你的资料，给你三分钟和HR谈判时间，然后灰溜溜走人。

当然，高科技公司辞人不需要这么多保安人手，在你电脑后台装一个神秘软件，美其名曰保障员工电脑信息安全，但在关键的时候，可以瞬间封锁一切信息，让毫无准备的员工彻底隔离在外。

这是最坏的猜测，但傅筱筱隐约觉得，这应该也是唯一的猜测。

WB，全球最大的互联网出行平台，业务遍布数十个国家。WB的理念是号召全球拥有闲置车辆的人将车分享出来，以此弥补城市公共交通的不足。2014年年底，WB正式进入中国市场，不到一年，其日订单量已经超越了美国本土。2015年的全球员工大会上，中国区业务负责人也一跃成为当红炸子鸡，夺得了全球明星员工和伟大开拓者团队双项大奖。

不过傅筱筱认为，WB在中国的惊人订单量应归功于它在中国本土遭遇了有史以来最强大的竞争对手——即刻出行。即刻出行作为中国本土创业公司，风头无两，成立短短三年，已经缔造了中国创业公司订单增长率最快、吸纳融资金额最多、估值增长最强劲的商业神话。因为即刻出行等中国移动互联网创业公司的蓬勃发展和红包补贴等新型商业大战的辛苦培育，中国目前才拥有了全球基数最庞大、活跃度最高、消费黏性最强的移动互联网用户人群。

WB中国市场的迅猛发展，正是基于这样的先天红利，才有了貌视全球其他市场订单量的辉煌。

但无论如何，WB在中国的未来拥有无限可能——这本是包括傅筱筱在内的WB中国区员工深信不疑的。任谁也想不到，在这样激烈争夺的市场上，所有人还在前线拼尽全力高筑堤坝、震鼓奋战时，后方的"溃败"已成蚁穴渗透的千里之堤。

傅筱筱到达办公室时，同事们三五成群，都在讨论上午的变故。此刻人心惶惶，周遭已全无办公的状态。

诚然，电脑都废了，还怎么办公？

傅筱筱在工位上坐定，她所在的法务部这边座位都是空的，一半是还没到办公室，还有一半此刻正被围在那些人群里，是同事们争相追问的对象。

WB中国员工大都来自投行、咨询机构和外企，毫无疑问是所谓的精英阶层。这些精英此刻用脚指头想，也知道即将面临什么变故。在这样的变故下，同事中有两拨人最受欢迎：一拨是熟悉并购内况的战投部门；还有一拨就是精通如何运用法律手段保障员工权益的法律部门。

由于WB美国总部战投部的强权把控，中国区的战投部门一向形同摆设，先前是一直没人入职，这个月初好不容易招了两个前投行的资深人士，在北京办公室出现不到一周，就被叫到美国旧金山总部进行培训，一去杳无音讯。

中国区的法律部门目前人数也不多，十个人。主要的工作就是确保公司经营合规、审各种各样的合同、提供重要项目的法律意见以及跟进公司经营领域的政策法规动向。

以十人的力量撑起估值近百亿美金的WB中国公司所有法律漏洞，确实不容易。这一切都得益于法务部有神级大手孟飞澜。

孟飞澜20世纪90年代初下海，在国内耳熟能详的大所做到全球合伙人，快四十岁的时候突然去美国念了JD[①]，念

---

①　JD：法律博士。美国大学本科阶段没有法律专业，本科毕业后，走律师执业路线的攻读JD，走法律学术路线的攻读SJD，另外还有针对海外法学本科生攻读的法律硕士学位（LLM）。

完没有回国，留在美国大所做非诉①。从 2010 年起，他的业务重心放在硅谷的投融资并购案子上，那些赫赫有名的硅谷科技公司合并收购案件背后几乎都有他的身影。因其卓越表现，孟飞澜成为了钱伯斯②全球榜单中为数不多的亚裔面孔，也成了所有在欧美学法的年轻人心中的绝对偶像。

孟飞澜通晓中美法律，深谙中美商场、官场中所有在明在暗的规则，先前许多跨国企业邀请他做总法律顾问都不得其门。然而让外界大跌眼镜的是，孟飞澜在 2015 年选择加盟 WB 中国，心甘情愿成为一个区域总法。

不管孟飞澜为何这样自贬身价，但他加入 WB 中国的消息让法律圈许多追随者蠢蠢欲动。傅筱筱当时在几个 offer 中选择了 WB，冲的也是孟飞澜的招牌。

傅筱筱记得，孟飞澜面试她时最后一句话问的是："你这样的条件外面其他公司橄榄枝应该很多，为什么选择 WB？"

傅筱筱的回答是："科技改变世界，领导改变人。"

一向冷峻严肃的孟飞澜在她的答案下也忍不住笑了笑："你倒是很直接。"

她成功入职 WB，来了之后才发现，法务部同事私下交

---

① 非诉：指律所非诉讼类业务，一般不与法院、仲裁机构发生关联。主要业务内容有投融资并购、知识产权、房地产等。

② 钱伯斯：国际权威法律评级机构，每年会通过严谨的调研和评价体系，评选出各个法律领域的全球知名律师事务所和顶尖律师。

谈中，都对孟飞澜存着敬仰孺慕的心。有着这样神级偶像的领导，这个团队的凝聚力、战斗力自然强大。

只是这样的团队可能马上就要散了，傅筱筱想到这里不免叹了口气。

孟飞澜上周也去了旧金山出差，本来按照他的行程是去两天，但他去了整整一周。虽然工作群里孟飞澜回复信息的频率一如既往，但傅筱筱此刻觉得，他去美国的这个时机让人浮想联翩。再想到他去年入职 WB 中国的那些风言风语——

一桩埋藏水底的机密似乎正慢慢浮出水面，傅筱筱拍拍额头，赶紧把无限发散的思维拉回来。

她下意识看一眼法务小群，果然多了一条消息。

孟飞澜："@legal 部门所有人，谨言慎行。"

阴谋露出头角，已可窥全身了。

近中午时，局势基本已经明朗了，手机上各路人士的疯狂询问也终于告一段落。虽然 WB 和即刻出行的官方消息还没有正式公布，但个别媒体已经发布了合并稿件，且神通广大地提前暴露了双方合并细节，包括：WB 中国的卖身价、双方互换持股的比例以及彼此进入对方董事局投票的权利范围。

下午两点，WB 中国区邮箱系统恢复运转，之前的邮件全部清零，邮箱里躺着的唯一一封邮件是来自美国总部 CEO

的说明信。邮件中 CEO 简单介绍了这次合并谈判的结果，感谢了中国区同事两年来的努力，并承诺会给所有员工一个满意的答复和安置。

邮件出来后，吵闹不休的办公室突然陷入奇异的安静。谁都知道无可挽回了——有年轻的女同事轻轻哭泣，不知道是为了自己的拼搏付之流水，还是为了自己在这个资本设局中不过是刀俎下鱼肉的无力感和羞辱感。

是的，羞辱。

这么大的合并计划，绝不是一朝一夕能谈成的。媒体三番四次通风报信，WB 总部正在谋划卖掉中国市场，而中国区的高管们只会一遍遍粉饰太平，在内部信件中强调：我们永远不会和敌人握手言和。

大部分人都已醒悟过来了，上午 WB 同事的朋友圈还在一遍遍热血沸腾地刷着 WB 公司的文化价值观，"永远热血沸腾"，"冠军之心"，"主人翁意识"……现在看来只是打脸，资本的力量纷纷教你做人。

朋友圈的消息逐渐更替，有南区市场拓展同事发了这么一条消息："媾和的谈判桌上，我军浴血千里打下的山河，已然被今上悄无声息地拱手相送。"

一个小时后，收获数百个赞。

从收到 CEO 的信件起，WB 中国区员工进入半歇业状态。除了 APP 中订单仍在运转，业务部门和客服中心的同事因为职业道德不能完全停工之外，其他的人都开始无所事事了。

傅筱筱注意到邮箱里陆续出现的新邮件：关于CEO晚上要和中国区全员视频会议的通知；关于明天下午即刻出行负责人前来WB办公室进行面对面沟通的通知；关于未完成的部分工作文档可与美国总部技术团队协调调取的通知；以及关于中国区员工即将收到一笔合并奖励金的通知。

她一一看过，正准备把劳动法相关条文再看一遍以备不时之需时，手机上收到了闺密倪姗的信息："在公司吗？我在附近，一起吃晚饭？"

"好啊。"傅筱筱立刻回应，她有一肚子的牢骚，正好和倪姗唠叨两句。

两人约在附近的日料店，傅筱筱到时，倪姗已经点了一桌子的菜。

傅筱筱坐定喝口水："这么丰盛，我们吃得完吗？"

倪姗双手托腮，圆润的双眼在精致眼妆下显得又黑又亮，她幽幽说："前男友刚订婚是不是？公司刚被卖是不是？要失业了是不是？"她唉声叹气，格外怜爱地看着傅筱筱，"所谓福无双至，祸不单行，今天之内也难找到比你更背的了。来来来，化悲愤为食欲，多吃点。反正你那么瘦，也不怕胖。"

傅筱筱捏捏自己胳膊上的肉："可是我早上上秤都超一百斤了。"

"微胖界"代表倪姗听着这个数字简直想掐死她:"哎哟我去,咱们能别这么矫情吗?"

傅筱筱一笑,吃了块热量最高的鳗鱼:"你怎么知道金豫领证了?"

"拜托,和他领证的是江晴,那是投资界的高岭之花啊。"

傅筱筱这才想起来,她的这个铁杆闺密倪姗是科技频道的资深记者,虽然金豫的朋友圈倪姗看不到,但江晴作为互联网创投圈鼎鼎有名的投资人,其风吹草动都是倪姗日常的关注对象。

倪姗想到一事,忍不住低声和她吐槽:"话说回来,你和金豫分手半年,人家相知相爱半年,合着金豫中间就没有过空当期,这恶不恶心人啊?"

"这有什么,好马本来就不应该吃回头草。"

"你长点心好吗,人是好马,你是草?再说了,失去了金豫这样的金龟婿,看你还能找到什么样的。"

"合心意就行,我要求不高。"

倪姗恨道:"你要求不高,还作走了金豫?傅小姐,你和金豫分手多少次?没十次也有八次吧,好了,这次终于让你作成功了。金豫遇到江晴,那是遇到了人间臻品,难怪一去不回头。你就使劲作,等着遇到人间奇葩吧。"

虽然被闺密数落得体无完肤,但丝毫不减傅筱筱的食欲,她边吃边说:"奇葩逸丽,淑质艳光。这词其实形容女的好一点,男的基本没人配得上。再说,你的期待也太高了，奇葩我是找不到了，找个寻常葩是可以的。"

倪姗被怼得直抽冷气，当然也证实了自己闺密没心没肺压根没受金豫好事的影响，于是立即干脆利落转移话题："葩不葩的先不说了，反正是你自己的事，后不后悔你说了算。话说WB和即刻的合并，有没有什么内幕透露给我呀？"

傅筱筱十分淡定地回："亲，我签了保密协议的。"

"每次都这样，守口如瓶。"倪姗泄气。

傅筱筱笑："现在整个WB中国区的一举一动都像是透明的，还需要你费尽心机去报道？算了吧，换另外的热点吧。"

"我听说明天即刻公司的人要来收编？"倪姗果然知道最新的邮件内容。

"是，群里好多外地业务同事都说要飞过来。"

"来受降？"

"WB员工一个个傲骨嶙峋，怎么可能赶着来受降？"傅筱筱道，"他们多半来对峙，来挑衅。"

其实有什么用呢，傅筱筱为同事们不值，双方协议都签了，真正对不起他们的不是即刻，而是WB总部。

倪姗问她："那你怎么打算的？"

"还没打算。"说到这里，傅筱筱放下筷子，想了想，终于对倪姗说，"我有个怀疑……唉，和你说你不许去报道。"

倪姗的职业素养就是八卦，听到这里脸上大放光彩："什么怀疑？"

"你先答应我，不许凭八卦瞎报道。"

倪姗迫不及待地点头："当然当然，这还要你说。"

傅筱筱语出惊人："我怀疑我老板一开始来WB中国就是为了这桩合并案。"

"什么？"倪姗瞠目结舌，"你是说孟飞澜从去年就知道WB中国肯定会卖给即刻出行？不可能吧？"

傅筱筱看着她不说话，倪姗捋下思路，发现不对："如果孟飞澜早就知道，那是不是WB一开始就是这么部署的？不会吧，WB当初进入中国的战略竟然是奔着最终卖身？"

傅筱筱终于暂时搁置了筷子，不急不慌地给倪姗分析："据我所知，即刻出行刚刚创业时，WB就想在即刻前几轮融资中参与进去，并且想在即刻董事局占据重要位子，但即刻一直不肯。WB战投部门的凶残在全球是出了名的，那么多国家那么多市场上的共享出行企业都被WB收购或者消灭了，唯独中国市场上的即刻出行是最硬的骨头。WB不能通过资本运作掌控即刻，所以索性来中国设立公司招聘员工，开始在市场上和即刻对垒开战。"

倪姗体会到她的话中深意："以你的意思，WB来中国进行市场运营，是为了把即刻打疼了，让双方出现合并的前提？"

"我是这样想的。"傅筱筱的手指在桌上轻轻比画，"你看，从2014年开始，WB在中国共计投入十亿美金与即刻进行补贴大战。即刻是中国市场老大，WB是新闯进来的，WB

一分补贴即刻就要跟进十分,这样才能稳住市占率。而即刻先前培育用户市场就花了重金,根本受不了WB这样持续消耗战的打法,无论从资本的考虑还是从商业经营持久性的考虑,即刻都是最痛的那个,所以双方就出现了谈判的前提。现在WB将中国市场卖给即刻,以十亿成本投入换来估值百亿的价码,这个交易不仅让WB收获了大量现金,还顺利进入了即刻的董事会,占了将近百分之十五的股权。这难道不是一个绝好的算盘?"

"所以说这次的赢家根本不是并购方即刻出行?而是WB?"倪姗听得目瞪口呆,顺着傅筱筱的脑洞感慨下去,"不得不说,WB真是万恶的美帝奸商啊。"

傅筱筱的心境和早晨已经截然相反了,上午为了软件bug的事她还想着为东家找补两句,现在听倪姗骂WB,她只觉得骂得好。只要想想这场合并案后WB暗戳戳操纵人心、资本、市场的老谋深算,傅筱筱就觉得堵心,就觉得自己这一年的拼搏算是白瞎了。

倪姗啧啧感叹:"这么说WB中国区的员工好可怜,一直在为别人作嫁衣。什么科技无国界,科技改变世界,都是冠冕堂皇的假话。"

傅筱筱拍拍她的手,一副过来人模样:"习惯就好。"

倪姗白她一眼:"你才是可怜的WB中国区员工好不好,还来安慰我?"她眼眸一转,想到傅筱筱这番推测的起点,"话说回来,如果孟飞澜对这桩合并案早就心知肚明而且推波助澜,他在你心中的形象是不是要轰然倒塌了?"

傅筱筱沉默,说实话,尽管这一天看上去是风起云涌,但她也明白,总将"颠覆"和"革命"当成口头禅的科技圈,本质上依然遵循着古老的弱肉强食的商业规则,放眼中外,这样的戏码轮回上演,实在已成寻常。只不过这次她是局中人,且是过河卒,所以才有了旁观者难以体会的怒和哀。但一向爱惜羽毛洁身自好的孟飞澜为什么要为这起在她看来并不道义的合并案亲自背书,她现下确实很难想明白,但从内心深处,她依然愿意相信这位她曾笃定追随的人,相信他有着不为人知的苦衷和考虑。

于是她这样回答倪姗:"孟律师可能有其他思量,是我暂时还没有想到的。"

听一向自信满满的傅筱筱说出这样的话,倪姗惊了一下:"孟飞澜是什么神仙,让你这样忠心耿耿?"

傅筱筱笑了笑,不再说话,专心美食。

晚上全球 CEO 的视频会议,傅筱筱在家上线,看到主屏幕上出现的高管身影中孟飞澜赫然在列,便知自己推断无误。她听了一会儿,从 CEO 的解释中没听出丝毫对中国区员工的愧疚之意,忍不住冷冷一哼,索性打开蓝牙音响,把电脑放在一旁做自己的事去了。

她去煲了一个汤,准备好次日的早餐,再回客厅时恰好听到 CEO 在说合并奖励金的事情。因为这次合并的顺利推进，所有WB中国区正式员工都将得六个月的工资和六个月的期权作为奖金，至于员工的去留，即刻出行承诺了将会尽全力接管所有WB中国员工，如果有员工决定将在未来的三个月内离职，WB和即刻出行还将共同追加补偿三个月的工资。

这奖励金够高的，充分显示了这场买卖中WB赚得金钵满盆。手机上工作大群里，群情激愤不断跳跃的信息也因此渐渐平和下来。

视频会议结束后的十分钟内，已经开始有媒体报道了WB高额奖金的新闻，底下齐刷刷是"看看人家公司、日常羡慕系列、不愧是外企"等一边倒的赞许评论。

从此刻开始，怨言也好，不舍也罢，所有人在接受高额遣散金的同时也即失去了怨怼质疑的资格，大家不约而同开始关注未来的道路，进行各奔东西的筹划。

第二天开始，合并后的工作交接要求陆续发到中国区员工邮箱里，例如：已确定的合同推进、合作商尾款的支付、报销款的支付以及出差流程申请调整等等细碎的工作流程开始进入交接状态。

一般到了这个阶段，不管其他部门同事多么闲云野鹤，法务部、财务部和HR部门是肯定闲不下来的。

孟飞澜昨天深夜在法务工作群里嘱咐："不管未来如何打算，各位目前依然要守好最后一班岗。"

法务部同事大都出自律所非诉部门，对并购后的流程司空见惯，他们也大概是这次事件中最淡定的部门了，大家依次回复"收到"，第二天全员准时上班。

孟飞澜单独发给傅筱筱一个邮件，要求她起草给中国区员工的发放奖励金和期权的中英文协议。

"六个月的工资和期权能否由奖金改成补偿金？"傅筱筱私信问孟飞澜。因为按照奖金发放，大家势必会被扣除一大笔个税，但按照补偿金来，个税可免除大半。

孟飞澜回："在职接受奖励，怎么能算补偿金？除非有人立刻辞职。"

傅筱筱沉默，她想了一会儿，又发了一条信息："孟律师这段时间辛苦了。"

孟飞澜没有回复。

并购后最初的几个星期，即刻公司各个团队的负责人都来和WB对口团队深度洽谈了一次，询问团队成员的工作内容和未来的工作计划。

WB中国一半的人是见不得即刻团队来挖人的，尤其是业务部门，战场上厮杀了那么多回，早就仇人相见分外眼红，这些人在拿到奖金后当即辞了职。还有一半的人，暂时没有找好下家的，在和即刻碰头后忍辱负重留下，有一天没一天的上班打卡。总而言之，WB没有人想要留下充当俘虏，当然，即刻做足了招降的戏后，顺水推舟，大多数团队也几乎一个HC都没有拨给WB。

法务部最后所有人也都做鸟兽四散,唯有傅筱筱既没有辞职,也没有去找下家。WB和即刻给予的最后三个月期限里,尽管猎头的电话天天骚扰,她却始终没有去任何一家面试。直到最后法务部也撤得差不多了,包括孟飞澜都调去了WB全球总部,唯有她还在坚守。

法务部最后离开的一个男同事劝傅筱筱:"你也别死心眼了,在三个月的期限前辞职,还有额外的补偿。超过这个期限,可就什么都没有了?"他见傅筱筱不为所动,讶异道:"难道你和即刻谈妥了,要留下来?"

"没有,"傅筱筱点开后台流程给他看,"其实我也递交了辞呈,这个月底走,恰恰卡住了三个月期限的最后一天。"

男同事有点想不明白:"你既然要走,为什么不去面试?"

傅筱筱说:"有些事情还没想明白。"

"什么事想不明白?会耽误你找工作?"

"嗯,会耽误。"

男同事呵呵笑:"你呀,还是不差钱呐。"但凡生活有点压力,都不会有这样执着的稚气和不实际的行动。

傅筱筱一笑,不置可否。

渐渐地,办公室人越来越少了,到最后两天仅剩下她和行政部的一个女同事——崔秋洁。她们先前并不相熟,甚至连话都没有说过,只是这些日子办公室人烟稀少,也就她俩午餐能凑在一起吃,从饭搭子到朋友,对于女生来说,这样的关系进阶还是很容易的。

傅筱筱是自己选择了最后走，而崔秋洁，她是不得不选择暂时留下，因为正在孕期。

三个月的时间，从盛夏到深秋，似乎只在眨眼间。

离傅筱筱的 Last Day 只剩一天了。这天她在公司前台领取了最后一件快递，拆开包装，看到一个格外精美的婚庆礼盒，盒子底端铺了满满的粉色玫瑰花，玫瑰花上有白色的香水伴手礼、两张新人的婚纱照，还有一封金红色相间的请柬。

崔秋洁已经把工位搬到傅筱筱旁边了，探过头望一眼，惊叹于婚纱照上两人的容貌："这是哪对神仙下凡了？"

傅筱筱微微一笑，收了礼盒说："我朋友。"

礼盒是金豫寄过来的，请柬上写明了他和江晴的婚礼举办日期和地点：十一月十日，意大利威尼斯附近的一座古堡酒店。嘉宾栏"傅筱筱"那两个字毫无疑问是金豫亲笔写的，除此之外，请柬上还有一行手写的字迹——

希望你能来，真诚期盼你的祝福。

傅筱筱皱眉。祝福？前女友去给前男友送新婚祝福，有那个必要么？

因为这个礼盒，这天中午傅筱筱和崔秋洁吃饭时有些心不在焉。

"又动了，又动了！"崔秋洁忽然放下筷子，拉着傅筱筱的手隔着毛衣忙去摸她的肚皮。她的孕期已满五个月，肚子凸得有点大了，宝宝在里面已经开始学会动弹。每次肚皮颤动时，崔秋洁都格外兴奋地拉着傅筱筱去感受下。

"宝宝别调皮，乖乖地，妈妈正在吃饭呢，给你补充营养。"傅筱筱低下头对着崔秋洁的腹部轻轻说。

那动静果然减弱了，崔秋洁对傅筱筱笑："这小家伙听你的话。"

"那肯定，小家伙不看僧面看佛面，知道谁和他妈妈最亲近。"傅筱筱笑一笑，暂时把金豫的事抛在脑后，问崔秋洁，"即刻那边有消息了吗？这边办公室再过两周租期就满了，你是不是要到他们的办公区办公？"

崔秋洁说起这个就头疼："还是没有确切的消息，我写了邮件主管不回复，我去那边找他他也搪塞我，说我情况特殊，需要和HRBP再商量给我安排个合适的岗位。上周我也写了邮件给WB总部，那边的HR除了把我的邮件转给即刻的HR部门外，其他什么也没说。"说到这里她又惴惴不安，"我总觉得，即刻那边他们商量不出什么好结果。你说，他们不会想方设法要辞退我吧？"

"他们不敢的，"傅筱筱安慰她，"你在孕期，受劳动法保护。"

崔秋洁叹口气，点点头："我下午再写封邮件，实在不行，明天还去即刻那边找他们。"

傅筱筱说："也好，我明天陪你去。反正我也要去走离职流程，送回办公用品。"

两人商量的计划还没等到第二天实现，下午就出现了变故。

"她们果然想辞退我！"崔秋洁泪眼婆娑地过来找傅筱筱，把电脑上的邮件给傅筱筱看，"那边的 HRBP 说我八月份有矿工的记录，超过三天，没有走流程的假期。只因为那几天我孕酮低需要去医院打针，还需要卧床休息。当时公司刚刚合并，大家几乎都不来上班，我怎么想到要去走请假流程，何况我当时的主管去了东南亚度假，临行前还跟我说安心养胎不需要上班。我现在要怎么给证据证明，即便没有走流程，我也是合理休假呢？"

傅筱筱忙抽纸给她擦眼泪："别哭别哭，别动了胎气，我看看。"

她看了看邮件，即刻的 HR 以崔秋洁的行为违反《劳动合同》和职工守则为由，要求她立刻辞职。如果崔秋洁能在明天之前办理完离职手续，即刻会如约支付合并时 WB 承诺的三个月补偿金，否则过了期限，连补偿金也没有了。其措辞十分冰冷强硬，几乎没有留下一丝回旋余地。

傅筱筱看着只觉怒火盈胸，她对崔秋洁说："你介意我帮你写回复邮件吗？"

崔秋洁说："当然，你是律师，我现在只能依靠你了。"

"好，"傅筱筱扶着崔秋洁的双肩，直视她的双眸，"我现在需要先问你一个问题，你坦诚回答我就可以。"

崔秋洁深吸口气，努力让自己平静："你问。"

"你是想继续上班？还是想拿足孕期、产假、哺乳期的赔偿金，这段时间安心在家带孩子？"为保证崔秋洁的理解度，傅筱筱尽量将言词说得缓慢清晰，"我需要提醒你，继续上班可能会面临即刻那边主管层出不穷的刁难，会让你孕期心情不适。拿着赔偿金在家带孩子，你可能将有一年半的工作经历空窗期，因为哺乳期不容易找工作。两条路都有利有弊，你现在自己权衡一下，告诉我你的选择。无论你选择哪条路，我都尽力帮你达成。"

她并不知道，自己消没许久的峥嵘头角此刻锋芒乍露，崔秋洁从未见过这样的傅筱筱，一时有些战战兢兢。

"我选择拿赔偿金。"半晌思索后，崔秋洁给出了笃定的答案。

"好，我来帮你。"傅筱筱嘱咐她，"你先把孕酮低的医疗证明，打针的医药费清单，还有前任主管让你好好休息好好养胎的聊天记录找到，传到电脑上。"

崔秋洁依言行事。

集齐三个文件，傅筱筱点击邮件回复按钮，先上传了附件，然后以崔秋洁的口吻在邮件正文中逐个驳斥 HRBP 的辞退理由：

第一，即刻收购 WB 中国后，曾和 WB 中国区员工全员重新签订了新的合同，这份合同的生效日期是从九月一日起，不能追溯到九月一日之前。也即，本人在八月份还属于 WB 中国的员工，不能适用即刻公司劳动合同条款。如果非要适用，请即刻出具和WB并购协议关于员工从并购之日起归属法人主体的详细条文。

第二，根据《劳动合同法》第四条规定，公司制定劳动规章制度需要征求职工代表大会意见或者进行全体职工讨论。即刻至今没有成立工会，其《员工手册》也没有进行过全体职工讨论，手册中所有条款属于用人单位的单方规定，未曾告示更未曾满足平等协商的法律要求，故而在此质疑其条文约束力的合理性。

第三，本人现正处于孕期，受《劳动法》和《劳动合同法》关于女职工身处孕期、产假、哺乳期的特殊保护。关于本人八月份的未曾打卡的情况，缘由请见附件详细的病理诊断证明和当时的主管予以休假的证明。另根据《女职工劳动保护特别规定》第七条，女职工生育享受98天产假，其中产前可休假15天。八月本人的假期可以算作产前假，而非正常病假或事假。

第四，本人收到即刻明确要求辞职的通知，考虑协商解除劳动合同，根据《劳动法》要求即刻补偿本人从现在起孕期、产假及哺乳期一共17个月的工资。同时保留追诉在此期间本人因为即刻公司拖延处理本人职位安排以及工作安排的精神损失费。

第五，基于以上，本人已委托King&River律所童依依律师跟进后续事宜处理。

邮件内容经崔秋洁确认后，傅筱筱拿出手机给好友童依依打了个电话:"依依,不好意思我需要请你帮忙。"

"你说。"

"能帮我出一份律师函吗?"

"没问题,"电话那边连一秒的迟疑也没有,"把需求发给我。"

傅筱筱放下手机,对崔秋洁笑了笑:"好了,你可以发出邮件了。"

King&River律所晋升时间最短的合伙人童依依出马,肯定所向披靡。

次日傅筱筱离职,崔秋洁与她一起办理了离职手续。

前一天,崔秋洁邮件回复后两个小时内,童依依就将律师函发到了即刻的HR部门。行政部的HRBP被其上司骂得狗血淋头,行政部的主管也因此吃了好一顿瘪。即刻的员工关系总监亲自和崔秋洁沟通,双方友好解除了劳动合同,崔秋洁不仅拿到了十七个月的孕期产假哺乳期补偿金,还拿到了WB承诺的三个月遣散费。

纸质盖章的协商解除劳动合同协议到手时,崔秋洁对傅筱筱崇拜得五体投地:"你怎么就这么厉害!我太幸运了,有律师做朋友是真好。"

昨日的阴霾早已远去,崔秋洁此刻面庞放光,气色极好。傅筱筱看着她微笑:"你安心养胎,生的时候一定告诉我,我去看你。"

"一定。"崔秋洁此刻倒是有些不放心她的前程,"那你接下去要去哪里?"

傅筱筱想了一会儿,说:"我可能要出国玩一趟,然后回 S 城陪爸妈。"

"啊?"崔秋洁一脸懵,"陪爸妈?"

傅筱筱笑一笑,没有再解释。

办好离职手续,两人一起从即刻离开,傅筱筱开车将崔秋洁送到她住的小区门口,临走前蹲下身抱抱崔秋洁的肚子,还真有些不舍。

"暂别啦,饭搭子!暂别啦,小家伙!"

永别了,WB 中国。

| 第二篇 |

两个维度的遇见

3D、4D、5D……7D。

傅筱筱拿着纸质行程单站在过道中央,看到属于自己的座位上已经有人施施然而坐。

这是从佛罗伦萨去威尼斯的特快火车商务座车厢。车厢里只有零星几位乘客,上座率远不比国内高铁的盛况。霸坐者正全神贯注地看着电脑,屏幕上PPT演示变动,他还戴着蓝牙耳机,应该是在开电话会。

这气场太过淡定从容,让傅筱筱怀疑地再核对一下自己的行程信息。

车次无误,车厢无误,座位号更无误——傅筱筱皱起眉,打量零散坐在四周、各自忙各自的乘客,心下狐疑:也许意大利火车座位就是随意坐的?

她想了想,决定先不动声色。将厚重的行李箱横塞在座位下,然后,她在那人对面的空位子上坐下。

中国人？韩国人？日本人？即便肤色再白，也毫无疑问是东亚黄皮肤人种。她对霸坐者虎视眈眈，他却毫无所动地低着头，手指扶额，正断断续续地说话。说的是英语，但凡张口总离不开市场扩张、订单量、补贴和回报率等词。

傅筱筱听了一会儿，默默戴上耳机。

说的是中国市场，且毫无疑问他们是一个圈子的人，她不适合再继续偷听。

她戴耳机的动作吸引了对方的注意，那人终于抬了眸，看向傅筱筱。

他左眼被扶额的手遮住，仅一只右眼望过来。眼神对上的一瞬，傅筱筱神思飘忽了一下。

毫无疑问，眼前这男人除了有难得一见的品相，更有一对非常惹眼的桃花眼，不笑也似在笑，分外勾人。

那人看着傅筱筱也微微一怔，随即唇角上扬，笑了一笑。他又说了几句话，取下耳机，关上电脑。

他对傅筱筱勾勾手指，示意让她也取下耳机。

傅筱筱本就想和他确认是否霸坐的事，正中下怀，拿出行程单放在小桌板上，还未说话，他已先发制人。

"你是不是坐错了位子？"他含笑问她。

不是英语是中文。

"什么？"傅筱筱蒙了一下，先不管他为什么说中文又怎么知道自己是中国人的，她就事论事开始反击，"不好意思，是您坐了我的位子。"她指着行程单上的座位："商务座，2号车厢，7D。我的座位，谢谢！"

那男人这次是真的惊讶了，取过傅筱筱的行程单看一眼，忍俊不禁："请问今天几号？"

傅筱筱警惕地说："十一月九号，怎么了？"

"这个座位是你的，不过是明天的。"这男人笑起来眉眼格外风流，也显得格外不怀好意，"这位小姐，你定的是十一月十号的车票。"

"怎么可能？"傅筱筱夺过行程单，看着上面的日期有些晕。

果然是订错日期了，意大利火车站入站既无安检也无验票，竟让她生生凭着错的票上了这辆车。她的脸腾地烧起来，抿紧了嘴唇。

"不过你可以坐这个位子，"他语气倒是和蔼，"我恰巧订了两个位子，我朋友有事耽搁坐下一班车，他的车票我没有取消。"

"不必，"傅筱筱很有骨气，"我可以自己补票。"

车厢自动门开启，正有乘务员进来检票。她举手要叫乘务员时，那男人忽然握住她的手缓缓按在小桌板上："My dear，你知道在意大利火车上补票不仅要收差价，还要收手续费吗？而且你也不是没买票，不需要因为一点点小失误这样大费周章。"

"谁是你dear？"傅筱筱面红耳赤，怒道，"放开我！"

他言听计从放开她，在她再度扬手时，他换了风格好整以暇道："亲，火车补票手续费一百欧元，不接受讨价还价哦。"

傅筱筱扬起的手一顿，她拿出手机在谷歌上搜索片刻后，抬起头。终于，她对他露出了笑容，即便是硬生生挤出来的。

"你好，我叫傅筱筱，竹字头的筱，非大小的小。抱歉，我要蹭你的票，不是因为抠，只是因为不想浪费一百欧元的国家外汇。"她礼貌十足，但不是祈求的语气，她和他平等协商，然而摆明了有来无往。

她已经向他伸出了手，他微微一笑，手指再度握住她的，修长有力，力度恰好。

"你好，顾淮，"他说，"光顾的顾，淮南的淮。"

傅筱筱和顾淮想来就是冤家路窄，此窄路始自这趟在意大利从佛罗伦萨到威尼斯的火车上。

下了火车，顾淮去打水上的士，傅筱筱去坐水上巴士，两人分道扬镳，本以为再不相见，谁知道傅筱筱在酒店办好入住手续正要上楼时，恰看到顾淮从电梯中出来。

"看来我们是真的有缘。"顾淮笑容灿烂。他此时已换了一身休闲装，戴了一顶鸭舌帽，看起来更年轻了些。

"请让让。"傅筱筱拖着行李箱绕开他。

"真是翻脸不认人，"顾淮摇摇头，后退一步又堵在她面前，"正好今天中午没人陪我吃饭，你请我吧。"

傅筱筱莫名："我请你？"

"是啊，我帮你省了一百欧元手续费，还有若干车票差价，"顾淮理所当然，"这个人情，你不想还吗？"

不仅于情，于理也确实如此。只是这个在火车上侃侃而谈数千万美元补贴眼睛眨都不眨的人此刻这般斤斤计较，确实让傅筱筱无语。

她只好问："你想吃什么？"

"你做主，我好养活。"

顾淮的笑意从不曾消失，那英俊的眉眼在酒店着意暗沉的灯光下颇有些风流倜傥的意味。只可惜傅筱筱无心欣赏，只没好气地白了他一眼，算是应下了。

意大利是欧洲的美食之邦，随意挑个餐厅点比萨和意面，其口味水准都不至于出大错。至于其他的菜，就要听天由命了。

午餐傅筱筱带着顾淮在酒店附近的露天餐厅，以两份比萨解决。

食物只能说是饱腹，但是景色尚可。

他们住的地方靠近圣马可广场，正是人潮熙攘的地方。对面即是海域，船只来来往往，碧波无垠，海鸥飞翔，也算是威尼斯经典的景点地了。

顾淮点了一杯啤酒，看着正大快朵颐的傅筱筱，忽然问："你怎么一个人来这里？"

这话问得好突兀，傅筱筱抬眼看着他。

顾淮解释道："我的意思是，难得见女生敢千里迢迢一人赴外旅游，而且欧洲最近也不太平，你不怕吗？"

傅筱筱一笑："怕什么？"

怕什么？抢劫？枪杀？爆炸事件？新闻里林林总总罗列过那么多单身女性境外出游有可能发生的危险，你没看过？要不要这么天真啊？尤其是像她这样长相的，明眸皓齿，般般入画，柔软的长发就这样乌沉沉覆满肩头，实在是惹人关注的对象。

顾淮本想怼她，但望着她在阳光下格外澄澈明亮的眼睛，一时间竟不愿以人间阴暗相欺。

"怕抢劫？枪杀？还是极端事件？"对面的姑娘才体会不到他突发怜香惜玉之心，字字句句像是摸透了他的腹诽。

傅筱筱说："君子不立危墙之下，淑女也是。我日出而出，日落而归，住在最安全的区域，出去玩就看哪个国人团最大，就跟着哪个，小偷才不敢欺负我。除了偷窃抢劫，其他暴力事件发生的概率太低，不足为虑。再说了，意外这个事，何必去怕，动脑子降低概率才是正经。难道能因为大街上出过车祸就不出门？"

逻辑缜密，条理分明，这姑娘外表看起来楚楚动人，说起话来实在是呛人得很。她表明了她是淑女，也让顾淮第一次觉得问这个问题的自己是个蠢人。

过了一会儿，她却开始问蠢问题了。

"淮南的淮，"她念着他的名字，"你是出生在淮南吗？"

"我祖籍那里，我在澳洲出生。"

"华裔？"

"中国人。"

"哦。"聊到现在，傅筱筱看向顾淮的目光终于有了他乡遇故知的基础情感。

顾淮手机屏幕不断被新的信息弹亮，他只滑拉着看看，却并不回复。傅筱筱想起火车上他电话会议上说的那些话，又问他："你来意大利是旅游还是出差？"

"都不是，我来参加前女友的婚礼。"顾淮喝了一口酒，望着碧海晴天，语气似乎很轻松。

傅筱筱微微一怔，被他戳中了心事。她忍了又忍，还是忍不住八卦一下："你的前女友婚礼，你还有心情参加？"

顾淮说："为什么不能参加？我们和平分手，再见仍是朋友。难不成所有的情侣前任都要仇深似海？只有坦坦荡荡地放下，人才能往前走。"

"这么大气？难得难得。"傅筱筱眨眨眼，看他的目光似乎又多了一分欣赏。

可是下一句她又突然问："不过——你会不会是来抢亲的？"

这姑娘的脑洞真的是神奇，顾淮一口酒咽在喉中上下不得，险些被呛死。

"你活在哪个世纪，还抢亲？"顾淮好不容易止住咳嗽，"即便入乡随俗，在古罗马，似乎是该决斗。"

傅筱筱听到这句话嫣然一笑，似乎立马对这件事不感兴趣了，又专心致志开始吃饭。

顾淮看看手表时间："我朋友应该到了，我去接他。失陪了。"

"拜拜。"傅筱筱摇摇手，看着他远去的身影，想了想，释然一笑。

顾淮说得没错，无论如何，她和金豫都曾经彼此珍惜过。而且当年也是得金豫照看太多，让她误会了感激是爱情才引发此后一系列的纠葛。既然如今金豫需要她的祝福，她为何不能大大方方相送？

她没想到，萍水相逢的顾淮随口说的一句话，竟让她此行最大的纠结迎刃而解。

傅筱筱在威尼斯只有半天的旅程安排，吃完饭，就近依次打卡了圣马可广场、总督府和叹息桥。前往利亚拖桥的路上，街边店铺琳琅满目，让她收获了不少精美小物件。

利亚拖桥上游人如织，午后的阳光也晒人得很，傅筱筱在桥边看了一会运河景色，觉得不过如此，便下来沿着河边信步闲走。这里水道奇多，深巷绕如迷宫。过了一座又一座桥，穿过一条又一条巷子，遇到一处河坞旁有人卖画，她驻足看了会，挑了两张，付了钱看见旁边有多余的颜料和画板，问卖画人借过来，坐在河坞边画画消磨时间。

她从小学画，奈何天赋不高，画出来也就那样。只不过此间景致确实幽静典雅，河坞对岸是刷成鲜亮颜色的古典建筑，明橙、深蓝、鹅黄、暗红，错综交织，却丝毫不显紊乱。每家每户的窗台上都种植了鲜花，间或有窗扇大开的，风携着白色纱帘微微飘动，刹那就美出了仙气。

脚下河流潺潺而动，她的笔下也"刷刷"绘就。难得有一次这样下笔顺畅的时候，等她着色完成，自己也觉得很满意。

"这幅画要带走吗？"卖画的人问她。

"不，帮我卖掉。"傅筱筱很是潇洒地走了。

因为一张画的耽误，当她重新游走于繁密如网的深巷中时，日光暗淡、彩霞满天，已是迟暮了。

从迟暮到夜色降临，似乎只是她穿过两条街的事。回酒店的路还有很长一段要走，傅筱筱想着白天刚和顾淮振振有词的那段话，此刻她心里不免是惴惴的。

话总怕太满，太满则遭反噬，这个规律屡试不爽。

威尼斯是旅游城市，游人居多，街道巷陌的商店也灯火通明。只是回程的路不一定都是商业区，她在地图上选择了回酒店最近的路线，却不知这条路线要经过几条狭窄深暗的甬道，那里是僻静的居民区，虽不至于有暴力犯罪分子，但有醉酒的流浪汉。

等她走到这样寂静的窄巷深处，不知哪里的感应灯因她脚步声亮起，骤然明亮的光线清楚落在了横躺巷中的两个流浪汉身上。他们并没有醉得彻底，嘴里面咕咕哝哝，浑浊的双眼似乎在黑暗中待得久了,此刻费力抬起,看见了站在他们身前咫尺之遥的傅筱筱。

流浪汉的眼神明显泛起了异样的光芒,傅筱筱心道不好,转身便要离开,可抬脚的刹那脚踝被一双粗厚潮湿的手掌狠狠钳住。她重心不稳,一下扑在地上,听见身后传来流浪汉嘲讽而又得意的笑声。

她挣扎,那人掌下的力用得更狠。惊慌如潮水湮没了所有神思,她下意识大喊"救命!"

深巷鲜有人来,她连声嘶喊如石沉大海。

身后流浪汉的笑声更放荡污秽了,万恶的手掌肆无忌惮地往上游移。她只觉得胸口像被堵住了千斤的石头,恶心、恐惧,一瞬间呼吸和心跳齐齐消失无影,窒息的感受仿佛又回到了那个沉沉黑暗的噩梦中。她下意识抽下牛仔裤上的腰带狠命往后抽打,流浪汉手臂被皮带抽中如同火灼,一时吃痛嗷嗷惨叫。在他们松手的刹那,她爬起来飞快往巷口逃离。

两个流浪汉在后面紧追不舍,满巷子充斥着他们的怒吼和咒骂声。

傅筱筱还算是幸运的,到了巷口正遇到一个举着相机在拍照的男子。

她已经没有脑子再去判断这个人的好坏了,只扑过去抱住他的手臂,如溺水中抓住的浮木:"救命,救我!"

她是这样狼狈惊惶的模样,巷子冲出来的流浪汉又是如此凶神恶煞。那男人不需要再问什么,趁着流浪汉们还没反应过来，他已经抬脚飞踢上他们的腿和腰部。流浪汉们跳脚捂腰，男子转身抓着傅筱筱便往隔壁的巷子中飞奔。他的速度极快，傅筱筱被他拉着像是被风牵扯，脚下踉跄如踩云端。

就这样奔跑逃离，不知道穿过多少长街小巷，直到流浪汉们的咒骂声渐渐弱不可闻，眼前一片光火透亮，他才停住脚步，松开她的手。

傅筱筱全凭着一口气逃出来，此刻早已腿软。她背靠着墙，让自己不至于倒地。眼泪和汗水将她的视线模糊成一片，心跳怦怦似要蹦出胸口。她在竭力调整呼吸的时候，隐约听到手机急促的信息提示声。身前那人掏出手机看了一眼，随即转身离开。

"等等……"她想喊住这位救命恩人，奈何嗓子干哑居然透不出一个音符。

双腿此时也是软泥一般拖拉不动，她就这样眼睁睁看着他在明昧不清的光影下远去，连声"谢谢"都没来得及说。

她闭上双眼，深深呼吸。不知过了多久，等到大脑再度开始运作时，她睁开眼，看到眼前人来人往，光亮如昼。这正是圣马可广场旁的堤岸商业街，离她住的酒店咫尺之遥。

缕缕海风吹拂面庞，是人间烟火的暖意。

人生第二次，她又错过了一位救命恩人。

金豫和江晴的新婚酒会定在威尼斯圣埃伦娜岛上的一个古堡酒店。

酒店旁边有一座古朴典雅的教堂，牧师和亲友们在那里见证了他们温馨且美好的婚誓仪式。

傅筱筱坐在最后一排长椅上，看着曾经朝夕相对的那人在台上慎重许下诺言，从他真诚的神色和他略微有些紧张的举止中，她看到了他对幸福的向往和对未来的深深期待。这也是傅筱筱第一次见到新娘江晴本人，早就听说她是投资圈里难得一见的大美人，旁人形容起来都是高岭之花，可望而不可即。今天傅筱筱目睹江晴本人，见她身着白色婚纱，不笑时如冰雪玫瑰，一笑时顾盼神飞，确实是让人无法移目的美。

顾淮真亏啊。

傅筱筱不知道为什么自己会突然冒出这个念头。她笑了笑，又想起早些年自己和金豫那些分分合合的破事，觉得不过儿戏罢了。他们都在错的时间遇到了错的人，相互折磨，两败俱伤，所幸没有不欢而散。当然，没有一地鸡毛的结局都有赖于他的成熟和风度。

只有江晴这样的美人和强者，才堪与他势均力敌。

仪式结束，傅筱筱随着众人起身鼓掌。新人携手往外走时，她看到了金豫望过来的惊喜目光。

祝福你，真心诚意的。

两人微笑而过，过往岁月里那些曾忘记的和不曾忘记的，终于在此刻统统消失无影了。

傅筱筱并没有留下参加婚宴，因为熟人太多，她留下来只能让气氛变得尴尬。至于顾淮有没有来参加婚礼，她倒忘记去求证了。回酒店收拾好行李，傅筱筱按照计划坐火车去米兰，准备第二天一早乘飞机回国。

到了米兰已经是晚上，傅筱筱在入住的地方刚安顿好，正躺在床上稍事歇息，手机在一旁震动不停，拿过来一看是童依依打来的电话。

童依依应该非常疲惫，电话那头传过来的声音悠悠长长毫无气力："怎么样？金豫的婚礼参加完了吗？"

"我都在米兰了。"

"后悔吗？"

傅筱筱一笑："说实话，我心里还真是风平浪静、无波无澜。"

"所以你和他过不下去。没有激情的感情算是什么爱情？"这么拗口的话童依依说得却很自然，她在电话那边轻轻一笑，"话说回来，刚刚要不是金豫在群中给我们发了大红包，我都忘记今天是老板大婚的日子了。他在威尼斯风光无限，可怜我们这群人还在北京苦哈哈地加班，一分钟恨不能掰成两分钟用。"

金豫是童依依任职的 King&River 律所的创始合伙人，也是童依依现在的直属老板。金豫这次休假连婚礼带蜜月，确实离开的时间有点长，累惨了童依依等几个二级负责人。

傅筱筱笑一笑，童依依又说："我正在看金豫的朋友圈，有一张是孟老和新人的合照。孟老也在威尼斯？你见到了吗？"

孟老？孟飞澜！傅筱筱反应过来，顿时从床上起身，这时候才体会到追悔莫及。

"我没见到他，唉，早知道孟律师去婚宴我就不匆匆忙忙走了。"

"对了筱筱，有件事我是不是没和你说？孟老从 WB 总部辞职了。"

"消息属实吗？"

"当然。"

童依依说完这两个字，停顿了一下，傅筱筱敏锐感觉到她的迟疑，问道："是不是还有话问我？"

童依依叹了口气："筱筱，有件事我很奇怪。据我所知孟老帮所有 WB 中国区法务都亲自找好了下家，你这边他怎么毫无音讯？你得罪他了？"

"没有啊。"傅筱筱并不以为意，"他估计就是太忙了没顾得上我。"

"好吧，有需要你随时找我。"

"放心，食不果腹的时候我自然会去投奔你。"

"有点出息你，别给我歇太久，废了一身功力。"

童依依说完挂了电话，傅筱筱拿着手机怔了一会儿，下意识到微信里找到孟飞澜的对话框，打了一行字，想了想，又逐字消除。

她还不着急，再等等。

S市，这一日傍晚风寒雨细。

市图书馆财务处工作室，卓文眉刚忙完当天工作，正收拾着准备下班，听到门口传来轻轻脆脆的一声"妈"，疑似幻听，待抬头看到那倚门而立眉眼含笑的年轻姑娘，卓文眉又惊又喜："筱筱？！你什么时候回来的？"

傅筱筱倦鸟归巢似的，整个人扑到卓文眉怀里："五点飞机刚落地，给你打电话，一直没人接。妈，我好想你啊。"

"这孩子，妈也想你啊……"幸亏卓文眉是单独的办公室，没人看到这黏糊糊的一幕。她这母爱刚刚涌上心头，目光却瞥到傅筱筱随身的硕大行李箱，顿时醒觉过来，"这是不是你行李箱？怎么带这么大行李箱？……你不是来出差的？"

卓文眉推开傅筱筱，见她穿着亮色系的卫衣，脚蹬白色运动鞋，长发绑成马尾辫，还背着一个不大不小的双肩包，活脱脱大学生的模样，心中更是狐疑："你这是什么情况？"这似曾相识的样子，怎么看怎么跟往年过寒暑假一样。

"我辞职啦，"傅筱筱对她眨眨眼，似乎翘尾乞怜的小狗，"这段时间没工作了，要靠你们养活了！"

这么说自家闺女失业了，卓文眉要强了一辈子，听着她这话不免一阵心塞。

傅筱筱的爸傅时雨是S市最大民企梅氏集团的高管，忙起来一向没日没夜，即便这天收到卓文眉的信息提早回来，到家也快十点了。傅筱筱正在洗漱，卓文眉便先和傅时雨说了闺女的情况。

听说闺女辞职了，傅时雨根本不当回事："她那外企和别的公司合并了，肯定会涉及人员调整的情况。筱筱的实力你不用担心，难道还怕她找不到工作？"

"唉，我担心的其实也不只是这桩事。"卓文眉低声说，"辞职也就罢了，反正那工作那么辛苦，我看了也心疼。但她突然回家，看这个态势似乎还要长住，你不觉得奇怪吗？还有一件事，你不是说金豫上周在意大利结婚？筱筱这次回来给我们带了不少礼物，说是从意大利买的。她是不是去金豫的婚礼了啊？这样突然不工作回家了，别不是受了什么刺激？"

傅时雨听到金豫的名字也是皱眉："你想多了，就凭金豫能刺激到我闺女？她这心理自愈强大得很，当年被那些人困了三天三夜，医生还担心她心理出问题，结果不还是那样古灵精怪的……"

卓文眉想起当年的事心就揪起来，又听到傅筱筱下楼的声音，忙道："别说了！"

傅筱筱出来时看到那两人正襟危坐的模样，便知道先前两人肯定在说着什么不可告人的事。

"怎么？背着我说我坏话？"傅筱筱站在楼梯上，一边拿毛巾擦头，一边斜眼看那两人。

傅时雨咳嗽一声,随便找一个话题:"你妈说你从意大利给我们带了礼物?"

真是哪壶不开提哪壶,卓文眉听不得"意大利"三个字,下意识拉一下他胳膊。傅筱筱慧眼如炬,嫣然一笑:"是啊,我去意大利参加金豫婚礼,经过米兰顺道败了一点家。"

卓文眉秀眉紧蹙:"筱筱,你真去参加金豫的婚礼了?"

"对呀,怎么说金叔叔和爸多年交情,我知道你们肯定去不了,正好我有时间,代替你们去一下嘛。"

自己怎么生出这么个没心没肺的孩子呢?卓文眉长长叹口气:"这件事,金豫就没有给你交代?"

傅筱筱道:"不是人家对不起我,是我折腾人家这些年,凭什么要人家给我交代啊?我早说了我们不合适,你们非不相信。这下好了,我爸和金叔叔从战友时期积累的交情,快被我们俩这点破事毁光了吧。"

"那倒不至于。"傅时雨想想这段时间自己避而不见的金正康,心里颇不是滋味:哪怕两人交情再深厚,但现在毕竟结婚的是人家儿子,落单的是自己闺女,男女关系里这样的结局怎么着都是女方吃亏。傅时雨上前拍拍傅筱筱的肩膀:"没事闺女,金豫有眼不识珠,我们找更好的。"

"爸,都说了不关金豫的事。还有啊,你眼光真的不行,别瞎操心了。"

傅时雨被噎住,卓文眉过来打圆场:"就是,缘分这事天定，我们还是别管了，让筱筱自己找吧。"她去厨房端了几碗汤出来，"我煲了燕窝桂花雪梨汤，都过来喝一碗吧。"

"好呀好呀，这些年我一个人在外面，最想念的就是我妈的手艺了。"傅筱筱一揽傅时雨的胳膊，迫不及待赶来喝汤。

热腾腾的甜汤冒着熟悉的香味，耳边是父母你来我往的唠唠叨叨——傅筱筱觉得此刻内心充满温情和力量，只要有家在，她从不担心自己没有后路。这和金钱、能力无关，这和内心的充实与纯粹的信仰有关。自从当年那事发生后，傅家从天上落到地里，又从地里爬起来走到今天这步，悲欢离合中她学会的最重要的一件事就是：只要家人一心、互相扶持，那么即便困难和挑战接二连三，命运的眷顾即便再远，也迟早能够得着。

当然，傅筱筱也不能否认，作出暂时歇业的决定前，她也是盯着自己的银行账户余额斟酌了好一会儿的。

傅筱筱在家住了几天，卓文眉见她每天都跟着她去图书馆找经济类的书籍废寝忘食地看，那个钻研刻苦的劲头丝毫不是落魄青年的放任自流，心中不免踏实许多。闺女从来都是有自己主张的人，他们对她的教育方式从小只有引导，向来没有强加干涉能成功的。这不，金豫就是一个活生生的案例。几番三次，卓文眉都以为两人要修成正果了，结果又传来分手的消息，好不容易和好了，三言两语不和，又是下一轮的分手谈判。

两个学法律的人大概真的很难处到一起去，彼此极尽口舌之能，凡事寸步不让，让了仿佛就是山河永失。卓文眉不明白，现在的年轻人怎么就学不会相敬如宾？

关于金豫新婚的妻子江晴，卓文眉之前也有耳闻，毕竟LH资本最大的资金来源就是梅氏集团，LH资本掌舵人章白云也是梅氏集团董事长的远房侄子，从某种程度来说，江晴和傅时雨都可以算是为梅氏办事的同事。

卓文眉记得自己还曾亲眼见过江晴，那是在两年前的梅氏年会上，名流云集，繁花似锦，那姑娘一出场就是全场最璀璨的明珠，美貌惊人，玲珑八面，实在是年轻一辈的佼佼者。以江晴这样的大家闺秀，配金豫那样的天之骄子，也许再相得益彰不过。傅筱筱这样的，不是卓文眉埋汰自家闺女，与江晴相比实在是欠缺了些大气雍容的派头，看上去机灵古怪，实则是个一根筋的傻孩子。事到如此，卓文眉也庆幸，幸亏傅筱筱的那根筋没有拴在金豫身上。

至于当年的那件事，真如傅时雨所想的，对傅筱筱真的没有影响吗？卓文眉心底一直存疑，当年那件事闹得那样大、风波持续那么长，可是傅筱筱懂事地从不主动提及。就是如此，卓文眉才觉得这个事在闺女心坎上并没有过去。如果过去了，像金豫结婚的事，傅筱筱坦荡荡地便能说了，因为不再牵挂不再留恋。而说不出口的，那才是闷在心里的最大窟窿。

至于那个窟窿是什么？是她被困小楼三天三夜的恐惧，还是后来溺水的死而后生，还是那个女人从高楼上一跃而下的血肉模糊……

想到当年那道凄厉划过空中的瘦削身影，卓文眉一个冷噤，周身如同冰锥刺入。这是不是傅筱筱心底的窟窿，卓文眉不清楚，但至少是她自己心底，从不曾过去的窟窿。

傅筱筱千辛万苦等的那条消息，终于在十一月底收到了。

这天晚上，孟飞澜发微信问她："明天上午是否有时间？我在S城四季酒店，如方便，十点到十一点我们在酒店大堂咖啡厅聊一聊。"

他怎么知道自己在S城？傅筱筱犹疑了一下，按捺住满怀的激动敲字回复："收到，我准时到。"

第二天上午，四季酒店咖啡厅，傅筱筱到达时，孟飞澜已经坐在一个靠墙的位子，边看着电脑边喝咖啡。

"孟律师，"傅筱筱走过去坐在他对面，"许久不见了。"

孟飞澜大概和傅时雨岁数差不多，但保养得当且精神气十足，除了鬓边白发外，单看他面容，似乎正值壮年，一丝老迈也不显。

"你气色不错。"孟飞澜微微一笑。

"这不失业半个月了，在家休息得很好。对了，孟律师怎么知道我在S城？"

"前天在一个会场上见到了童律师,她代你问候我。"

他言简意赅,傅筱筱却知道以童依依的个性,必然因他对自己"不公平"的对待质疑。果然,孟飞澜下一句话是:"我不曾为你推荐工作,你有没有介意?"

"不介意,"傅筱筱柳眉一扬,"我这样的下属,您自然不舍得送给其他老板。"

"聪明。"孟飞澜从来不掩饰自己对傅筱筱的赏识。只不过,眼前这年轻人的自信心如此爆棚,为什么数年前有人第一次在他面前提起这个姑娘,形容她却是敏感且没有安全感,平时太过沉静低调,以至于让人欺负也不知反抗?看来说这话的人真是太不了解她,难怪最后分道扬镳。

"不过——"傅筱筱坐直了身体,双手交握放在桌上,郑重道,"我还没有准备好继续跟着您工作。"

孟飞澜并没有意外,他关上电脑,看着面前的姑娘。可能是因为她这身运动装的休闲打扮,他只觉得她今天格外稚气未脱,却也格外朴实纯粹,值得他好好教一教。

"听说你是 WB 中国最后一个离职的人,我想我大概了解你坚守的原因。"

傅筱筱目光微亮,孟飞澜接着说:"你猜到了我为什么来 WB 中国,但你想不明白我为什么要参与这场并购案。你一直在等我的答案。同时,你坚持到最后,也是想以自己的专业支撑每一位在合并案下其实都是被迫离开的同事们,是不是?傅筱筱,你有英雄情结。"

"这不是英雄情结，这只是我的信仰。"傅筱筱说这句话时，秋水瞳中有锐不可当的、明亮而又坚定的光芒，她说的就是她坚信的，不掺杂丝毫的虚假伪善。

傅筱筱说："我想力所能及地帮助弱者，这难道不是我们学法律的本意？可是，我越来越发现，法律似乎成了资本和强者的保护盾。因为只有他们才请得起最好的法律顾问、雇最好的律师，帮他们做最精明的法律方案、设定最无懈可击的法律屏障，从而强者越强，而弱者越弱。"

"进化论没有学过？"

"不是所有人都弱肉强食，总有一批人要维持最后的秩序和良心。法律是道德底线，我们就是坚守这个底线的人。"

这句话入耳，孟飞澜古井无波的心似坠入了一粒石子。他久经商场，在热钱的漩涡和冰冷的法律条文中浸沉太久，早忘记了自己初出茅庐时的热血和对信仰追求的锐气。而他遇到的太多年轻人，因为背负着各种各样的生存压力，正被时势裹挟向前。他们大部分人都已经极少能有自由的时间和空间去思考：自己追求的究竟是什么？工作创造的价值真谛在何处？

工作不过糊口，不过买房买车，不过养儿育女，不过是将就苟且的一生。

幸好，这世上还有不肯将就的人，当然更庆幸的是，她有不肯将就的条件。

他决定让自己再耐心一点。

"第一次海湾战争，消耗了700亿美金。WB和即刻到现在为止加起来融资超过300亿美金，他们之间的竞争已经不是简单的商业行为，而是战争。在这个战场，燃烧的不仅是金钱补贴，还有加入这个战场的亿万消费者、数千万司机和无数的商业合作伙伴。也许在大众看来，所有人都在这场商战中收益：科技公司估值在飞涨、司机收入增加、消费者出行便利且便宜、合作伙伴挣得盆满钵满。大家看到的都是眼下的现状，那么现状后的实情呢？未来呢？"

孟飞澜循循善诱，仔细剖析着并购案下的深远思量："筱筱，你应该明白，再这样打下去，资本进不去更需要的领域，科技公司产品和技术提升在焦灼的竞争状态下无法兼顾，所有人因为补贴和红包大战收益，没有人再去踏踏实实地找个适合的工作，也没有人愿意支付真实的服务价格。这样恶性循环下去，资本看不到未来，会回撤，科技公司没有盈利的路径，硬着头皮打下去，最终两败俱伤。最后的结局是公司破产，员工失业，司机再次失去收入途径，消费行为再次回到数年前。移动互联网作为第四次工业革命的象征之一，如果它在商业发展的路上出了这样的惨案，所有人心有余悸，失去的可能是一代人的信心。你觉得这个结局，比现在的结局，又如何？"

傅筱筱沉默良久，才道："所以您觉得这个并购案的法律底线，是要解除商业道德和商业伦理的危机？"

"是的。至于你耿耿于怀的WB员工的牺牲，我只能说，他们的牺牲很有价值。"

"不，我耿耿于怀的还有一件事，"傅筱筱说，"并购案发生后，我最大的想法，是 WB 当初就不该进入中国市场，掀起这场大战。"

"你可以这样责怪，但是抱怨毫无用处。商人逐利，人性本贪，我们可以要求自己明哲保身，但是我们不能要求也无权要求企业家不去逐利，如果他们都散失了这样的本性，人类的财富无以累积，文明更不可能前行。这个话题太大了，再退一万步说，发生问题后，抱怨没有任何作用，只能想办法及时止损。"

傅筱筱在这话下怔了一会儿，忽然说："您刚刚还说我有英雄情结，我怎么觉得您有救世主的心？"

否则，行业大乱与他有什么关系，为什么要挺身而出给出止损方案？为什么又会想得那么长远，考虑到一代人的发展信心？傅筱筱现在觉得，自己的那点坚持不过矫情而已，孟飞澜的格局和视角，她却是连想也没有想过。

孟飞澜道："英雄也罢，救世主也罢，这个年代其实不需要他们，但需要秉持信仰有情怀的人，有了信仰和情怀，才能不讲究不苟且，才能一念向善。傅筱筱，这也是我为什么欣赏你的地方。"

突然被他夸奖，傅筱筱还有点不太适应。但话已至此，她再没有其他的顾虑了。

"孟律师，我的新雇主——"她身子往前凑了凑，瞬间换了十分狗腿的模样,"是哪家?"

她没有局促,也没有故作姿态,想明白了就往正确的方向而去,大事上的主见绝对利落。孟飞澜喜欢她的态度,他打开手机微信,给她转发了一个文件。

"恒美科技,你应该听说过。这是你 offer 的初步内容,下午会有 HR 联系你讨论细节。"

"您希望我什么时间入职?"

"12 月 1 号。"

"好的。"傅筱筱看眼时间,快十一点了,她站起身,"那我先不打扰您了。"

来的时候她的心情是忐忑的,因为害怕心中的偶像会让她失望;走的时候心情太过雀跃轻松,边看着手机上刚发过来的 offer 内容,边往外走,压根没注意自己即将踏入的旋转门留下的空间已不足以让人完整进入。

傅筱筱浑浑噩噩不知危险,只觉得左手胳膊一紧,整个人被人提拎着瞬间后退,即便如此,她右腿收回还是稍微晚了些,被旋转门剐蹭了一下,虽然穿着软皮的靴子,却也火辣辣地疼。

掌中手机早啪嗒掉在地上,她惊魂未定,只知道自己靠在一个人的怀里,鼻尖闻到的都是木质琥珀香调的男士香水味。

门口迎来送往的服务员急匆匆跑来,似乎也被吓得不浅："小姐没事吧？"

"没事没事！"傅筱筱意识到自己大概又做了糗事，脸也红了，正要站直身体时，那人已经不耐烦地将她狠狠一推。

傅筱筱踉跄着堪堪站稳，踮着疼痛的右脚，一时不知道是感激多一点还是恼火多一点。她打量那个"助她一臂之力"的人，那人全身黑色，黑毛衣黑长裤，以及黑色条纹大衣。周身的黑衬得他身材异常的颀长挺拔，也让他的气场凌厉十足。傅筱筱从下看到上，目光落在他脸上。

也不知是衣服衬得，还是他气血本就不足，这肤色白皙得几可透明，如此一来，愈发显得他漆黑深远的眉眼浓墨重彩，与人对视时，仿佛沉沉暗夜一望无底，叫人过目难忘，却又不敢多看。

傅筱筱盯着他的眉眼，怔怔地说："我们是不是见过？"

那人的目光在她脸上静静停驻，波澜不兴："你都是这样搭讪的？"

他分明什么表情都没有，可是傅筱筱却将他的反感和冷漠接收得清清楚楚。傅筱筱喉中哽了一下，觉得自己那话确实有点搭讪的嫌疑，便笑了笑说："没关系，如果没有见过，那您这样出手相助更是让人感激。侠士，方便加个微信吗？"

她笑起来眉眼弯弯，却听得那人的瞳孔不知为何紧缩了一下。傅筱筱弯腰捡起手机，屏幕已经碎裂了，她还是固执地找出微信，凑到他身前说："加个微信吧？有时间我请你吃饭，报答你今天的相助之恩。"

她向来是个半脸盲，寻常面孔实在难以在她脑海里留下这样一见如故的印象。这个人必定是旧识，但到底是谁呢？她边套近乎，边绞尽脑汁地想着。

报恩？那人听着她的话觉得实在可笑，他将目光毫无留恋地从她脸上撤回，然后就这样冷漠地走了。

傅筱筱被晾在原地，孟飞澜不知何时走过来，喊住了那黑衣男："云深，出了什么事？"

"没事。"那人面对孟飞澜还是温和些的，客客气气地说，"孟律师，我还有个电话会，先走一步。"

云深？傅筱筱灵光乍现，纪云深！

她下意识张口想要叫住他，可是脑海中记忆随着这个名字铺天盖地压来，压得她喉间即将而出的声音就这么莫名消失了。

孟飞澜见她望着纪云深的背影怔忡出神，皱了皱眉："怎么了？是不是脚受伤了，还能走吗？"

"能能能。"傅筱筱眼中蓦地异常涩痛，她低下头一笑，"我这腿痊愈能力超强，一会儿就好了。孟律师，我也走了。"

时隔十一年，再见纪云深。她再不愿意记起，那些往事也都在瞬间全回来了。

| 第三篇 |

往昔与今昔

卓文眉这一整天都没在图书馆见到傅筱筱,下班回到家,满屋子找一圈,也不见踪影。卓文眉给傅筱筱打电话,半晌没人接,家里沙发上却有亮光闪烁。卓文眉拿起一看,正是傅筱筱的手机,调成了静音,屏幕碎得一塌糊涂。

卓文眉皱了皱眉,重新返回女儿房间,这一次她终于注意到那拉得纹风不透的窗帘。

"筱筱?"卓文眉走去缓缓将窗帘拉开,果然看到坐在飘窗角落里缩成一团的傅筱筱。

窗外已是漆黑的夜色,他们家住在近郊别墅区,看不到城里的灯火繁华,天上也没有月亮没有星星,此刻满世界的光亮都来自花园里路灯透出的微弱光芒。傅筱筱埋在双臂间的头缓缓抬起,眼睛朦朦胧胧看着卓文眉,似乎是刚刚睡醒。

"妈,几点了?你都下班啦?"她浑然不知时光流逝的模样。

卓文眉心中隐隐抽痛,坐到她身边,将她揽入怀中。卓文眉记得清楚,当年傅筱筱在小楼里被困了那么久,后来又溺水险而死去,等醒来后,就是这样一动不动坐在窗旁一个星期。一个星期后,她才开始说了第一句话:"妈,明天是不是期中考试?"

从这句话后,她一举一动,恢复如常。可是卓文眉却觉得,自家闺女所有真实的阳光开朗,都已经永远留在那个黑暗的小楼里,再也回不来了。

傅筱筱觉得口干,从她妈怀里挣脱出来,下地走了一步,忍不住倒吸一口凉气。

"怎么了?"

"脚疼。"傅筱筱眼泪汪汪抓住卓文眉的手臂。

卓文眉开了灯,抬起女儿的脚,这才看到雪白的脚踝处青紫的淤痕。

"你这又哪里磕着了?"卓文眉找来药膏熟练给她揉着,忍不住念叨,"这腿脚啊长在你身上真是倒大霉了,从小磕磕碰碰,有过完好的时候吗?真不知道你走路的时候两只眼睛在干吗。你小时候新裤子上身,不到一周必破两个洞,知道是哪里吗?"

"膝盖。"傅筱筱翻翻眼,这些话她耳朵都快听出茧子了。

卓文眉笑哼了一声:"一个姑娘家皮得和小子似的,怎么那么顽劣?"

傅筱筱抗议："哪个小孩不跌跟头不摔跤？你还怪我费衣服，说不定是小时候你给我买的裤子布料太差。"

"胡说，我们家怎么可能缺你的衣服料子，你爸爸做什么的你又不是……"卓文眉话没说完生生截住，母女两人在刹那的寂静中都察觉到彼此屏住的呼吸。

就这么沉默了片刻，卓文眉低头揉着伤处的动作没有停，傅筱筱感受她掌心的滚烫，突然轻声说："妈，我今天遇到纪云深了。"

"谁？"卓文眉抬起头，一时不曾反应过来。

"纪云深，我高中同学，那个……那个女人的儿子。"

卓文眉目光微微一颤，那高空坠落血肉模糊的吓人画面又重新浮现眼前，让她心中一阵一阵地寒气四溢。那样美的女人，那么多死的方法，她却偏偏选择了最惨烈最毁灭的。

而导火索，却是自家的过错引起的。

至于她的儿子——

卓文眉想到前些年她和傅时雨偷偷资助那孩子到大学毕业，这些年听说他生活不错这才慢慢地不将他的事放在心上盘旋了，刚乍然听傅筱筱说起他的名字，竟觉得耳生了。卓文眉正发愣时，傅筱筱扶着她站直身，又清清楚楚地说了一句话："妈，我一直没有和你说，当年将我从水中救出来的人，是纪云深。"

卓文眉盯着自己闺女，此刻心里的震动已不足以用文字形容，这是傅筱筱第一次对她说起当年的事，而且说的是这样惊人的话：他们傅家寻找这么多年的恩人，原来是那女人的儿子？

果真如此的话，那么生一条、死一条，傅家欠了纪家两条命——

卓文眉这样想着时，更觉得往事如蔓枝，密不透风地缠住了这个家，似乎永世难以脱离。

距离十二月一号还有几天，傅筱筱突然想回 L 城看看。

S 市并不是她的家乡，L 城才是，从出生到高中，那里才是生她养她的故土。

S 市距离 L 城并不远，开车两个小时的路程。傅筱筱向来心动则行动，等脚疼好些，便一人开车回了 L 城。

快十年没有回来，L 城的变化翻天覆地。曾经最热闹的南大街早已关门大半，传统小商品批发市场在如火如荼的电商时代渐渐败落下来，昔日杂草丛生的西郊反而成了 L 城如今最繁华的新区。

傅筱筱的目的地很明确，开车直奔曾经的家——那个 L 城自从实现商品房政策后的第一个别墅区。

十几年过去了，昔日富贵冠盖全城的第一楼盘如今成了半破落户，小区门口的两头石狮子一个缺了尾巴、一个少了耳朵，曾经刷得雪白、阳光下能泛着金光的围墙斑驳不堪，连守门的保安也丝毫不见昔日的傲气和谨慎，傅筱筱不过随口报了一栋楼的户主名，保安便连车带人放她进去了。

一路驱车前行，每过一道弯，每爬一座坡，都是满满的记忆。傅家春风得意时搬入这个小区的热闹时光历历在目，些许抵消了记忆深处傅家逃离小区时的灰败和落魄。前方路已到尽头，傅筱筱停下来，坐在车里望着最里面也是处于小区最高处的那个小楼。曾经的家此刻不知已易手到第几位主人，小楼的颜色重新粉刷过，顶层也多了阳光房，门口的栅栏从木质换成了铁的，里里外外的布置都已经大相径庭，只有餐厅里暖黄灯光晕染窗户的颜色，还是曾经的温馨。

她下了车，绕到小楼后面。那方池塘已经不在，被人用土填了，留下一摊浅浅的水池，里面养了几条鱼。她站在鱼池边，听到楼里不断传来孩子们的呼喝打闹声，心道：是啊，对于有孩子的家庭来说，远离水肯定是安全些的。

时光将过往从现实中一干二净地抹去，此刻这里连一丝空气都不属于自己。傅筱筱怅然若失，缓缓开车从小区出来，又去了曾经的中学。

学校的变化也是改头换面，里外进进出出的都是蹦蹦跳跳的小学生，保安大叔告诉她，中学部早在五年前就搬到新区的新校区了。和小区保安不同，任凭傅筱筱怎么游说，保安大叔都不肯放她入校门一步。傅筱筱在校门口伫立片刻，黯然离开。

开车过一条街，是当年的国营服装厂。不过这里已经没有一点厂房的影子，因为紧挨着重点小学，四周拔地而起的都是高端住宅区。傅筱筱经过路口等红灯，光影交错间恍惚又看见了工人疯狂闯入厂房抢砸机器、纵火焚烧的一幕，恐慌一如当年，霎时塞满了她的胸膛。终究是后方不断催促的鸣笛声让她惊醒过来，匆匆忙忙踩了油门，继续前行。

记忆轨道的最后一个地方，是 L 大附属医院。

相对而言，这里的变化最小。傅筱筱走到住院区，九层高楼一如既往的雪白冰冷。她站到楼前的松柏树下，当年她出院时，那女人从高处纵身一跃，在无数人的尖叫声中就这样血淋淋落在她面前，鲜血溅了她一身。那是夏天，鲜血贴着肌肤温暖黏稠的可怕触感，叫她一辈子都难以忘记。

她在松柏树下的石凳坐了许久，往事历历在目，将她这些年深深埋藏在心底里的情绪一丝丝扒出来，就这样赤裸裸明晃晃地摆在面前，让她再也无从逃避。

逃避什么呢？傅家毕竟全身而退了，那些没有全身而退的人呢，该怎样撕心裂肺渡过经年累月的伤痛？

她长长叹口气，起身回头时，看到站在不远处的黑衣身影。

已经傍晚了，日色徐徐收拢光芒。他的脸在初冬的暮色下更显冷峻，黑沉沉的双目依然没有一丝的波澜，就这样静静地望着她。

傅筱筱已经下定了决心直面所有往事，她走到他身前，深深弯下腰："对不起。"

纪云深默然半响，才道："对不起什么？"

傅筱筱九十度鞠着腰，诚恳地说："当年是我父亲的经营不善，才让服装厂有了那么多下岗工人，才让纪阿姨无路可退。都是我们的错，请你原谅。"说完这句话，她心底那道紧绷数年的弦，终于微微松了一下。

纪云深冷笑一声："你以为我妈是因为你们跳的楼？傅筱筱，你还是这么自以为是。"

傅筱筱直起身，满脸满眼的震惊与不可思议："你这话什么意思？"

"你听不懂中文？"纪云深突然很不耐烦，他和她交流起来真是一如既往地艰难。但顶着她那样急切等待的目光，他到底还是冷淡补充了句："我妈的死，和你们傅家没什么关系。"

傅筱筱依然不敢置信，喃喃道："真的？你不是安慰我？"

"我和你什么交情，需要安慰你？"纪云深忍不住有点怒气，"说起来你早不算什么千金小姐了，能不能别自我感觉这么好？"

他转身要走，傅筱筱反应过来，快步走到他面前，伸臂拦住他。

她认认真真地说："我们怎么没有交情呢？纪云深，我们是老同学，而且你是我的救命恩人啊！"

纪云深寒眸低垂，看着她："所以，傅小姐时隔这么多年，终于记得要报恩？"

傅筱筱被他说得局促不安，双手紧紧交握，想了想又鞠躬九十度，再度道歉："对不起，让你久等了。"

"等？放心，我从未妄想。"纪云深冷冷说完这句话，看着她低头哈腰的滑稽模样，觉得实在没意思得很。

他缓缓又道："当年便是个小狗，我也会救的。"

什么意思？把我比作狗？傅筱筱愣了一会儿，回过神来，站直身体，纪云深已经扬长而去了。

纪云深说得没错，救人的事之前，他和傅筱筱之间一点关系也没有，更不用谈什么交情。当年的傅筱筱，是享誉L城、知名企业家傅时雨的女儿，而纪云深是贫穷的、单亲家庭的孩子，两人身份悬殊从无私交。若非纪云深学习成绩名列前茅，每次考试都能雄霸榜魁，不然傅筱筱是断然不记得自己有这位同学的。

没有人的一生能逃脱父母的影响，尤其是未成年以前。傅筱筱的童年和少年，就被自己的父母刻上了深深的烙印。这个烙印一半花团锦簇，一半风刀霜剑，都是傅筱筱自己不能选择的。

烙印的源头，要从当年L城的名人傅时雨说起。

傅时雨青年从军，正营转业回到L城，入职国资局。因在南北毛竹商战中成绩显著，傅时雨被市里负责经济的领导看中，挂职调任去市丝绸公司担任掌舵人。傅时雨接管丝绸公司时，账面已经连续亏损数年，他想尽办法说服农业局整合L城乡村蚕桑资源、鼓励农民种桑养蚕，让L城成为全省最大的蚕丝产地，又因为他的营销天赋，L城的丝绸以质量优良、明码标价著称，一时畅销长江两岸。三年之后，L市丝绸公司账面已经极漂亮地扭亏为盈，且经营模式一旦稳固下来，谁来接管都能继续维持盈利。

于是，傅时雨到了下一家亏损严重的市纺织厂继续耕耘。傅时雨是那个年代精准扶贫的能手，在服装纺织行业上下产业链尤其是威名赫赫。又一个五年后，傅时雨再一次扶贫完毕，市营纺织厂的巨大成功甚至奠定了L城此后几十年"纺织之乡"的基础，政府于是终于放心将市里最大的贫困户——超级赤字在账的服装厂交给傅时雨再展神通。

但这次，春风得意八九年的傅时雨马失前蹄。

服装厂经营期间，因为傅时雨和法务在外贸法律的知识漏洞，导致这家国企在充当全市外贸先锋期间被澳大利亚一个华人开的企业诈骗了将近一亿元的资金。

一个亿国资流失的窟窿，这是什么概念？蜜罐子里长大的傅筱筱对此浑然不察，直到傅时雨被相关部门带走调查了数个月，傅筱筱这才知道事情的厉害，自家父亲的经营不善捅了超级马蜂窝，服装厂资金链条断裂，数千人下岗失业，让L市成功加入了国企改革浪潮的尾声；而他们这家姓傅的，瞬间成了L市的过街老鼠。

傅家从天上掉到地下，倒也不是垂直降落，幸亏有人还能帮助托一把。

相关部门调查许久，将傅家的来往明细翻了底朝天，实在查不出傅时雨私人经济上的问题，又有同僚旧属的奔走游说，傅时雨最终完璧归家。只不过傅时雨回来时，家已经没了，傅筱筱她妈卓文眉也是狠人，既然下岗工人静坐让她有家回不得，她直接将住宅卖了，卖房的钱上交公家，添做下岗工人的补贴费用。又因傅时雨军旅生涯中实在相处了几个不错的战友，其中一个正在北京做律师，听说傅时雨的事情立即赶来帮忙，委任了一家外资所和澳洲服装公司打官司，一年后成功追回了八成债务。还有两成，傅家砸锅卖铁、大举外债，终于弥补上了所有的损失。

至此，一场风波这才渐渐消弭于无形。只是傅时雨在L城彻底无法立足，被迫带着妻女去了相邻接壤的S市谋生，几番折腾，最终进入了S市最大的民营企业——梅氏集团，任职华东六省一市销售总经理的职位。傅时雨的销售能力是毋庸置疑的，有了稳定的收入来源，家里的经济条件渐渐好转，傅家在S市根基扎稳，生活这才重新进入正轨。

说是崭新的生活，但其实这个新生活的上空依然乌云密布。那一年所有的波澜中，那个姓纪的下岗女工人的轻生，是压在傅家所有人心头最沉重的一道阴影。傅筱筱知道爸妈嘴上不说，但其实这些年他们也一直没有过去这道坎。傅筱筱还知道，前些年傅时雨暗中资助了纪云深的学业，直到纪云深大学本科毕业和校方明确说了不需要资助，傅时雨才悄然停止了对这份亏欠的弥补。

可是时至今日，纪云深当着傅筱筱的面，却说他母亲的死和傅家毫无关系。傅筱筱难辨真假，想着纪云深毫无理由在这件事上哄骗她，又想如果纪阿姨不是因为下岗的打击，那又是因为什么轻生，丢下这么出色的儿子就不管了呢？

她心绪纷乱复杂，就这么一路胡思乱想回到了S市。

到了S市正是饭点时间，傅时雨和卓文眉已经知道她要履新的消息，这晚特地在一家西餐厅订了位子给她庆贺。

傅筱筱开车直接去了餐厅，在楼下停车场等电梯时，好巧不巧地遇到了一个熟得不能再熟的人——金豫，以及他的新婚妻子江晴。

"筱筱？"金豫今天一改平日西装革履的形象，穿着休闲装，看起来更潇洒温润了几分，"怎么这么巧？"

"是啊，好巧。"傅筱筱挤出来自前女友的大度微笑，"你们度完蜜月了？"

金豫笑道："昨天刚回来，今天和江晴约了双方父母一起吃顿饭。"说到这里，他拉拉江晴的手，介绍道："江晴，这是傅筱筱，我朋友。"

"傅小姐，久仰大名。"江晴也微笑着，伸手与傅筱筱相握。

她笑起来如玫瑰绽放，傅筱筱被美色眩晕，忍不住腹诽自己：看看人家这笑容，啧啧，又美又大气，不照镜子也知道自己瞬间被秒成渣。

江晴对她眨眨眼："对了，你给我们的新婚礼物我们很喜欢，在意大利还没来得及和你说谢谢。"

"不客气不客气，应该的应该的。"傅筱筱寒暄完毕，将目光从江晴脸上挪开，不受美色影响，脑子才重新冷静转动。金豫刚才的话不知为何又在她耳边回响了一下，这一回响让她心中警铃猛响。

"对了，你刚刚说——金叔叔他们也在楼上吃饭？"傅筱筱盯着金豫。

这电梯上去只有一家西餐厅，还是金家和傅家常来常往的那家餐厅。只不过这段时间金正康和傅时雨实在是王不见王，但凡相遇肯定玉石俱焚。今晚江晴的父母也在旁边，那两人如果真的闹起来，那就要出大笑话了。金豫见她紧张的神色立刻恍悟，脸上笑意顿时收了："你爸妈也在？"

傅筱筱横他一眼，沉默代表一切。

江晴冰雪聪明，自然听出他们的言外之意，轻笑说："不至于吧，你们的事情不是早过去了吗？再说了，傅总和爸一把年纪了，不至于那样不分场合吧。"她说的爸，自然是她的公公金正康。

金豫和傅筱筱视线交流一下，却是不敢心存侥幸。电梯叮一声适时开在三人面前，江晴似笑非笑看两人一眼，率先走了进去："别愣着了，进来吧。不上去看看，谁知道怎么回事？"

傅筱筱叹口气走进电梯，金豫扶着额，最后走了进来。

到了楼上餐厅，三人却见傅氏夫妇正站在餐厅门口，傅时雨脸红脖子粗，一看就是气不顺的样子，卓文眉在旁小声劝慰。

傅筱筱瞧一眼便知,傅时雨必然已经见到金正康了。看这生闷气的样子,想必是没闹起来,傅时雨自觉退出了尴尬场合,但是心里的不爽却与时俱增了。

"傅叔叔,卓阿姨。"

"傅总,傅太太。"

金豫和江晴各自礼貌打招呼。

傅时雨见着金豫揽着江晴亲密无间的样子,眼中恨不能喷火——当年送傅筱筱出国,这家伙站在自己面前也是这么亲亲热热地揽着自己的女儿,一口一个诺言,现今看来,全是胡扯!

"走吧走吧。"傅筱筱趁傅时雨发作前一把拉住他往电梯走,悄声说,"人家人多势大,识时务者为俊杰。"

傅时雨恨恨道:"要不是见他亲家也在,非得让老金挪地盘。凭什么我们要溜?"

你溜都溜了,还说这负气的话?傅筱筱哭笑不得,说:"是是是,你对朋友最仗义了。"她和卓文眉交换一个无奈的眼神,关了电梯门,这才松口气。

"老金什么都好,就是不会教儿子!"傅时雨心里不平,想着金豫就来气,"金豫这小子,口蜜腹剑,骗了你六七年,最后竟娶了别人!真是……真是岂有此理!"

傅时雨手紧握成拳,要是金豫此刻还在跟前,他大概就一拳挥过去了。

傅筱筱斜眼看他："您平时不都说金豫胸有城府能干大事吗？怎么如今又成了口蜜腹剑？"

"哼！是我瞎了眼！"

傅时雨怒起来连自己都不放过，傅筱筱和卓文眉听罢都忍不住扑哧一笑。她俩一笑，傅时雨心中的这股气啊，也就悠悠地慢慢地不知散去哪里了。

傅筱筱从二十一岁和金豫谈恋爱，到今年过年正式分手，两人在一起整整六年，也是她青春年华正盛的六年。两人分开时，若说傅筱筱一点也不迟疑，一点也不留恋，那也不是实情。只不过当她清楚知晓自己对金豫的感情根本不是爱，而是依赖、是习惯、是她一直以来利用他的呵护麻醉慢慢治愈自己的伤时，她就开始试图掐灭这段关系。一开始金豫都以为她作，吵吵闹闹分分合合，最后他总是来低头挽救这段关系。直到——今年的那顿年夜饭上，她失手将他的求婚戒指扔到地上时，金豫转身离去，再未回头。

金豫有金豫的骄傲，当他终于看清了她的真实面目，岂有不离去的道理。

因此这段感情中，过错方不是金豫，而是傅筱筱。金豫唯一的疏漏，大概就是没有将两人的分手事实告知父母，他转身就找到了江晴，求爱、求婚、订婚、结婚，以六个月的时间，迅速完成了此前六年的求而不得。这样的闪电速度，当然让金、傅两家的长辈目瞪口呆、措手不及。

傅筱筱却乐见金豫这样的果断决绝，这让她心中的愧疚或多或少减轻了些。否则,她更不知道如何面对金正康——那位她敬仰的、一直被她认作为世上最仗义的长辈。

当年在困难中托着傅家一把的律师朋友,便是金豫的父亲金正康。后来傅时雨能够入职梅氏集团,也是因为金正康大力举荐和担保。当然,金正康年轻时遭遇厄难,傅时雨也曾大力相助。这对老战友之间几十年相知相惜相互扶持的深厚友谊,如果因为自己和金豫这点破事而闹掰,傅筱筱是怎么都不能接受的。

现在金豫喜结良缘,江晴能做金家的儿媳,金正康应该没有什么不满意的。

至于自家老爹心中的膈应要怎么消除,傅筱筱不是不知道解决方案,只是太难做到了:如果自己找一个比金豫毫不逊色的男友,也许傅时雨的心气也就稍平了。

只是,这个年代找个靠谱的男人确实难啊。

傅筱筱新的工作依然 base 在北京,入职 title 是高级法律顾问。

知道傅筱筱即将入职恒美科技,倪姗身为资深财经媒体的自觉,给她发了一堆恒美过往史以及高管们的履历和奇闻逸事。

没有人能抵挡八卦的神奇魔力,傅筱筱也不除外。

恒美 CEO 叶晖出自以房地产起家大名鼎鼎的叶氏家族,是个不折不扣的二代。但这个二代一无浪荡逸事、二无花边新闻，出了学校的门连续创业至今，恒美科技是其创业板块中最大的蓝筹。而且叶晖早早结了婚，夫人是从高中就在一起的初恋女友，如今夫妻和睦儿女双全，堪称成功人士中三观极正的标杆。

对恒美而言，叶晖夫人是绕不开的灵魂人物。她的名字不仅频繁存在于叶晖的新闻中，还存在于恒美的联合创始人、战略投资部门负责人顾淮的八卦传说中。顾淮是叶晖夫人的亲弟弟，乍看之下让人以为又是姻亲下的裙带关系，但顾淮的履历曝光之后，世人便知这位曾是小摩有史以来最年轻的董事总经理和叶晖的合作，是强强联合，而不是什么家族经营下的裙带猫腻。

财经专刊上的顾淮硬照是溢出屏幕的超级精英范儿，傅筱筱看着他曾经主导的那些著名投资，还有他为恒美融资的历史记录，再想想意大利遇见的那个似乎童心未泯的顾淮，一时很难把这两个身影合二为一。

除了这两个人，恒美最受人瞩目的另一位高管便是傅筱筱的恩公——纪云深。恒美科技目前直接汇报 CEO 叶晖的十二名大将中，纪云深是唯一一位从名不见经传空降到恒美担任高管的人。他的履历非常简单，在校期间和同学创业，推出了一个针对学生市场的外卖产品，但后来外卖这块市场被巨头嗅觉闻到，纪云深的团队在巨头的挤压下难以夹缝生存，将产品卖给了恒美科技。叶晖买下产品后成立了外卖事业部，让纪云深在恒美总裁办公室担任了一年的助理后，将外卖事业部独立出去发展,纪云深也从总办下放,担任外卖事业部的总经理。

至于纪云深为什么如此得叶晖和董事会的青睐,外界无法获知。但纪云深还有另一个身份,可能是科技圈里业务大佬身上难得一见的,他是国内顶级名校汇仁大学的经济学博士。一个博士不去做研究,来做业务,确实是破天荒第一例。

但不管如何,恒美科技的外卖业务在充足的资本支持和成熟的商业模式运作下,已经焕然一新,目前稳稳占据了市场第二,并正在强有力地冲击市场上最大的竞争者——百闻集团。

基于国内城市高压力高强度的生活节奏,外卖市场催熟的懒人经济这两年发展迅速,这个市场的竞争热烈度也仅次于网约车市场,热钱沸腾,硝烟四起。傅筱筱自己也是网上点外卖的常客,只不过在此之前,她还从未认真审视过这个市场。她也想不明白,恒美科技从做酒店旅游业务起家,与借鉴美国 Yelp 模式做本地生活服务点评模式起家的百闻集团,天然少了线下聚合餐饮商家的优势,它怎么就看中了外卖这个市场,又怎么就做成了这个市场?

未解的谜题对求知欲旺盛的她是极致的诱惑,傅筱筱怀着极大的好奇心,于 12 月 1 日,正式入职恒美科技。

仗着叶氏地产的雄厚财力,恒美在北京望京建了两栋甲级写字楼做总部大厦。其地址虽然在看似偏远的东北五环，但这里高楼林立商业繁茂，号称北京市的第二个CBD，而且距离机场不过半小时的路程，实在比高科技公司汇聚的海淀西二旗后厂村要洋气得多。恒美科技在全国有四万名员工，三分之一在北京总部大厦办公，这其中，技术工程师就占了近一万。恒美科技的创始人、CEO叶晖本就是程序员出身，他坚信新世纪技术是驱动改革的唯一力量，"以技术创新，打造更美好的生活"，是恒美科技的SLOGAN。

傅筱筱所在的法务部位于恒美科技大厦A座的第7层，这座大厦9层以下，都是职能部门；从9层以上到22层，是业务部门；22层以上还有四层，是福利优越的食堂、健身房、游戏室和电影院。程序员哥哥们独占B座大楼，B座顶层还有四季花开不败的空中花园和超豪华、堪比五星酒店的恒温泳池。

傅筱筱与新入职的员工们在HR的引领下参观了一圈公司，心中暗暗感叹：土豪就是不缺钱。她之前在WB也曾到旧金山总部办公过，硅谷的高科技公司向来以高薪酬、高福利、高人性化的办公环境著称，她没想到，国内原来也有毫不逊色、福利超A的科技公司。

领了工牌、办公文具等，傅筱筱到7层法务部归位。孟飞澜不在办公室，他的助理告诉她，孟飞澜上午有会，中午订了附近的餐厅，请她吃入职餐。

恒美的法务部不同于WB中国小而美的团队。傅筱筱加入的这个新团队有将近两百名同事，其架构扁平、职责分明，分为诉讼支持、投融资并购支持、业务板块支持、海外业务支持、综合中心支持五大板块，俨然是一个中型所的构架。法务部占据了A座7层一半的工位，还有一半，是战略投资部门的同事。

傅筱筱因为有海外留学和外企工作的背景，被安排在海外业务支持团队，直接汇报给孟飞澜。这个团队是孟飞澜来恒美之后才筹建成立的，是法务部最新的板块，同时也是人数最少的，才六个人，除了傅筱筱暂时base在北京外，其他的人分布在全球各地，旧金山、布鲁塞尔、伦敦、新加坡以及香港。

孟飞澜在她入职前坦然相告："我还没想好你最终的定位，先从你擅长的事情做起。"

傅筱筱没有异议，她也还没有了解透彻恒美科技，不知道自己能发挥的最大价值在哪里，至少，从擅长的事情开始熟悉这个公司，是最快最简单的途径。

她在孟飞澜助理的引领下和法务部同事们逐个打了招呼，然后进入恒美科技内部研发的办公软件"条文"中开始工作。

"条文"最大的功能类似于微信，是公司内部员工交流的即时通讯，除了通讯外，条文后台还链接公司邮箱、拥有云端在线办公工具，满足内部封闭办公的所有需求。

傅筱筱没想到自己在"条文"中收到的第一条私人信息

是顾淮发过来的:"Hi,蹭票的小姐,欢迎入职。"

他怎么知道自己入职恒美的?傅筱筱一笑回复:"Hi,蹭饭的先生,请多关照。"

第一天就收到了联合创始人的亲自问候,这真是莫大荣幸。傅筱筱想起意大利的不期而遇,不免就想起意大利那晚的遭遇——她既然能与萍水相逢的顾淮成为同事,在意大利那位救命恩人,是不是也能有缘再见?

说也奇怪,她这是什么命,竟如此多舛,频频需要旁人来救?上天给她写人生剧本的时候真是用心啊。

她心底问候着命运之神,指下冒昧地给纪云深发了一条信息:"恩公,我进入恒美为你打工啦。"

忙碌的工作让时间迅速充实起来,傅筱筱根本没有所谓的过渡阶段,从上班第一天起就开始分担海外业务支持的繁忙工作。

恒美科技以在线酒店旅游业务起家,酒旅业务是目前集团当仁不让的老大哥和绝对盈利主力,其全年交易额超过五千亿元,国内再无敌手,便是和国外同行相较,也是绝对翘楚。作为全球化视野的公司,恒美科技在线酒旅业务需要对接全球的航空公司、酒店集团和旅游集团,来往的合同协议如过江之鲫,当然,对簿公堂的案子也数不胜数。这么大一块的业务支持工作,原先的法务部无力承担,主要依赖外部合作律所,孟飞澜入主法务部后,这部分工作才开始出口转内销，由傅筱筱所在的团队一步步对接过来。

要胜任这块工作，需要深度了解全球的旅游、合同、电子商务等法律，其实对傅筱筱来说是不小的挑战。傅筱筱从对接北美业务开始，兼顾学习欧洲和亚洲等主流市场的相关法律。繁忙的工作加上厚重的学习任务，她入职的第一个月几乎连一点私人空间也没有。

倪姗许久没有见到傅筱筱，念叨得不行，挑了一个外出工作的中午专程跑来恒美大厦，和傅筱筱共进午餐。

傅筱筱带着她到 A 座顶层员工餐厅，倪姗对着周遭环境暗暗咂舌："羡慕嫉妒恨，这是食堂吗？这是高端西餐厅！"

傅筱筱说："倪小姐，这确实是内部西餐厅，食堂在下面两层。你特地来看我，我总要带你吃点好的。"

"还算你有良心，"倪姗笑嘻嘻翻看菜单，"我要吃最贵的。"

傅筱筱宠溺道："你随便点。"

两个人点了菜，倪姗看着她精神萎靡，眼睛下是粉底都遮不住的黑眼圈，摇摇头："你这气色，啧啧，怎么好像几天几夜没睡了。"

"别提了，我昨晚加班到十一点，回家就睡了三四个小时。凌晨四点半起来和美国那边团队开会一直到早上九点，然后就又来上班了。"傅筱筱打个呵欠，手托着腮，这一刻松懈下来，只昏昏欲睡。

倪姗皱紧眉："说实话你到底拿多少钱一个月？算算时

薪，比得上工地搬砖的吗？"

傅筱筱被这话逗笑："反正比不上你这个金牌记者。"

"孟律师真的是压榨机！"倪姗心疼她，出馊主意，"要是他们不给你相应的回报，去告他们！"

"告谁？"不知从何处飘来一个顾长身影，横空插话后，大咧咧坐下来。

倪姗侧首，望见来人面庞的一瞬，似被花迷了眼。

来人问傅筱筱："是你朋友？不介绍下？"

"顾少！"倪姗对这张财经媒体上争相报道的面孔再熟悉不过，根本不等傅筱筱介绍，已经激动地伸出手，"你好，我是XG媒体的记者倪姗，幸会幸会。"

顾淮与她轻轻握手，优雅地笑："原来倪小姐，认识你是我荣幸。"

他转头又对傅筱筱说："点菜了吗？有我的份吗？"

这家伙蹭饭上瘾吗？自从入职恒美，这人隔三岔五出现在她的餐桌上，让她不明不白地被同事们用有色眼镜审视多次。傅筱筱此时连翻白眼的力气都没有了，直接拒绝："没有。"

"那我吃什么？"他眼巴巴地看着她，似乎颇委屈，"开了一上午会，真的好饿。"

傅筱筱很想请问他脸皮到底有多厚，但来往都是同事，而且此人身居高位，她实在发作不得。

她压低声音提醒他："顾总，你知不知道职场上有个不成文的规矩，老板不要蹭下属的饭，有受贿的嫌疑。所以，一般都应该是老板请下属吃饭。"

"我又不是你老板，"顾淮微笑，"而且你也放心，工作上我绝不给你任何好处，嫌疑不攻自破。"

傅筱筱瞪眼，正好服务员开始上菜，顾淮拿着菜单和服务员又点了两个菜。

这两人有情况——倪姗的眼睛在他们身上转来转去，本独自瞧着好戏，直到看见顾淮下意识将那份海鲜饭推到傅筱筱面前，她才忍不住咳嗽一声："抱歉顾少，这是我的，筱筱今天没胃口，就点了一份沙拉。"

"没胃口？"顾淮盯着傅筱筱认真看一眼，"身体不舒服？"

傅筱筱没好气地说："早餐吃得多。"

顾淮又看了她两眼，没有再问，转过头开始和倪姗寒暄："你是我家筱筱的好朋友？"

我家筱筱——这称呼一出，倪姗一身鸡皮疙瘩，正喝着水的傅筱筱险些被呛到。

倪姗说："我们是大学室友，我、她，还有一个童依依，我们仨正好被各自系排位排剩下了，有缘在一起住了四年，是铁杆闺密。"

"童依依。"顾淮念着这个名字，觉得有点耳熟，但想不起来哪里听过。他笑对倪姗说，"我和筱筱也十分有缘，她有和你说过吗？"

傅筱筱在一旁都快抓狂了，倪姗灵光一闪，问傅筱筱：

"莫非你在意大利遇到的那个人就是顾少?"

"不是……"

傅筱筱刚想解释,顾淮非常不满地截住她的话:"怎么不是?难不成你在火车上蹭我的票,还想抵赖?"

"所以在威尼斯晚上救筱筱的,也是你?"倪姗期待地看着他,这眼神显然比刚才纯粹的仰慕要多了些温度。

"救?"顾淮一怔,对这话显然觉得意外。他问傅筱筱,"你在威尼斯遇到过危险?"

傅筱筱低头喝着水,她此时已经恢复平静:"没有,就是出了一点小状况。"

倪姗吐舌,知道自己误会了,忙抱歉地耸耸肩。

顾淮一贯风流的眉眼略略深沉了些,他微微一笑,没有再说话。

吃完饭,傅筱筱送倪姗到楼下大堂,离开时倪姗到底是没忍住,问她:"那个顾少是什么情况?"

"什么情况?"傅筱筱可能休息时间太少,一时有点转不过弯来。

"你个笨蛋!"倪姗伸指点点她的额角,"他是不是对你有意思啊?"

傅筱筱失笑:"怎么可能?他就是爱玩,和其他女同事他也这样。"

"真的?"

"真的。"

倪姗想想还不放心，叮嘱："不过顾少这样玩世不恭的人，让人看不出什么真心，而且之前风流韵事也不少，不是什么良配。"

"你别瞎想了哈，"傅筱筱郑而重之地说，"我和他真的只是同事而已。"

倪姗叹口气："但愿如此。"

她忧心忡忡地走了，傅筱筱见她上了出租车，才转身回7楼。

其实对顾淮异样的举动，傅筱筱不是没有感知，但要说顾淮是心存什么特殊的念想，傅筱筱却觉得不至于此。何况这段时间听一些同事们私下的八卦交流，她也知道：虽然顾淮是风流不羁，但他有一个优良传统，就是从不吃窝边草。

晚上十点，恒美科技的两座大楼依然灯火通明。纪云深刚从机场回来，上电梯到 A 座 22 层，推开自己办公室的门，却看到办公椅上有人端然而坐。

纪云深看到那人一点也不惊讶："你这么喜欢这个办公室，我不介意和你换一换。"

"这里风景的确好啊。"顾淮双手抱着头，惬意地靠在椅背上。他的背后，落地的玻璃窗外灯火辉煌，正是人间最真实的繁华。

"那我去 7 楼，你留在这里。"纪云深在外没日没夜奔波了一周，实在有些疲惫，"我可不想每次回来连个坐的地方都没有。"

顾淮摇摇头："那可不行,刚在7楼发觉了些乐趣,哪能现在拱手相让?"

"什么乐趣?"纪云深从旁边拖来一把椅子,拿出电脑开始处理工作,有一句没一句地和他搭话,"和孟律师相处很愉快吗?"

提起这个名字顾淮就头疼,倒吸一口冷气："相处愉快?就那个眼里容不得沙子的老头,他看我浑身上下都是毛病。我稍微和女同事和颜悦色聊会天,他就让他助理给我邮箱发一封《职场反骚扰规定》。难道我会吃窝边草不成?"这话说出口,他心里不知为何咯噔一下,竟然感到一丝心虚。

纪云深轻轻一笑,不言语。

顾淮道："还没问你,你到底怎么说服孟律师来恒美的?"

纪云深依然不言语,顾淮冷哼："你这家伙,明面上撺掇我去办这事,暗地里自己却不声不响办好了,害我被叶晖好一顿念。你说说,这件事你办得厚道吗?"

纪云深盯着电脑目不斜顾,淡淡道："是你自己拖拖拉拉不去拜访孟律师,怎么还赖别人?"

顾淮捂着脸："实不相瞒,每次和这个老头面对面,我真是心里发怵。"

"难得,这世上你还有怕的人。"

"一朝被蛇咬,十年怕井绳啊。"顾淮叹着气,"当年我在投行负责的第一个大案子就是和孟律师的律所合作,因为一个小失误，被他当众训斥了半天，也是要命。"说到这里，他忽然想起傅筱筱中午憔悴的模样，又叹息道，"孟律师这样小的心眼又是这样大的脾气，他手下的那些人肯定日子很难过吧？"

这个问题纪云深无法回答，只是说："既然你这么忤孟律师，怎么还在7楼流连忘返？"

"不知道，可能7是我的幸运数字？"顾淮嬉皮笑脸地说。他看看手表上的时间，已经十点半了，起身准备离开。

"哎，你吃过窝边草么？"顾淮开门时突然问。

纪云深眸光微动，还未言语，已听到顾淮怅然喃喃道："都说兔子不吃窝边草，可我是兔子吗？"

"奉劝你，"纪云深冷冷道，"谨言慎行。"

"你怎么说话的语气和孟老头一模一样？别紧张，我就随口说说。"顾淮不以为意地笑一笑，关门离开。

办公室恢复悄无声息的寂静，纪云深看着窗外灯火明明灭灭，想起顾淮方才窝边草言词，突然有些心烦意乱。

他拿起手机点开条文，积压的信息太多，他往下滑动，看到孟飞澜的留言："明天元旦，你若无安排，不如来寒舍一聚。我邀了几个年轻人，一起聊聊天。"

逢年过节总是业务最繁忙的时候，因为需要部署各种市场营销策略和活动安排，尤其是从圣诞到元旦的这一周，往往是提升DAU①和刷新订单量最好的时段之一，他轻率不得。前几天圣诞节期间，他亲自在竞争最激烈的长三角一带部署作战计划，成功将DAU提升了120%，全国日订单突破千万关口，并顺利从百闻集团占据绝对优势的长三角市场抢夺出超过40%的市场份额。

这是一次历史性突破，恒美在北方外卖市场本就占据优势，如果南方市场份额持续追赶，恒美和百闻集团在外卖市场上市占率天平将会发生颠覆性的倾斜。当市场竞争中第一、第二开始在峰点对战时，接下去的战场无疑会更加惨烈，但对以狼性著称的业务团队来说，这会让他们更加热血沸腾。

纪云深没有狼性基因，也不是容易热血沸腾的人，他从来都是业务团队中最克己复礼、最清醒的那个人。但也正因为如此，他是最无法随心所欲的人。即便他预感到孟飞澜家宴上的那些年轻人会有谁，即便那里也许会有他想见的人，即便所有的元旦活动策略都已板上钉钉，甚至早就与圣诞的活动一起推出，他还是不能去孟飞澜那儿。

因为明天业务部门会有超过一半的员工坚守工作岗位，他得陪着兄弟们一起。

他回复孟飞澜："明天需要加班，抱歉不能参加。预祝您新年快乐。"

---

① DAU：Daily Active User，日均活跃用户。

他又将信息下滑，直到看到傅筱筱的头像。点开对话框，最后一条信息还留在她问候的"圣诞快乐"上。他记得那天会议实在太多工作也实在太忙，他根本没有注意到这条信息，更不谈去回复。

他放下手机，继续工作。电脑上是商业分析部门刚刚发送的近三个月外卖市场演变的分析报告。商业分析部门大概是整个业务部压力最大的部门，即便他们没有市占率这样的硬核 KPI，但守着一个经济学博士身份的老板，每一次送上来的报告在纪云深的批注下显得千疮百孔，也真是叫人不寒而栗。

时间一秒一秒地流逝，等纪云深批完报告，已经过了十二点了。他拿起手机，发现屏幕还停留在与傅筱筱的对话框上。他已经收到了她 2017 年发来的第一条消息："恩公，元旦快乐！"

他望了那条消息许久，依然没有回复。

| 第四篇 |

挟恩相报

孟飞澜的元旦饭局也邀请了傅筱筱。

她前一晚又是加班到十一点多,元旦这天上午睡到十点才起,八个小时充足睡眠后,镜子里的姑娘总算不再是萎靡不振的模样了。她梳洗完,刚刚换好衣服,手机信息叮叮作响。

"我在你家楼下了,下来吧。"童依依发过来的,她今天也去孟飞澜那儿。

傅筱筱披上大衣下楼,北风劲烈呼啸刮脸,把她残存的最后一丝睡意也吹散了。

"给你带的早饭,还热着。"傅筱筱钻进童依依的车里,从包里取出暖暖的三明治递给她。

童依依接过来,指指座椅旁的咖啡:"给你买的咖啡,也热着。"

两人相视一笑,傅筱筱说:"我们俩一起生活也挺好,何必找男人，麻烦。"

"也是。"童依依眉眼上扬，笑得十分妩媚。

她曾经爱上过一个不该爱的人，即便对方从未回应，她却一直蒙眼狂追，死心塌地默默付出。那时的她又傻又蠢，傅筱筱为此劝说过、指责过，甚至疏远过，童依依还曾怨恨傅筱筱——为什么连她也不理解自己、不支持自己？但当她在那场荒唐的感情角逐中惨淡收场时，身边众叛亲离，唯有傅筱筱默默陪伴在她身边，安慰她保护她，让她最终走出了那场感情的阴霾。

对童依依而言，此后的傅筱筱不再仅仅是朋友、室友，也是至亲之人。比对自己的终身大事而言，她显然更加关心傅筱筱。

她将车开出，似随口问道："倪姗说你身边有新桃花，是哪位？"

"唉，我真是服了。"傅筱筱扶额，昨天实在太累，她也就没想着叮嘱倪姗一句别乱说。以倪姗的八卦属性和记者周知天下的功力，没影的事被她一渲染，倒显得有棱有角、有模有样了。

傅筱筱解释："就是一同事，昨天和我们一起吃了顿饭。他那个人爱开玩笑，说了几句玩笑话。没什么的，你别听姗姗胡说。"

"听说是你在威尼斯邂逅的人？"

邂逅？这都什么用词。傅筱筱头疼："我就是在意大利的火车上蹭过他的车票。而且他是江晴的前男友，他的女友标准是江晴这样的世家小姐，怎么可能瞧得上我？"

"你怎么了？你也是人见人爱的美女啊，而且灵魂有趣，这难道不比美貌更吸引人？"童依依给她打气，说完又感觉哪里不对，"江晴的前男友爱开玩笑？不像啊。你们说的那个人是谁？"

"顾淮。"

"顾淮?!"童依依忍不住大笑，"我的好姑娘，谁告诉你顾淮是江晴的前男友的？"

傅筱筱疑惑："难道不是吗？"

"据我所知，江晴的前男友确实在恒美，但不是顾淮，是纪云深。"

"谁？"傅筱筱猛地坐直身。

"纪云深，就是那个传说中的经济学博士，现在可是科技圈的新贵。"童依依关注前方路况之余看她一眼，"你反应怎么这么大？对了，你在恒美见过他吗？"

傅筱筱怔怔难言。童依依曾经在江晴堂弟江宸身边做了四年的私人助理，对江家的事了解透彻，关于江晴的情况她断不可能说错。

纪云深，居然曾经是江晴的男友？那么无可挑剔的完美女友，那家伙哪根筋不对，居然就生生错过了江晴，还让金豫捡了漏？

毕竟是自己的恩公，即便金豫是前男友，傅筱筱还是偏心纪云深多些。她长吁短叹地为纪云深惋惜时，突然又想起一事，忍不住嗷呜一声捂住脸——这么说，那天在威尼斯，只有她这个傻瓜觍着脸去了前任的婚礼。

"顾淮浑蛋！"

孟飞澜家在温榆河畔的别墅区，离望京路程不远。童依依和傅筱筱到时，孟宅前已经停了好几辆车。想是家里有孩子的缘故，孟家院子里五颜六色的圣诞装饰还没有除下，门廊檐下又挂起红彤彤的中国风挂饰，看上去热热闹闹很有节日气氛。

孟飞澜的夫人出来把她们迎进去，屋子里基本都是法律圈的熟人，偶尔有几个脸生的，经人一介绍，共同语言对上去，很快熟悉起来。傅筱筱和童依依算是小辈，孟家的三个孩子正满屋子乱窜，看她们两个脸嫩一点，拖着她们去院里玩。

傅筱筱和童依依刚出门，就听到院外有汽车泊停，有两人联袂而入，傅筱筱看着进来的两个人，一时说不清是尴尬多一点，还是生气多一点。

来的人是金豫和顾淮，这两人也不知道怎么走到一起的，他们进门看到傅筱筱和童依依站在院子里，也都是一怔。

金豫的职业生涯从孟飞澜的实习生开始做起，算是孟飞澜一手调教出来的，这么多年师生感情深厚。他今天出现，傅筱筱一点也不意外，只是那个顾淮，怎么看怎么都是来蹭饭的。

孟家的孩子对金豫很熟悉，围过去喊"金豫哥哥"，金豫逐个抱了抱，含笑说："都重了不少啊。"他将手上提着的礼物给他们，"新年礼物，看看喜不喜欢。"

孩子们捧着礼物雀跃而散，金豫风度翩翩走到傅筱筱面前："筱筱，最近我们这见面频率有点高啊。"

"可不是，"傅筱筱面对他一向淡定，"今天怎么不见金夫人？"

"江晴另有应酬。"金豫笑了笑，"我去找老师有点事，先失陪。童律师，你一起来。"

他是童依依的老板，童依依对傅筱筱使个无奈的眼色，跟着离开。

"啧啧，我怎么觉得有人心情不好？"顾淮双手揣在衣兜里，摇头晃脑走过来，"听我的，你心里再放不下，金豫也已经是别人的人了，看开点。对了，威尼斯那晚我有事先走了，没去成前女友的婚礼，你去参加你前男友的婚礼了吗？"

他眉眼全是戏谑，想来也早就知道自己和金豫的关系，威尼斯的那段说辞完全是耍着自己玩的。傅筱筱从没觉得能有人这样可恶，她握拳恨恨说："你哪只眼睛见我放不下？哪只眼睛？既然这样有眼无珠，不如让我打瞎算了！"

顾淮被她吓到："平时看你淑女的样子，今天怎么这样凶？"他在她的怒气下步步后退，正好踩到台阶，一个踉跄不稳，忙拉住她的手臂。傅筱筱借势上前一步，尖锐的高跟鞋踩在顾淮的脚上，耳边顿时传来惨烈痛呼。

一旁拆礼物的孩子们闻声看过来："顾哥哥你怎么了？"

"没事没事，你们玩你们的。"顾淮倒吸口凉气，跳脚坐到一旁的栏杆上，瞪着傅筱筱，"你故意的？"

"当然。"

"为什么？"

"看你不爽。"

"你……"顾淮被噎住，"你这么小心眼？"

"我凭什么要对你大方？就因为蹭你的票，就要被你一直耍着玩？"傅筱筱斜睨着他，"有一件事和您再确认一下：顾少，您是江晴的前男友吗？"

顾淮看着她这兴师问罪的架势，嘴角翕动两下，终究没能理直气壮将那句谎话说出口。他讪讪道："其实吧，我兄弟是她前男友，我确实不是，高攀不起高攀不起。"

"你兄弟？"傅筱筱给他一次坦白从宽的机会，故意问，"是谁？"

顾淮不知为何就是不想再提纪云深的名字，只说："不管是谁，反正你也不认识。再说了，你和金豫，他和江晴，都是过去式了。再提这些做什么呢？"

傅筱筱冷冷一哼："这些事难道不是你先提的？"

顾淮想想也是，确实自己先犯贱，惹了她现在不痛快。见她转身要走，他鬼使神差地再次拉住她。这次他拉住了她的手，温暖修长的大手紧紧握住清冷干燥的小手，一如火车上的初识时。

傅筱筱横眉怒目："你干什么？"

"脚疼，"顾淮倒吸凉气痛苦难耐的模样，"扶我一把不行吗？"

傅筱筱用力抽出手，冷道："骗人骗上瘾了是吧？自己走！"

掌心的温软就这么决绝抽离出去了，顾淮怅然得紧。他看着她进屋关门，连一丝眼角余光也懒得给自己，一时也有些没趣。他重新缓缓在栏杆上坐下，城里高楼大厦间北风呼啸、但在这片别墅区似乎连风也是势利的，冷风拂面，恰是可以让人冷静思考的力度。

这不是窝边草，这是窝边野蔷薇啊，刺也太利了。顾淮叹口气，感觉自己面对着傅筱筱，突然有些魔障了。

顾淮不请自到，孟飞澜也很意外，但来了就是客，孟飞澜总不好把他打出去。

孟飞澜攒局的本愿是想给在他看来出色的年轻人搭建一个交流平台，结交人脉是其次，主要是互通有无，但顾淮一出现，这交流的气氛顿时就变味了。

那一众法律圈的青年俊杰知道了顾淮的身份，纷纷上前寒暄。诚然，相比顾淮的身家，这满屋子都称得上是穷酸。恒美科技以肉眼可见的速度飞快崛起，估值日新月异，说出来都是吓人的天文数字，而这其后还有多少的融资、并购、拆分、上市的案子，但凡是个有脑子的，都能从顾淮身上看到无数商机。更何况顾淮还曾是投行圈的资深人士，他在人类食物链的至高端混得那样风生水起，人脉资源之广非常人所能想象。

此刻的顾淮就如同金光闪闪的摇钱树，众人摩拳擦掌，都想借这次接触的机会从他身上薅几片金叶子下来。

好好的交流会就这么被带偏了，孟飞澜心中自然不痛快，金豫又有事先走了，吃饭时，孟飞澜除了和童依依、傅筱筱说几句外，其他时候都是保持沉默。

童依依在傅筱筱耳边说："孟老怕是烦死顾淮了。啧啧，想不到你们公司还有这样浮夸的人！"

"可不是。"傅筱筱瞥一眼扬扬自得被众星捧月的顾淮，"不见不知道，一见吓一跳。"

"这样油嘴滑舌的人，你怎么就会轻信他的话呢？"童依依想不明白，"他说他是江晴的前男友，你就当真了？你就算不了解江晴，也清楚金豫是什么人品啊。这天壤之别的，江晴再盲选，也不至于看上顾淮啊。"

傅筱筱被说得更郁闷了，想着这和金豫"天壤之别"的家伙刚刚还对自己动手动脚，还自称是恩公的兄弟，真是生了一颗狗胆。她狠狠用刀叉切盘中的牛肉，仿佛正在切着顾淮。

傅筱筱的元旦假期，第一天是社交应酬，第二天是休养生息，第三天她就耐不住要去加班了。原本她也不想做工作狂，也拿了画板水彩出来试图打发时间，但看着窗外光秃秃的冬日景象，实在毫无落笔的灵感。孤独无聊的时候，人还总是容易多想。自从回了趟L城之后，她一静下来脑子里翻来覆去都是那一年的陈年往事，这让她越发心浮气躁。

所以第三天起床，她索性去公司加班了。

这一日天气晴好，暖阳照着长街，遍地生辉。傅筱筱的家离恒美大厦很近，走路过去不过二十几分钟。她踏着和煦日光一路走来，本已将心中的烦恼抛诸脑后，奈何冤家路窄，她到了恒美大厦时，迎面恰遇到顾淮和他的助理崔建远从旋转门出来。

这两人都拿着行李箱，看上去是要出差。顾淮低声和崔建远嘱咐两句，崔建远拎着行李箱率先离开，顾淮走到傅筱筱面前，含笑问："这两天休息好了吗？"

傅筱筱实在不想看那张自命风流的脸，眼睛望天："挺好，看不见某人，觉得世界真清净。"

顾淮笑："清净你还不珍惜，还过来加班？难道不是和我心有灵犀，知道我今天也在，特地赶来见我？"

傅筱筱柳眉一扬，美目终于望向他："顾总，你是不是没有通过公司《职场反骚扰规定》的内部考试？"

法务部的口吻真是如出一辙，顾淮无辜道："我骚扰到你了吗？"

"没有吗？"

"公司不反对职场恋爱。"

恋爱？疯了吧。傅筱筱不可思议地盯着顾淮，一字一句道："顾总，公司反对职场骚扰！"

顾淮噎住："这就是骚扰了？"

这还不是骚扰？就说他没通过考试！傅筱筱直言道："你不是我的主管上司，以后公事在条文上说、在会议上说，请您少有事没事过来搭讪，我忙得很。还有，都说兔子不吃窝边草，顾总您在外勾三搭四就行，少向同事下手，有点品，好吗？"

顾淮听到这里桃花眼里满是笑意："别这么说自己，你可不是草……"

他话还没说完，傅筱筱已怒道："我当然不是草，我是兔子，我不吃窝边草！"

你才是草！你全家都是草！傅筱筱懒得和他再废话了，低头裹紧大衣，绕过他身旁离开。

顾淮看着"兔子"面红耳赤暴躁逃离的样子，心里却是越来越欢喜了。

恒美7楼工作狂不少，尤其是战投部门，傅筱筱看到对面办公区人来人往，想到刚刚顾淮的行色匆匆，知晓必然是有什么大项目。法务部投融资并购支持板块的负责人陈雪莉也在办公室，她端着茶杯站在一间会议室的门口，正和一个男人说笑。

那男人身影高大，双肩极宽，他微微侧首时，恰露出其沉郁深邃的五官。

这似乎是酒旅业务的老大谭青阳。

两人聊天时,陈雪莉抬手拍了拍谭青阳的肩头,似乎弹走什么脏物。谭青阳单臂抱了她一下,一笑走开。

分明是他俩在办公室里宛若无人地亲昵,傅筱筱这个旁观者却反而心虚得很,忐忑收回目光。陈雪莉走回工位时见到傅筱筱也在,微微惊讶了一下。傅筱筱朝她点头一笑算是打了招呼,戴上耳机,开始处理这几天堆积在邮箱的邮件。

当她静下心来开始工作时,便丝毫不察觉时间流逝的迅速。心无旁骛工作许久,等察觉到肚子饿时,她看看手表,都快两点了。陈雪莉不知何时已经走了,法务部空无人影。傅筱筱起来活动了一下筋骨,拿了工卡乘电梯到了24层,节假日只有这一层还有间咖啡厅正常营业。

她买了咖啡和华夫饼,坐到边角的餐桌上,隔壁一桌坐着两个男同事,正热火朝天聊着。

A:"这次双节营销,我们算是大获全胜了,今年的绩效奖金肯定不菲。"

B:"哼,我们做得再好也架不住PR不给力。黑石数据前两天刚发布的行业报告,百闻集团在外卖市场的市占率、品牌认可度、消费数据等等维度绝对占优,新闻软稿铺天盖地,你没看见?"

A:"谁都知道黑石数据收钱办事,他们的行业报告没有公信力。对了,说起百闻,你知不知当年为什么我们老大不把外卖产品卖给百闻,反而卖给了恒美?"

B:"百闻当年也曾要收购?我怎么没听说过?"

A:"你动动脑子就能想到啊,百闻在S市发家立足,我们老大也在S市念书时创建的外卖产品。同一个城市,百闻能不知道我们老大的创业,能不想吞过来?"

B:"听说百闻背后是LH资本,LH资本背后又是梅氏,应该不比恒美背后的叶氏差钱,出价不会低啊。"

A:"那肯定的,听说百闻当年的出价比恒美高了一倍。"

B:"那老大还卖给了叶氏?"

A:"可能我们老大不差钱?"

B:"我看我们老大挺低调的,他来了恒美也一直住在公司附近的酒店,连个家都没有,不像有什么背景。"

A:"你要是首富的儿子,你会大声嚷嚷?"

首富的儿子?傅筱筱听到这里。

A:"话说我们老大工作这么拼,人家996就哭天抢地,他一周24小时无休,也不知道他女朋友受不受得了?"

B:"就老大这样不近女色的,想要个女朋友,难!"

A:"总比你要容易,对对镜子,看看长相,你清醒清醒。"

B:"嘿嘿兄弟,我还真有了对象,下次带出来和你一起吃饭。"

A:"……你小子可以啊!"

……

八卦真是无处不在，不分性别，没有壁垒。傅筱筱听了满耳朵关于纪云深的边角料，这顿饭吃得有点难以消化。她发信息给倪姗："纪云深创业时，百闻集团曾经和恒美争夺收购他的公司，你知道吗？"

五分钟后，倪姗给她发了一条两年前的旧报道。

这条报道很有艺术性，全景描述了当年恒美和百闻对纪云深创业团队收购战的整个过程，其中的明争暗斗更被作者的春秋笔法写得跃于纸上，包括百闻 CEO 礼贤下士的数度亲自拜访；包括纪云深不识抬举，自己北上面见叶晖，请求恒美收购；包括恒美收购后纪云深的团队四分五裂，其中一大半的人留在了 S 市，加入百闻集团，只有一小部分人跟着纪云深北上恒美，进入新的征程……

昔年往事那些不为人知的细节隐约可辨，傅筱筱看完更想不明白了，纪云深和百闻是什么仇什么怨？为什么就非要放弃 S 市的根基，到恒美来另起炉灶，哪怕是从头做一遍产品，也不要百闻的投资？

这中间的隐秘，除非当事人亲口诉说，不然任凭多聪慧的大脑，大概也都觉得谜底重重。

百闻的公关能力确实强悍，元旦过后，百闻推出了娱乐圈顶级流量明星代言的广告，在春节前期铺满了所有地面媒体和电视媒体，视觉轰炸后成果显著，百闻的订单量节节攀升。与此同时，百闻在春节前夕宣布完成了 F 轮融资，梅氏旗下 LH 资本领投，各路私募基金跟投，总融资额超过八亿美金。获得了充足的现金流后，百闻开始加大市场营销补贴。

对方来势汹汹，恒美团队好不容易在双节期间打出来的半壁江山开始岌岌可危。价格战谁也不想打，但在这关键时候，谁也不能示弱。何况在百闻看来，先宣战的是双节期间动作频繁的恒美，此时它只是被迫应战。

春节前最后一个工作日，恒美科技 CEO 叶晖发了一封全员信件，除了祝贺新春外，还宣布了新一轮的融资新闻和战略调整。

恒美新一轮的融资为二十亿美金，叶氏资本和美国金狮基金领投，新融资的资金一半用在酒旅业务海外深耕，另一半将用在国内外卖市场拓展。同时，叶晖在邮件中宣布了相关部门架构调整和人员调整，其中最让人关注的是，提升外卖事业部为外卖事业群，纪云深提升为集团副总裁、外卖事业群总裁。

说是内部信，但是一经发出，各路媒体就开始争相报道。

因为这意味着，恒美外卖业务在董事会的全面支持下，开始放手一搏。至此，外卖市场已经正式取代了网约车市场，开始成为 2017 年最吸睛的商场硝烟所在。

前方市场争夺是战场，后方资本融资也是战场。顾淮在这一轮融资中成绩颇为亮眼，本想在年前赶回国内，谁料叶晖却让他继续留在美国，处理对 XDW 酒店集团的收购事宜。

顾淮私下和纪云深抱怨："你是兵马大元帅，我是后方粮草官。明明都有功劳，但论功行赏起来，你在前方封侯挂印，我在后方继续流放。"

纪云深回复："美国也有天台。"

顾淮怒极反笑："祝春节快乐。"

这句话可不是祝福，而是赤裸裸恶意的打击。春节，意味着外卖业务在天南地北都有恶劣天气的威胁、意味着最为激烈的价格战和最不可掉以轻心的营销战、意味着订单量的急剧攀升和技术支撑的极大挑战、意味着春节返乡潮之后的外卖配送员群体的用工荒。作为业务负责人，春节毫无疑问是场大考，纪云深是无论如何快乐不了的。

但顾淮并不知道，这些年对于纪云深来说，春节，从来都只是人生的一个符号，没有任何快乐不快乐的含义。于是看着顾淮的"祝福"，他也只是一笑了之。

腊月二十九，傅筱筱晚班飞机回 S 市，陪父母一起过年。

年三十这天早上，傅筱筱睡了懒觉起来，拉开窗帘一看，外面白茫茫一片。这雪想来夜里就开始堆积了，小区园林里的亭台楼阁全被冬雪覆盖，天地间顿时素洁古朴起来，倒显出十足江南山水的秀美。她看着外面的景色，不知为何突然就想起了 L 城的园林。

小的时候,她在年节里经常去外婆家串门。外婆家附近就是一个偌大的园林,那里假山流水、明堂水榭,长廊绕着四季花圃,处处古雅处处秀丽。年少的时候她可不懂欣赏这些风致,只知和住在附近的小伙伴们追逐嬉闹,每一个荫翳暗处,都是可以藏身的所在。他们可以屏息安静地缩在那里小半天,等着路人经过时,乍然尖叫,必吓得他们魂飞魄散。江南冬天下雪的时候并不多,若年节逢大雪,小孩子们玩起来更是疯狂,堆雪人、打雪仗,洁白的天地全是童真释放的主场。

傅筱筱回忆往事时,不知为何脑海中又出现了那双黑沉沉静静望着她的眼睛。他似乎正站在远处看着她,这画面与前段时间在 L 城医院相见时类似,只是那黑衣身影不再是那样高大挺拔,而是瘦削单薄,分明是个幼小孩童。

傅筱筱到这时才有怀疑,自己难道从小就认识纪云深?除了中学同学外,他们是不是还有其他交情?可是她拍着脑袋,却始终记不起在中学之前,他俩还有什么交集。

傅家年货早就准备妥当,这天不必再冒雪出门。吃了午饭后,傅筱筱在厨房里帮卓文眉准备着年夜饭,削水果、洗菜、剁肉,打下手忙得不亦乐乎。

卓文眉说:"你不是在美国练了几个拿手菜吗?今天露一手给爸妈尝尝。"

"好嘞。"傅筱筱爽快答应,她掂量着今天的菜色,准备做一个红烧肉,一个蒸鱼。

她拿起肉要动手时，卓文眉叫道："哎哎哎，我准备给你爸做东坡肉的，选的最好的五花肉，你别给我糟蹋了。"

她拿起鱼要切，卓文眉又说了："你准备做什么？"

"蒸鱼啊。"

"这鱼不是蒸的好吗，我要炖鱼汤的。"

傅筱筱无奈："妈，说实话，你到底想不想让我做菜啊？"

"你在美国那些年，就没学会做个西餐什么的？"卓文眉递给她打蛋器，"比如说，蛋糕？派？"

她一副主厨的架势，也摆明了正菜是她的地盘，谁也别想侵占。傅筱筱心底暗笑，举手投降："好好好，我去做个蛋糕。"

傅筱筱把蛋糕坯放到烤箱后，顺利被卓文眉赶出了厨房。

傅时雨正在书房写春联，傅筱筱也帮不上忙，便去客厅看电视。电视上不时可见自家雇主的广告——身着橙红外卖配送服装的配送员正给过年坚守岗位的人送去热腾腾的饭食，广告语是"春节不打烊，总有人守候您，恒美外卖带给你家的温馨"。早就听说PR部门应对百闻顶流明星广告轰炸的策略是入主央视春节档，果不其然，今天的央视一套被橙红色广告风暴占领了。

除了常规广告外，据说今天的春晚还有恒美20秒的广告专项插入，想想那广告费，傅筱筱不禁替公司财务荷包觉得肉疼。

她手机上信息频频,条文里此刻热闹得很:老板们发红包,大家都在抢,同事们各自发着表情包,恭贺彼此新春快乐。一些业务群里还有同事在兢兢业业地报道前线加班的情况,傅筱筱刷到 S 市的作战攻坚组加班画面,赫然看到了被众人围在中间的纪云深。

今天他在 S 市加班,亲自带领团队负责华东地区的战役。

傅筱筱放大照片,即便是过年惨遭加班,但照片里的办公室张灯结彩、同事们奇装异服满面笑容,隔着屏幕都能感受到那里热闹。可是他却丝毫不为所动,即便唇角略扬似有笑意,但那双眼睛却依旧沉静无澜。

傅筱筱看着这样的纪云深,心底的那根弦又紧紧拉扯起来,让她觉得莫名地疼。她脑中突然闪过一个念头,这个念头轻率且冒昧,但她还是准备付诸行动。

卓文眉做好了年夜饭端出来,傅筱筱不知从哪里找来一套餐盒,将桌上的菜挑挑拣拣放到餐盒里。

卓文眉不解:"筱筱,这是做什么?"

"我有个朋友在 S 市过年,他没家人陪伴,我待会儿去看看他,顺便给他带顿年夜饭。"

走出书房的傅时雨闻言和卓文眉对视一眼,两人若有所悟。

卓文眉小心翼翼问:"你的朋友?男的女的?"

"男的。"

卓文眉蹙紧的眉松开来,唇角上扬露出笑意:"那为什么不邀请到家里来,一起过个团圆年啊。"

"人家跟你们非亲非故的,怎么就团圆了?"傅筱筱心知肚明父母期待着什么,赶紧止住他们的幻想,"你们别想歪了,是普通朋友,不是男朋友。你们别操心了。"

她在餐盒里备下了两个人的饭量,拿保温袋装好后,就准备出门。卓文眉想要叫住她,却被傅时雨暗暗拉住。眼见闺女就这么头也不回走了,卓文眉对傅时雨嘀咕:"大过年的,外面还下雪,她拎着年夜饭巴巴地给人家送去,还说是普通朋友?"

"随她吧,他们年轻人的花样多得很。"傅时雨丝毫不以为意,找出一瓶上好的红酒出来,"今天晚上啊,我们就过自己的二人世界。"

大年三十的晚上,傅筱筱就这样莫名其妙地带着热腾腾的饭菜,开车到了恒美在S市的办公楼。

恒美在S市的人员规模远不比北京,因此只是在金融区的一栋甲级写字楼租赁了三四层的办公室。好在傅筱筱的门卡可以通全国恒美办公室的门禁,她到了18层分公司前台,问了保安春节作战指挥办公室的地点,走过去时正好看到加班的同事们在呼呼喝喝热热闹闹地吃着春节年夜饭。

傅筱筱就近抓了靠门边的同事,问:"纪云深纪总在这里吗?"

"不在,纪总在楼上的数据中心。"

傅筱筱悄悄退出,又去了楼上。

这一层十分空寂,大部分区域灯都没亮,唯有数据中心那边的大屏幕闪着强烈的蓝光。傅筱筱走过去,只看到后台数据在冰冷的屏幕上不断跳跃更新,四周并无人影。她环顾一圈,正待离开时,忽听到走廊尽头有人在说话。

她朝那边走过去,看到最里侧的会议室亮着灯光,说话的人正在里面。

"……今年你既然在 S 市,还不回家说不过去吧?"这声音听起来上了年纪,语气很是恳求。

"哪个家?"年轻的声音响起,刻寡冰凉,毫无人间热气,"我的家在 L 城,那里早被推翻拆平,已经一片砖瓦都不剩了,难道你不知道?"

"云深,你……你何必这样固执呢?"上了年纪的人叹气,"无论如何,你都是他的儿子啊。他已经后悔了。毕竟当年的事,谁也预料不到,谁也不想的。"

年轻人冷笑:"他一手逼死了我妈,他想不到?费长海,你以为我还是无知的幼童,可以任意欺辱?或者,你以为当年那个十七岁的少年会突然失忆,怎么家破人亡都不记得了?"

"云深……"

"走!"年轻人的逐客令如冰流飞溅,似乎比外面的飞雪还要让人寒冷，傅筱筱听着都瑟瑟抖了抖。

会议室的门拉开，有身穿灰色大衣的男子走了出来，他身材清瘦，头发灰白，看起来古稀已至，但双眼却毫无昏聩之迹，直视过来仍炯炯迫人。他想必就是方才纪云深口中的费长海，傅筱筱侧身站在一旁，让他先行。

费长海看到她微微愣了一下，待看见她手中还拿着保温袋，眼神一闪，已有所思。他离开时经过傅筱筱身边，不免盯着她的面庞多看了两眼。

过得半响，纪云深从屋子里走出来，见到走廊上傅筱筱站在那里，也是吃了一惊。

"来多久了？"他的心情还未从方才的境遇中缓过来，冷峻的眉眼望着傅筱筱，此刻仍是吓人的孤寒。

"刚到刚到，正好碰到那人离开。"傅筱筱求生心切，赶紧和他解释。她见纪云深沉默不言，抿抿红唇，补充说："呃，我……我来给你送年夜饭。"

纪云深似乎没想到她说出这样的话，原地怔了片刻，才道："不必。请回。"他大步朝数据中心走过去，高瘦的身影经过傅筱筱面前，周身的寒气依然瘆人。

傅筱筱深深吸一口气，默默给自己加油打气，然后拎着餐盒跟过去："你吃饭了吗？我妈亲手做的菜，你要不要尝尝？"

他背朝着她观摩大屏幕上数据变更的情况，看上去压根没有回答的打算。傅筱筱将保温袋放下，清理出来一张办公桌,将饭盒拿出一一摆放整齐,然后就坐在那里等着纪云深。

纪云深看完最新的数据,又打开电脑,一一回复条文里各个群里@他决策的紧急事项。半个小时后,他终于关上电脑,转过来看着寂静无声宛若透明人待在一旁的傅筱筱:"我们,多久没见了?"

傅筱筱正百无聊赖地背着屏幕上一遍遍刷新记录的数据,听到他说话立马抖擞精神,近乎讨好地回答:"我们前几个月在L城见过,这段时间我也在公司电梯里见过你,当然,你贵人事忙,可能没见到我。"

"我们十一年没见了。"纪云深的问题维度明显不是傅筱筱回答的那样,他缓缓说,"傅筱筱,你还是和以前一样喜欢强人所难。你想要所有人都要按照你的意志行事,有没有想过别人的感受?"

"有吗?"傅筱筱很委屈,"我想请你吃顿饭,强人所难了吗?而且,我总要报恩啊。"

她将饭盒打开,食物香气顿时飘散在空旷的办公室。她拿出筷子擦干净,递给纪云深:"赏个脸,让我现在开始报恩,可以吗?"

纪云深唇角一勾,似有嘲意:"报恩,也要遵循你的安排?"

"当然是听恩公的,你希望我怎么做?"傅筱筱双眸明澈似水,安静地望着他。

纪云深却毫不受这双眼睛的蛊惑，冷冷地说："你要报恩，就立刻消失，不要让我再看见你。"

"好。"她声音已有哽咽，轻轻垂下头来，双手紧握似乎竭力忍受着心潮波动，才不至于让自己哭出来。再开口时她声音温温柔柔的，是纪云深从未听过的软弱无力，"如果你希望这样的话，我都听你的。我可以消失，然后我会在心里默默记着你一辈子，一辈子觉得对不起你、有负你、亏欠你，一辈子念着你的恩，却又一辈子后悔自责。如果你希望的话。"

她放下筷子，站起身，将要走时，纪云深却突然道："罢了。"

她站住不动，颤声问："罢了是什么意思？"

纪云深揉着额，深深呼出口气。刚刚她那鬼扯的"一辈子"的论述听得他心烦意乱，此刻他也不知道说什么好，默默拿起筷子，开始吃饭。

这分明是服软的意思，傅筱筱轻轻一笑，重新在桌旁坐下。纪云深瞥眄见她眼角虽然隐然有泪光，但脸上那笑意盈盈的模样哪有分毫的柔弱无助，便知道自己又上当受骗了。

果然，时隔这么多年，她哄人骗人的伎俩越发深湛了。

纪云深咬牙道："傅筱筱，你还要不要脸？"

傅筱筱优雅地揉去眼角的泪水，又拿出一双筷子，和他一起吃着饭："不要，我要报恩。"

纪云深无语，报恩两字听得他头都大了，于是大口吃饭想速战速决,岂料她却说:"我也没吃呢,你吃慢一点,留点给我。"

这是来报恩的吗?这是来添堵的吧。纪云深用尽毕生修养,忍她。

两人沉默吃着饭,傅筱筱觉得有必要找个背景音缓解一下气氛,她见数据中心一旁有壁挂电视,问纪云深:"你想不想看春晚?"

"不想。"

"听说我司花了一亿投放春晚插播广告,你不想看看钱花得值不值?"

纪云深不再说话,那就是默认了。

傅筱筱从数据中心大屏幕下方的台子上找到壁挂电视的遥控器,按了几下,春晚的声音愉快入耳。

有了背景音,气氛不再那么紧绷和尴尬,傅筱筱终于可以借机聊点别的:"我来的路上看到许多外卖配送员奔波在路上,他们确实太辛苦了。年前我看了黑石数据的报告,虽然有些数据偏颇不能尽信,但关于外卖配送员的家庭背景调查,他们却做得很详细。我也才知道,这些外卖配送员绝大部分来自贫困地区,他们的收入是家庭收入的主要支柱。不知道你有没有想过,如果这些人发生了万一,对于他们的家庭来说,是什么样的损失?"

这个问题让纪云深觉得好笑,他望着傅筱筱:"不知道你有没有想过，我这个无父无母长大的人，会不清楚家庭失去收入来源意味着什么？"

傅筱筱被噎住，心中忍不住又是一痛，虽然他明显误会了她的意思，但她毫不气馁，继续说："我曾在WB工作过，WB和恒美一样，是需要密集劳动力支撑的聚合型平台。对于这些平台来说，怎么理清平台和网约工的关系非常重要，几乎关系到公司的生死存亡。在美国劳动法体系里，除了'雇员'，还有'独立合同工'，WB的说辞就是网约车司机都是独立合同工，他们是WB的合作伙伴，但是每每发生劳动争议，法院的判决却总是偏向弱势劳动者的多。WB曾在加州遇到一起集体诉讼案，这个案子影响很大，WB为了让法庭不判雇佣关系，不得不和上诉方达成庭外和解，支付了一亿美金的赔偿金，另外还出资两亿成立了网约车司机补助基金。"

她的长篇大论显然还没有说完，但纪云深已经明白了她的用意。

即便在中国法律体系下，恒美法务灵活利用合同法中承揽关系将外卖配送业务分包出去，找到合适的合作商，由合作商招聘雇佣骑手，从而在法律关系上完美切割了平台和外卖配送员的雇佣关系。但从消费者、公众的感知来看，外卖配送员身穿恒美科技LOGO的衣服、在恒美外卖APP接单、服务于恒美外卖的消费者、接受恒美外卖服务规则约束——说和恒美毫无关系，世人都不会相信。

现在国内的外卖市场，劳动争议还掩盖在商业大战的硝烟下，没有人关注深刻，但傅筱筱却显然已经看到了未来必然会爆发的最大危险。别看现在这些估值百亿美元的超级独角兽公司此刻风光无限，但如果要它们承担起数十万、数百万网约工的雇员福利，怕也不得不在高负荷下面临崩溃。这也是WB宁愿支付高额和解赔偿金，也要争取庭外和解的原因。

纪云深当然知道这其中的风险，终于和缓了语气："WB对网约工的问题，有什么解决方案？"

"国别不同，法律不同，所以做法肯定不同。"傅筱筱说，"WB现在有规模庞大的政策游说团队，负责人是前总统的首席竞选顾问，他们想从更高层去解决这个问题。"

"美国工会势力强大，这个问题怕是比总统竞选更棘手。"

"是的，其实我一直觉得，解决问题的方案并不仅仅在政府，而需要社会、行业、平台公司和劳动者的共同努力。"

她说到了解决问题的关键点，既然已经在说公事了，纪云深公事公办，请教她："怎么共同努力？"

"比如我们也可以成立外卖配送员的基金池，用来保障配送员突发的情况；比如我们还可以争取行业协同，一起制定外卖配送的服务标准和用工标准，避免过劳、恶意评价以及如何遵守交通规则等等情况；还比如，我们可以考虑在现行已有的意外险基础上，增加更多的商业保险种类，商业医疗、商业养老等等……"傅筱筱说到这里忽然停下来，看一眼纪云深，"我忘记了，你可是经济学博士，这个问题的根本是经济学问题。"

纪云深将她的话过滤了一下，总结说："你不懂前线业务情况，想得天真，落地艰难。这些建议牵扯的相关方太多，现在还不是时候，但可能会是未来的方向，有些研究工作可以先做起来。"

"嗯，我也就是想到哪里说到哪里，你听听便罢了。"傅筱筱见纪云深埋头吃饭，将带来的菜逐个扫光，忍不住问，"菜这么好吃？"

纪云深这才察觉自己吃相落了下乘，他不知道多久没有吃过家常饭，确实难耐食欲了。他丢下饭盒，又是一副油盐不进、不食烟火的模样："只是饿了。"

傅筱筱不以为意，笑了笑："我手艺也不错，下次我做给你吃。"

纪云深没有再理她，转过身处理公务。

S市全城禁止私放烟花爆竹，市政府为百姓欢度除夕，特意安排了江边广场统一的烟花表演。时针指向十二点整，伴随着春晚的零点钟声，江边烟花次第绽放。楼下那层的欢呼喧闹一浪接过一浪，傅筱筱站在落地窗前看着烟花如彩云覆盖漫天，默默许下新年心愿。

"纪云深，"傅筱筱侧脸看着不知何时站在身边的那人，看着斑斓光影下他冰山消融的面庞，柔声说，"新年快乐。"

| 第五篇 |

冰火两重天

正月初五,傅筱筱提前回了北京。晚上和童依依约在三里屯的一家西班牙餐厅吃饭,这是一个十分幽静的地方,每天只接待二十桌客人,需要至少提前一个月预约。傅筱筱到时,童依依正在翻看倪姗的朋友圈。倪姗和她老公去了南半球旅行,朋友圈每天发满九宫格,沿途阳光鲜花相伴,随便挑出一张照片,都是溢满屏幕的幸福和甜蜜。

童依依招呼傅筱筱坐下,拿着手机让她看倪姗的照片:"瞧她得意的样子,这是故意秀给我们看的吧。"

傅筱筱伸出手指,帮她在倪姗的朋友圈下面点个赞,笑道:"好了,收起羡慕嫉妒恨的心,赶紧点菜。"

这间餐厅布置优雅,桌与桌之间空间极广,私密性非常好。每张桌子上都放着烛台和鲜花,等她们点完餐,服务员便将烛台点亮,调暗头顶的灯光。火光摇曳,四下洒落一片斑驳浪漫的光影,这样的氛围再适合情侣不过。

傅筱筱看其他桌基本都是男女相伴,自嘲道:"我们两个女的在这里,是不是有点煞风景?"

"还有两个男人来呢,"童依依不以为然地撩一撩波浪卷发,"你看那个角落,那不是两个男人吗?"话音未落,她目光微微一凝,"那是不是恒美的纪云深?"

纪云深?傅筱筱下意识就转头去看,那个角落里的位子更为私密,灯光也更为昏暗,烛光微闪,略略勾勒出那张棱角分明的冷峻面庞,正是纪云深。

童依依又"咦"了一声,突然压低了声音:"你知道他对面的人是谁吗?"

"不知道。"傅筱筱看一眼纪云深对面,那人的五官朦胧在光线中,她只觉得他肤色白得异常,似无一分人间的气色。她正揣摩时,耳边又传来童依依的声音:"那是LH资本的掌舵人,江晴的老板,章白云。他也算是和傅叔叔在梅氏董事会的老相识,你居然不认识?"

章白云?傅筱筱吃了一惊,忙收回目光:"章白云是百闻的大股东啊,纪云深怎么会和他见面?"

"这些互联网公司看上去是要拼得你死我活,但背后的资本哪个不是你中有我,我中有你?"童依依司空见惯的模样,"WB中国当初和即刻出行打成那样,不也合并了吗?"

不对,傅筱筱却知道纪云深和百闻之间应该有新仇旧恨,他要投靠百闻,早就投靠了,绝不会现在去接触LH资本。

餐前面包已经端上来,童依依见傅筱筱依然怔忡有思的模样，手在她眼前晃晃："嗨，去哪里神游了，先吃点面包垫一下肚子，这家餐厅上菜巨慢无比。"

傅筱筱吃了两口面包，忍不住又回头看了一眼。

童依依觉出不对来："什么情况？你从来不在乎这些高层的事啊？怎么现在对这个纪总这样关心？"

傅筱筱避开她的视线，低头吃面包："纪云深是我中学同学。"

童依依闻出八卦的气息，笑道："中学同学，初恋？"

"别胡说，我初恋是金豫好吗？"虽然这个初恋也有点名不符实吧，但毕竟在金豫之前，傅筱筱还确实不懂男女之情。傅筱筱想了想，决定如实和童依依交代："纪云深……他曾经救过我，是我救命恩人。"

"难道他就是威尼斯救你的那个人？"

"不是在威尼斯，是很多年前，他就救过我。如果不是他，我十六岁就死了。"

"呸呸呸。"童依依扣指敲桌子，"大正月的别死啊活的。"她本以为她们闺密之间早言无不尽，却没想到傅筱筱还藏有这样大的秘密。此刻也大概了解这两人之间的羁绊了，童依依了然道，"那难怪你这么关心他。"

"嗯，我得报恩。"

"怎么报？"

傅筱筱说："只要对他好的事，我就去做。"

童依依听到这里忍不住开句玩笑："以身相许吧，小说里不都是这样报恩的？"

傅筱筱面色一变，双眼瞪过来盛雪含冰，童依依忙捂住口："我不说了，免得被人灭口。"

纪云深和章白云那顿饭吃得很短促，傅筱筱她们桌主食还没上，纪云深就已经起身匆匆离开了。章白云似乎很有闲情，独坐喝了会儿酒，才站起了身。他离开时，童依依即便将头埋得再低，还是不妨那清冷的声音落在头顶上："童律师？"

"章先生。"童依依不得不起身打个招呼。

"没想到在这里见到童律师，久违了。"章白云与她寒暄，目光自然而然转到傅筱筱身上，"这位是——"

"我朋友，傅筱筱。"

"傅筱筱，"章白云缓慢念着这个名字，目光落在傅筱筱的脸上，静望须臾，才伸出手道，"常听闻傅总说起傅小姐，章某神仰许久，没想到今日能相见，幸会。"

尽管此人气度确实不凡，眉宇看起来也很磊落坦荡，但傅筱筱实在不喜他的眼神。那眼神太过从容不迫，似乎总在居高临下俯视人间诸像，让人在他的注视下平白无故矮了三分。

她起身与他握手，礼貌地也是疏远地："幸会，章先生。"

章白云忽然一笑："听说除夕夜，是您陪云深一起过的？"

这句话实在是突兀，傅筱筱和童依依都是一怔。过得片刻，傅筱筱才答："没想到章先生还关心竞争对手的这些琐事？"

她的立场已经表明，言词更是毫无保留的警惕且抗拒。章白云又笑了笑，没再说什么，绅士地后退一步："先不打扰了，二位慢用，这顿饭我埋单。"他临行前又看了看童依依："童律师，请代我向江宸问好。"

这句话让童依依面色一瞬僵硬。

"这人什么情况？"傅筱筱想着他似乎能看穿一切的目光，有些不寒而栗，"他怎么知道我除夕和纪云深在一起的？"

童依依咬着红唇，惘若不闻。

傅筱筱知道她正因章白云最后一句话堵心，摸了摸她冰凉的手，轻声说："章白云是不是知道你和江宸的事情？"

"是。"童依依眉眼黯淡，自嘲一笑，"他是江宸妻子的好友。"

K&R律所的创始合伙人，一个是金豫，还有一个就是江宸。童依依大学毕业后就当江宸的私人助理，一直跟着他整整四年。她曾经年少不懂事，试图介入江宸和他妻子的婚姻，虽然当时江宸的婚姻是世人皆知的名存实亡，虽然江宸后来的确和他妻子暂时离婚了几年，但是这一切都和童依依无关，江宸自始至终未曾给过她任何回应，更未给过她一丝希望。她其实就是一个被关在别人感情世界门外的可笑觊觎者,但即便是觊觎者,也得背负臭名昭著的小三名声。

傅筱筱再一次劝她:"依依,我还是那句话,不论K&R能带给你什么,你其实都不适合再留下。"

童依依想了一会儿,眼神蓦地笃定:"明天就联系猎头,姑奶奶我要跳槽。"

节后上班第一天,傅筱筱被孟飞澜叫到办公室。傅筱筱进去时,陈雪莉正从里面出来,两人擦身而过四目相对,陈雪莉眼中的怒气昭然若揭,傅筱筱却被她瞪得莫名其妙,也不知道她这个怒气是和孟飞澜交流后余留下来的,还是针对自己的。

傅筱筱进去后关上门,刚在椅子上坐下,就听孟飞澜道:"纪云深向我借调你,被我否了。"

借调?什么情况?傅筱筱的大脑还未转过来,孟飞澜又问她:"你和云深很熟?"

傅筱筱大脑终于找到了频率,见孟飞澜格外严肃的神情,心中警醒:难道是怀疑自己心存二心?她可不想触孟飞澜的逆鳞,忙解释:"曾有机会和他一起吃饭,聊到平台用工的事,我说了一些曾经在WB的感想。"

"你的感想,"孟飞澜轻轻一哼,"都是些纸上谈兵。"

傅筱筱不服气:"您都没听我说过,怎么知道我就是纸上谈兵?"

孟飞澜直截了当道:"对于移动互联网带来的新问题,

解决方案需要更深层次的政策理解力、革除弊端的胆魄以及重新设计制度的智慧。你对这件事有热心我赞赏，但不赞成你在还没有成熟的想法时就去影响我司的业务团队。第一，这不是法务部应该做的事情；第二，你目前还没有那样的格局和经验。"

傅筱筱囧囧："我没有影响到业务团队吧……"

"那纪云深还来借调你？"孟飞澜声音严厉起来，"傅筱筱，我再提醒你一点，商场不是儿戏，投资人真金白银进来，不是让你进行你自以为是的理想规划实验。"

这话就实在指责太过了，傅筱筱心道自己什么都没做啊，就聊个天，还能出这么多幺蛾子？她涨红了脸，抿唇不言。

孟飞澜瞥她一眼："不服气？"

"是。"傅筱筱反驳，"投资人真金白银进来，难道劳动者就没有千辛万苦地卖力？就没有夜以继日地工作？投资人的钱是钱，劳动者的劳动就不是劳动，就不需要保障？孟律师，重投资人而轻劳动者，是不是不公平？"

她每一次犟起来都让孟飞澜头疼，可偏偏每次又都让他再欣赏她一分。

孟飞澜长叹一声，语气放缓："我请教你，没有投资进入，这个市场能起来？劳动者能有就业的机会？没有就业的机会，谈什么收入？谈什么保障？"

傅筱筱被问得哑口无言，孟飞澜接着道："分析问题，总要有个全局观,要从因果关系的长链条去思考,你得先看到平台用工解决了劳动者的生存问题,提高了成千上万第一次进入城市打工者的收入水平,然后,我们再去看其他的福利和保障。还有一个问题,我觉得你可以替纪云深想一想,还没有出现问题的商业模式,让他怎么去说服董事会花费重金去改变、去重塑?"

"您的意思是非得出现了问题,董事会和投资人才能正视?"

"这是肯定的,你预见的风险始终只是预见,没有任何威胁;等出现了问题成为事实,才是真的威胁。"孟飞澜语重心长道,"商场就是这么残酷,生活也是这么真实。还有,这是职场,不是你的象牙塔,以后说话做事先提前过过脑子。"

傅筱筱心里还是不敢苟同,但又没有更多的素材去反驳,只好沉默着点了下头。

孟飞澜这才和她进入下一个议题:"你来恒美两个多月了,感觉如何?"

"还行,挑战不大。"

"我听说你做了一个海外酒旅业务合规手册,做得不错。"孟飞澜一向赏罚分明,只是表扬的话从来不会多说,"恒美目前正在美国谈一个收购案,被收购方是 XDW 酒店集团,我希望你代表法务部门去参加尽职调查和收购谈判。"

"我?"傅筱筱一下子明白过来方才陈雪莉的怒气是为了

什么,"这个不应该是投融资并购法务的事?"

"但涉及海外收购,也是海外支持组的事。"孟飞澜道,"这件事你如果完成得好,我准备提升你做海外支持板块的负责人。陈雪莉她想法太多,不太适合我的工作节奏,我近期会让她离开法务部。"

陈雪莉从公司创立初期就进入了恒美,没有功劳也有苦劳,这样做好像太不近人情。傅筱筱忍了忍,还是忍不住提醒:"孟律,雪莉可是元老。"

"需要你提醒我?"孟飞澜丝毫不为所动,言词极为冷酷,"元老才尾大不掉,既不遵守我的规则,就让她另投明主吧。"

傅筱筱听着心惊肉跳,孟飞澜不愿在多余的事情上浪费精力,又开始交代收购案的注意事项:"这场收购案外部律所是隆达,名声实力都还算不错。但所有的律所都是 deal‑maker,不管他们嘴上怎么说严谨和周全,但他们最终目的都是想促成并购拿佣金。当然你不需要做 dealkiller,但要做 dealadviser。千万记住一点,法律尽职调查报告的完整性和准确性,直接决定了收购的成败。"

"好的,明白。"

傅筱筱起身准备离开时,又听孟飞澜在身后道:"关于纪云深——"

傅筱筱转过来,看到孟飞澜抬头看着她,擦得锃亮的眼镜片后是一双锐利如鹰、深沉如狮的双眼。

"原本投资人就担心他书生气太重,不够狼性,现在是和百闻争斗的关键时期,你——"他沉默了一下,才又续道,"你要正向影响他。"

我什么时候负面影响他了?傅筱筱无语。

孟飞澜想想,又道:"如果你精力有富余,我不介意你私下做平台用工的相关研究。但没有成熟清晰的想法前,不要妄议商业模式的缺陷与调整。"

傅筱筱听到这里眼睛一亮,知道孟飞澜心底里还是认可自己的想法的,忙鞠个躬:"谢谢孟律师支持。"

孟飞澜看着她飞扬含笑的眉眼,揉了揉额——他发现自己对这个年轻人还真是出奇的宽容和温和,早些年要是金豫他们做这些有的没的,早被他训得狗血淋头。每一个所谓关门弟子的特殊待遇,大概就是如此吧。

既然接了XDW的收购案,傅筱筱手里的部分活就得先转出去。协调好内部工作分配后,下午她就开始参加战投部门的收购项目会议。顾淮在美国那边拨入电话参加,傅筱筱代表法务部,财务部负责人叫常胜,业务部代表是酒旅事业群海外酒店负责人李思霭,另外还有外部律所、会计师事务所、投行机构也电话接入。

战投部门的同事详细交代了收购案的背景,和现在正在进行的流程。顾淮率领的小团队在美国已经完成意向性接触,提前锁定增发价格,并签订了初步框架协议,接下来开始进入估值分析和尽职调查阶段。根据安排，李思霭团队的业务同事在本周就开始了业务尽职调查，傅筱筱和常胜需要在下周一到达旧金山，带着外部律所和会计师事务所的专家们进驻XDW，开启法律和财务的尽调流程。

一个会开了两个多小时，傅筱筱刚回到工位，还没坐下喝口水，条文里破天荒收到了纪云深的消息："B座顶层花园。"

没头没尾的话傅筱筱却能立刻领悟，回复："十分钟到。"

傅筱筱还没有来过B座顶层的空中花园，她以为大冬天的这里必然寒风料峭，没什么风景可瞧。不料这里有个不小的温室，即便是冬季，各色花朵依然绽放妍丽。温室四周还有观景座位，这个时间点大家都在忙着工作或开会，温室里几乎没有什么人。

傅筱筱在纪云深面前坐定，见他只穿一件单薄的衬衣，不禁问："你怎么穿这么点？冷不冷啊？冻着了怎么办？"

纪云深眼波一动，傅筱筱自觉收住嘘寒问暖，解释道："现在战事胶着，上面的投资人，下面的数万员工，都指望你带着业务部门冲锋陷阵，指望你把战旗插到百闻的疆域上。你千万可别病倒了，我军损失不起。"

等她说完，纪云深冷冷道："孟律师找你了吗？"

"你是说借调的事？找了。"傅筱筱对这事也是奇怪，"为什么想借调我呢？"

"一时冲动。"纪云深言辞吝啬,默然片刻,到底还是问了句,"孟律师说你了吗?"

"他肯定狠狠说我啊,说我是纸上谈兵,说我没脑子,说我给您带来负面影响。"傅筱筱将上午无故接受质疑的委屈表露无遗,不过上一秒她还义愤填膺,下一秒却又对纪云深眨眨眼,"不过他说我也习惯了,听听就好,也不少块肉。"

纪云深看着她古灵精怪的样子,心道自己真是闲着没事干了,还来关心她的境遇。

他放下水杯,起身就要走。傅筱筱忙叫住他:"你等等,我还有话要问你。"

幸亏这话没人听见,不然见一个普通员工和纪云深这样说话,估计下巴都要掉了。纪云深当然不会听她的,离开的脚步停都未停,傅筱筱只好追上去拉住他:"哎,我真有事。"

纪云深总算站定了,他目光低垂,落在傅筱筱抓住自己胳膊的手上。傅筱筱连忙松开,边替他整理一下被她弄皱的地方,边低声说:"正月初五那晚,我看见你和LH资本的章白云在一家餐厅吃饭,你和他……"

纪云深不耐烦地打断:"我们聊一点私事,和行业无关。"

傅筱筱震惊:"你们真的有私交?"

什么叫真的有私交?纪云深方才还好好的脸色顿时如冰,盯着她道:"和你有关系?"

"没关系吗?"傅筱筱也有点不高兴,"我爸还在梅氏做事呢，他也算我爸同事吧。而且他连我除夕夜和你一起吃饭的事都知道，还特地来问我。"

纪云深沉默下来，目光深幽不知所想，半晌他轻轻一笑："我所有的一切，他都想知道，他都想掌控，我早该料到。"

傅筱筱皱眉："你和他到底什么关系？"

"与你无关。还有，今后少打着报恩的名头靠近我，我再说一遍：当年便是条狗，我也会救的。你给我滚远点！"纪云深冷冷丢下这句话，决然离开。

什么态度？！傅筱筱气红了脸怔立当地。

这要不是自己恩公，要是个旁人，她早打爆他的头。

去美国的行程定在这周六。

留学、外资所、外企，傅筱筱从二十二岁起，每年都要往返欧美无数次，长途飞行对她来说早已习惯。但是这次出门，她遇到了女人的天敌——"亲戚"串门，一路腰酸背痛肚子疼，手脚更是冰凉，十几个小时的旅程辗转难安几乎没合眼，因此下飞机时，整个人面色苍白，精神恹恹。

"这是卸妆了，还是怎么的？"和她同行的财务部同事常胜很爱说笑，"登机的时候明明是个光彩照人的大美女，现在怎么蔫成这样？"

傅筱筱懒得说话，勉强支撑出了海关，拿起手机准备叫网约车。

常胜拦住她："不用叫车，顾总的助理过来接我们。"

顾总——傅筱筱想起那个即将共事的人，肚子似乎更疼了。

顾淮的助理崔建远顺利接到二人，送他们去酒店的路上说："顾总本来要亲自来的，临时有紧急的事，特意让我和二位说声抱歉。"

常胜不胜惶恐："怎么敢劳烦顾总来接，崔助您来我们就十分过意不去了。"

傅筱筱也说："其实我们自己打车就行，不必这么麻烦。"

崔建远从后视镜中看了看筋疲力尽靠在后座上的傅筱筱，含笑不语。

到了酒店傅筱筱办好入住，在房间叫了一杯热牛奶，喝完趴床上休息了一会儿，总算恢复了几分气力。

现在已经是美国时间周日的下午，常胜他们几个同事在小群里说要晚上出去大餐，看起来下午他们是不准备进食了。傅筱筱飞机上根本没胃口吃东西，这时肚子疼痛缓解些许，才感觉到饿。想着酒店附近商场林立，她在 Yelp 上搜了一家评分还不错的意大利餐厅，稍微拾掇了一下，出门去觅食。

岂料出门便看到那张让她眼前一暗的脸。顾淮也不知道在门外站了多久，见到她出来彬彬有礼地问："要出去吗？我陪你。"

"我要去吃饭，不用顾总陪。"

"你吃饭怎么能少了我这个饭搭子？一起一起。"

顾淮脸皮足够厚，不管不顾跟着傅筱筱到了餐厅，见傅筱筱点了一份比萨，他也点一份，和傅筱筱说："像不像我们吃的第一顿饭？"

"什么？"

"威尼斯啊。"

"不记得了。"

顾淮脸皮再厚也是有骄傲的，气道："你平时看起来也是风风火火的，怎么总在我面前装个冰山美人？"

傅筱筱横眉："谁装？"

"我装我装。"顾淮立刻缴械投降。美人一怒，冰山成了火山，但总归有了温度。他拿着菜单看看："你看起来多巴胺失调，我给你再点个蛋糕。"

傅筱筱受不了他的不正经："顾淮，你玩够没有？"

顾淮叹口气，脸上褪去纨绔之色，认真地看着她："我如果不这样跟狗皮膏药似的，你连一句话都不会和我说吧？"他也没想到，堂堂顾少，什么时候追人追到了这样没脸没皮的地步。这座金豫磕不下来的冰山也好火山也好，看来自己也要折戟沉沙了。

傅筱筱想想，确实这么下去也不是回事。她开始发卡流程："是不是我曾经做错了什么，让你有了误会？"

顾淮说："你是做错了，但不是误会。"

他的回答不符合惯常"误会"卡进程，傅筱筱傻了一下，正准备拿另一套"好人"卡片时，顾淮又说："两年前拉斯维加斯金豫生日的 party 上，你就让我误会了。"

傅筱筱回忆了半天，没有印象："那天我见过你?"

"当然，"顾淮说，"金豫三十岁生日，我特地从多伦多飞过来，只不过到得晚了，那时你已经喝醉了。"

傅筱筱想起那晚的事，忍不住皱起眉。顾淮继续说："你喝醉了，是我背你回的酒店房间。"

"是你？难道不是金豫?"傅筱筱先是怀疑，但看他神情不似作伪，不由自主紧张起来，"你……我、我发生什么了吗?"

"发生了很多事。"顾淮深深地看着她，"你说你不爱金豫，要和他分手。你说你对不起他，因为这些年他对你太好，但是你无以为报，哦，你给他发了很长很有诚意的好人卡。"

"然后呢?"这些事情听起来也还好，傅筱筱不明白，即便说了这些，那和顾淮有什么关系，她做错了什么，以至于让他现在这样耿耿于怀?

"然后你投怀送抱，睡在了我怀里，还不让我走。"

傅筱筱大脑里轰鸣作响，脸上乍红乍白，一瞬连呼吸都停止了。不是吧，她醉了有那么随便？后面还发生过什么事吗？她拼命回忆，然而回忆一片模糊。她投怀送抱，还是对以浪荡著称的顾淮，她有点不敢想象接下去的事——

顾淮恨恨道："再然后，我当了一回柳下惠。"

金豫三十岁生日那天的事，傅筱筱能记得清晰的是，原本她和金豫约在赌城见面，度假兼给他过生日。出发前她给自己下了无数的心理暗示，准备在那几天找机会把两人三四年的感情纠葛处理清楚。然而她和金豫都没有想到，金豫的那群朋友在赌城帮他办了生日趴，他俩也是到了才知道这个"惊喜"。

生日趴办在赌城一个酒店的泳池边，那一晚衣香鬓影，人影憧憧。傅筱筱被金豫拉着周旋在诸人中间，既尴尬又郁闷，酒也不知不觉喝多了。后来趴进入下半场，有人叫了舞娘来跳钢管舞，四周既吵闹又疯狂，她和金豫说了先回去休息，晕乎乎进入酒店大堂，被刺骨的空调冷风一吹，顿时头疼欲裂。她扶墙弯下腰，胸口污物翻腾，想要吐，却又吐不出。依稀记得有人走过来停在她身前，问她有没有事。她抬起头看来人，那人身影背着灯光，脸庞一片模糊。她不知道自己说了什么，意识蒙眬中只知道那人把她搀扶着走了两步，后又将她背起来。

再之后的记忆，就是她趴在他的背上，似乎睡了过去。尔后，记忆全是空白。直到第二天早上起来，她睁眼看到的是她躺在自己的酒店房间，身上衣裳完整，床边的桌上有喝了半瓶的矿泉水。手机上金豫给她的留言是："昨晚你喝醉了，今天好好休息，我和朋友们去练枪，下午回来。"

她自然而然地，以为前一晚送自己回来的是金豫。

谁知道今天顾淮说起，才知道那晚发生了什么荒唐事。

傅筱筱从未想过自己和顾淮还有这样一出前尘往事,她努力保持平静,了解了前因后果,有些事情想起来便容易理解得多:"所以,在意大利的火车上,你认出了我。"

"刻骨铭心,永生难忘。"顾淮一字一字说得缓慢,"可是有人睡了我,却转头就忘得干净,渣不渣?"

什么叫睡了你?傅筱筱被雷得外焦里嫩,先不反驳,只又问他:"所以你后来就要了我?"

"不亲自送你去看金豫大婚,以你这样拖泥带水的圣母性格,怎么能完全放下?"

"您真是用心良苦。"

"当然,你睡了我,以后要对我负责,心里不能有旁人。"

傅筱筱终于问道:"顾少,您这辈子睡过多少人?当然,我说的不是柳下惠的睡。"

顾淮的声音哽在嗓子眼里,顿时哑口无言。傅筱筱又说:"自己做不到的事,就别强人所难了。如果非要我负责,您先对您睡过的那些人负责给我看看,身体力行教教我吧。"

顾淮怔了一下,咬牙切齿:"算你狠。"

这顿饭当然不欢而散,傅筱筱晚上也没有去常胜他们的饭局。回到酒店一觉睡到天昏地暗,第二天早上起来,她满血复活,昨天的事全部甩到脑后,她调整好情绪,下楼到大堂和恒美收购团队会合。

顾淮是老板,不会和他们同行。XDW的办公楼和酒店隔了两三条街，傅筱筱他们步行过去。外部律所、会计事务所还有投行的人今天都齐聚在这里，XDW特地划出一间大会议室，让收购团队入驻开展尽调工作。

尽调会议十点开始，顾淮准时出现主持会议，他强调了三点：第一，务必挖掘所有重大风险和潜在运营风险，风险的挖掘不是为了阻止交易，而是更好地完成谈判；第二，财税审核的清产核资，法律审核的合规与竞争，一旦发现问题需要和战投部门第一时间沟通；第三，不要想着设定完美的并购方案，只需要提出最优利益方案，经济合理的交易框架应该有利于各方，而不是只有利于恒美。

他说话干净利落，眉眼毫无素日的玩世不恭，冷静锐利的目光落在傅筱筱的脸上和旁人无异。傅筱筱看着他这样公事公办的样子，心底暗暗松了口气。

尽调的脏活累活一大堆，顾淮自然是不会碰这些的，开完会就走了。傅筱筱和律所的专家们过了一遍之前业务的初步业务调查报告，根据业务关注重点和法律尽调常规程序列出这次尽调的问题大纲，分工合作。XDW非常配合他们的工作，法务合规部门送来的文件副本堆积如山，另外还有电脑保存的文件、合同与数据，占了几个硬盘的内存。

XDW是这两年硅谷新创业的在线酒店分销商，成立以来凭借科学团队的数据集开发技术和优势酒店资源数据库的积累，硬生生从欧美成熟的在线酒店旅游市场分了一杯羹。XDW既有资源，又有技术，而且属于初创期，目前估值还不是那样高不可攀，是恒美深度耕耘北美市场的最好跳板。恒美酒旅业务群总裁谭青阳对这次收购势在必得，是以业务团队提前一个月就进驻了XDW，格外仔细地考察他们的业务价值增长点、开拓新市场的可能性以及将来与母公司的协同效应。

傅筱筱和隆达律所的专家经过前后资料的整理，将尽调的重心放在重大债权债务、资产归属尤其是商标专利归属、雇员关系、重大关联交易及同业竞争行业调查上。尽调工作进行了快一个月的时间，直到这一周的周三，傅筱筱才和外部律所专家一起完成了尽调报告初稿。

初稿完成后傅筱筱卸下半个担子，放松了心情去参加这晚的老同学聚会。她前天在脸书上更新过动态，被老同学们看到了，知道她在旧金山，有人约聚会，一呼百应，念书时玩得好的一群人纷纷响应，约在市中心的酒吧见面。

到了酒吧，傅筱筱要了一杯果汁。同学们取笑她："在中国待久了，又变成那个滴酒不沾的淑女了。"

傅筱筱四两拨千斤："是啊，中国有句名言：喝酒误事。"

自从听顾淮说了她醉酒后不堪的状态后，她就在内心发誓：忌酒，忌酒，忌酒。任凭同学们起哄嘲笑，她置若罔闻，只含笑喝她的果汁。

从法学院毕业已经四年多了，大家都进入了事业平稳期，大部分人没有什么变化，只有安德鲁和苏仪在这一年跳了槽。安德鲁从联邦法院出来，入职了WB，苏仪也从律所跳到了美国最大在线酒店旅游代理平台 EP 公司做法务诉讼中心的负责人。

傅筱筱举杯说："原来世界大同，互联网世界欢迎你们。"

这里是世界的硅谷，拥有最丰富、最前沿的互联网从业机会，在座几乎所有人的工作都和互联网行业脱不开关系。安德鲁笑说："要不是去年 WB 把中国市场卖出去，我俩就从同学变成同事了。"

傅筱筱其实对他的选择有点不太理解："你可是我们这届的法学院之光，我们都期待你至少成为巡回法院的大法官，怎么就突然从地方法院出来了？"

"我当时参与审理 WB 那件网约车司机集体诉讼案，你还记得吗？"

"当然。"傅筱筱当时和他分属敌我阵营。

"说实话我实在搞不清楚网约工是怎么回事，所以出来看看。"

傅筱筱很是赞赏："在中国有句话，知行合一，说的就是你这样的人。"

同学们起哄："每次筱筱一来，就开始宣传中国文化。知道你们国家文化博大精深，不要再炫耀了。"

"好，我收敛一下。"傅筱筱调皮一笑。

大家热火朝天寒暄了半天，开始进入小团队深度沟通，苏仪坐到傅筱筱身边："筱筱，你知道我不擅长劳动法，有件事我需要你的帮助。我现在手头在处理一个案子，EP

目前怀疑有两个前员工盗取了数据模型卖给竞争对手。这个案子比较复杂，既牵扯劳动合同保密条款履行，也涉及知识产权、数据爬取相关，你有没有熟悉的律师同时能兼顾这些领域的，帮我推荐一下。"

数据模型？傅筱筱心中微微一动："一般来说竞争对手之间的数据模型都是大同小异，这个很难取证吧？"

"的确很困难，但是我们的技术团队已经搜集到了一些蛛丝马迹，竞争对手的数据模型有核心算法侵犯了我们的专利。"

傅筱筱想了想，点点头："好的，我给你介绍相熟的律师。"

她俩在这边聊着 EP 的案子，那边安德鲁正在约人周末去塔霍湖。

塔霍湖是旧金山附近的度假胜地，尤其是在冬天，浩瀚湖水被周遭雪山森林包围，风景美不胜收。塔霍湖周边还有全北美都排得上号的专业滑雪道，安德鲁酷爱滑雪，是冬季塔霍湖的常客。

苏仪闻言笑说："安德鲁你还敢去滑雪？不是上次滑雪肩骨受伤还没全好吗？"

安德鲁摇头："不不不，这次不是滑雪。我去拜访阿兰·克鲁格教授，好不容易和他助理探听到了他的行程，这次一定要去见一见。"

苏仪说："周末也不休息，真是工作狂。"

阿兰·克鲁格，世界上最为知名的劳动经济学教授之一。傅筱筱闻言正中下怀，连忙问安德鲁："你是去请教 WB 用工的问题？下周末能不能带上我一起？我现在的中国雇主也有类似的网约工问题。"

"当然可以，看来出了学校，我们也还是可以一起做课题的。"安德鲁大笑，和傅筱筱击掌约定。

这就是同学聚会的好处，信息互通有无，很多事情串起来，是意想不到的收获。

拜访阿兰教授之前，傅筱筱第一件事情要处理的是 XDW 的尽调报告的补充。

苏仪的问题让她敏感嗅出了 XDW 起家的黑历史，她调出历史雇员列表，逐个排除，果然找到了那两个从 EP 出来的工程师前员工。这两个人是 XDW 技术团队的创始成员，只不过在 B 轮融资的时候，就已经套现离场。接下去的两天，她都窝在酒店房间修改尽调报告。周五中午，和隆达律所专家协商一致后，她将法律尽调最终报告发给孟飞澜和顾淮。为了得到他们及时的反馈，傅筱筱又在条文里拉了孟飞澜和顾淮加入小群，在小群里又把尽调报告发了一遍。

高管们似乎都是 24 小时不休息的，国内此刻正是凌晨，但孟飞澜信息回复非常迅速，在小群里问傅筱筱："你的判断是什么？"

傅筱筱回复："即便那两个程序员已经离开了 XDW，但如果一旦 EP 起诉顺利，XDW 因盗取数据模型将会支付巨额赔偿和专利使用费。"

孟飞澜问："最终建议？"

傅筱筱想了又想，才敲下一段话："XDW 的数据模型是这次收购的最核心标的，现在面临的潜在风险巨大且不可控。我建议在 XDW 处理完与 EP 的诉讼前，先终止收购流程。"

孟飞澜和顾淮半天没有反应，过了一会儿，傅筱筱接到了孟飞澜的越洋电话："顾淮电话我打了几遍都打不通，你去看一下什么情况，和他当面沟通。记住一条，法务部只是给建议，不做最后的决定，决定永远让需求部门自行判断。"

傅筱筱说："明白。"

挂了孟飞澜的电话，傅筱筱也给顾淮打电话，没有人接。她索性抱着电脑去敲顾淮的房门，敲了半天没有人应。她以为他不在房间，将要放弃时，面前的门缓缓开了。

顾淮整个人都斜靠在门框上，似乎是无尽的倦累："什么事？"

傅筱筱说："按了这么久你不开门，我还以为你出去了。"

顾淮的眼皮轻轻一翻，冷道："在下身体抱恙，很抱歉没有第一时间给傅小姐开门，让您久等了。"

傅筱筱这才察觉到他面色潮红，气息也有些异常的虚弱。

"你发烧了？"

"很难看出来？"

身体再抱恙，怼人的功力倒是有增无减。傅筱筱不想和病人计较："我刚才发了法律尽调的最终报告，您一直没回复，孟律师让我过来提醒您有时间看一下。"

"孟老头远在北京看不到我的状况，傅小姐近在眼前，觉得在下现在这个样子，适合工作吗？"

我让你现在工作了吗？傅筱筱压住火，劝他："你病了就吃药，怼我能病好？"

顾淮更没好气："你说得轻巧，药从天上掉下来？"

"你助理呢？他没给你买药？"

"他是我助理，又不是我老妈子，工作之外的时间不属于我。"

看来他是不想好好说话了。傅筱筱竭力忍住心火："那你好好休息，明天再说。"转身要走，手臂却被他拉住，掌心的热度透过轻薄的毛衣灼上她的肌肤，让她惊了一下。

顾淮也怒："你这人怎么这么狠心？就算是普通同事，也不能一点关爱也没有吧？"

自己的助理不用，对着"普通同事"斤斤计较，傅筱筱有点无语，但他烧成这样，她确实不能就这样走了，拨开他的手，叹口气："我去买药，你先躺床上去。"

顾淮很满意她这句话，丢给她一张门卡："别让我再起来给你开门了。"

这少爷德行，傅筱筱看在他生病的分上，咬咬牙，再忍。

她去隔壁街上的药店买了退烧药，又买了两大瓶矿泉水。顾淮住的是酒店套房,她在客厅用咖啡壶烧了热水,才端着药和水走到里面的房间。

"吃药。"傅筱筱将水杯放在床头柜上,半天不见顾淮起身,只得弯腰将一只手托在他脖子底下,揽着他坐直身体。她另一只手把药送到他嘴边,他下意识张口含住:"水呢?"

都到这份上了,傅筱筱只能化身老妈子,拿着水杯喂到他嘴边。顾淮一口气喝了大半杯水,靠在傅筱筱怀里轻声说:"谢谢。"

傅筱筱一言不发,让他重新躺下。他身上的热度实在是有点吓人,她去卫生间用冷水湿了毛巾,敷在他的额头上。

顾淮被额头的冰凉所激,微微睁开眼看了看身边的人。他体内如炭烧,如火灼;而她这一刻温柔似水,终于不再是那块坚硬戳人的冰。

顾淮迷迷糊糊地想:冰火两重天,水火不相容。

真的不相容吗?不是说水能克火吗?火是他,她是那个水。

顾淮陷入沉沉的昏睡状态的最后一个念头是:自己完了,快被这女人克死了。

| 第六篇 |

抽刀断水

顾淮第二天醒来,看到床前紧张兮兮盯着自己的男人,被吓得个结实。

崔助理见他双眼发直,忙道:"顾总,您感觉还好吗?"

感觉一点都不好。顾淮实在不想看他那张油腻腻的大脸,梦中女神分明是那样的清秀可人,怎么就突然变成了眼前这五大三粗的中年男子?他挣扎着起身:"傅筱筱呢?"

"傅筱筱?"崔助理一怔,"我不知道啊。"

顾淮瞪他:"那你怎么进来的?"

"哦,傅筱筱早上给我发了信息说您生病了,让我来照看一下。我在酒店前台拿的门卡。"

"这么说你早上才来的?"顾淮舒口气,原来昨晚不是幻觉,那贴身温柔照料他的,不是旁人,确实是她。

崔助理给他量了一下温度:"您还是有点烧,吃了早饭再吃药吧。"

顾淮恍惚记得傅筱筱昨天来找他是让他看什么文件来着,他揉揉额头,吩咐崔助理:"把手机和电脑拿给我。"

"现在就要工作?"

"当然。"

一看手机,上面有无数未接来电,光孟飞澜就有三四个夺命 call,顾淮赶紧丢下手机,打开电脑看邮件。先找到傅筱筱发的那封,是 XDW 收购案的法律尽调报告,顾淮看完,这才又拿起手机在条文里傅筱筱新拉的小群中回复:"@傅筱筱,报告已阅。@孟飞澜,生病了,未曾接到您老的电话,别介意。"

在小群里发完信息,顾淮又将报告转给酒旅业务老大谭青阳:"老谭,XDW 尽调出状况了,要收购的核心资产有商业秘密窃取风险,还有后续高额专利费支出风险,你判断下,给我一个反馈。"

孟飞澜对傅筱筱的告诫是,顾淮是法务部的需求方,决定由需求方定夺;对顾淮来说也是一样的,谭青阳才是这次收购案最终需求方,战投只是执行者,即便他在前线有生杀大权,但于情于理,他都需要尊重谭青阳的意见。

谭青阳许久没有回复,顾淮正要给他打电话时,谭青阳打过来了。

"XDW 的案子,老孟在今天的战略会议上已经和我们讨论过了。"

孟飞澜居然把这个事放到战略会议上去谈,那就是所有

VP以上的高管都知道了？顾淮怔了一下，才问："大家什么意见？"

谭青阳笑了两声："你觉得呢？"

他的声音是不分喜怒的，但是顾淮听着后背一阵莫名的凉意。

"哪家创业公司起底时没有点灰色地带呢？"谭青阳低沉的嗓音从手机那边缓缓传来，"就算恒美，怕也不能拍着胸脯说成立以来完全合规吧？孟飞澜把这事拿到台面上，那就是给它判刑了。"

顾淮想不明白孟飞澜这样做的动机，问谭青阳："我说，你是不是得罪了孟老头？"

"他之前曾撮合我们和EP合作，被我拒了。"

"EP？"顾淮皱眉，"EP有海外最丰富的酒旅资源，恒美有全球最大的消费市场，如果我们交叉持股，或者即便不这么深入，达成战略合作，那也能极大拓宽海外市场份额。你为什么拒绝？"

"业务有业务的考量。"

这句话下含义可深了，顾淮大概明白他的意思了。

"那收购案我撤了？"

"撤吧，我们已经在找下一个目标。"

挂了电话，顾淮在收购项目的大群说："@all，因为商业秘密窃取风险和专利风险，XDW的项目暂停，各位和外部机构交代一下，下周完成收尾事宜。"

项目群里一水地回复"收到",包括傅筱筱。

别人的信息不过浮云,只是顾淮盯着傅筱筱的信息框,那正常得不能再正常的两个字,却让他仿佛看到花开。他按捺不住发微信给纪云深:"兄弟,我想恋爱了。"

纪云深回复:"兄弟,我想你别脑子烧坏了。"

顾淮:"?"

纪云深:"孟律师说你正发高烧,烧糊涂没?你已经十八个小时失联了,这一觉睡得可好?"

看来傅筱筱什么都和孟飞澜汇报了,还真是贴心的小棉袄啊。

顾淮咬咬牙,眼前盛开的花正一朵一朵萎靡时,崔助理又在一旁提醒他:"昨晚国内的高层战略会议您缺席了,总办让您今天务必看一下会议记录,回复相关意见。"

"OK。"顾淮回到邮箱中继续找邮件,战略会议记录在两个小时前已经发到他的邮箱,会议内容主要是孟飞澜汇报XDW收购案目前细节情况、各大业务板块的复盘与调整、2017年全员加薪计划以及"诺曼底计划"正式提上日程。

"诺曼底计划",名字唬人,内容也实在特殊——恒美IPO[①]从今天正式提上日程了,这将是战投部门接下去一年的最核心任务。

条文中也开始有了"诺曼底计划"的项目大群,顾淮翻

[①] IPO:首次公开募股,通俗意义上来说就是"上市"。

看聊天记录，瞥到法务部门的主管上市项目负责人名字，微微有些疑惑："童依依？"

关于美女他都是有印象的，脑海里顿时浮现出元旦在孟飞澜家中见到的那张明媚多情的面庞。

他问崔助理："法务部的那个陈雪莉呢？"

崔助理说："陈雪莉两周前走人了，明面上是自己离职的，但我听说她实际是被孟律给炒了。"

顾淮吸口冷气："谁都知道陈雪莉是谭青阳的人，而且还是跟着恒美创业的元老，孟老头说炒就炒？果然非常人。"

"陈雪莉也是咎由自取，她未曾知会孟律选定外部合作律所，和我们战投部的联合项目对孟律也是有选择地汇报，被孟律知道了，所以就被炒了。"

顾淮啧啧感慨："崔助理你真的越来越厉害了，这些法务部的秘书你都知道，全公司上下大概没有你透不过去的墙吧，待在我身边倒是屈才了。"

"不敢不敢，"崔助理含笑谦让，瞅着顾淮的脸色，又试探着说，"顾总，我听说最近总办有空缺……"

顾淮斜他一眼："你这家伙，在这里给我憋着大招呢！"

崔助理打个哈哈，摆出憨厚无比的笑脸。顾淮道："行了，别装了，回北京就给你办。你现在把那个童依依的简历发给我，我不喜欢和不知根知底的人合作。"

重赏在前，崔助理执行速度非常快，不过十分钟，调出童依依的简历，发给了顾淮。

顾淮点开看了一眼,恍然大悟:"哦,原来是她。"

崔助理奇怪:"您认识童律师?"

"不认识。"顾淮皱着眉冷哼。江宸的小三,谁会认识?只是他亲姐顾景心是江宸老婆的死党,曾经将这个女人的事迹作为生动鲜活的反面教材对他唠叨多次。顾景心耳提面命叮嘱的是:让他不要学江宸,不要找女助理,更不要招惹窝边草。

女助理顾淮是压根没有找过,今后也不想找;至于窝边草,他倒是想啃,人家也不让啊。

想到傅筱筱,顾淮心念一动,对崔助理说:"下周项目结束,我们找个 Napa 的酒庄团建两天。"

傅筱筱这天一早和安德鲁去了塔霍湖,安德鲁和阿兰教授的助理就约了午餐一个小时的时间。他俩当天来回,晚上到旧金山的时候已经快晚上九点了。

回到酒店,傅筱筱拿出手机开始看今天遗漏的信息。她昨晚照顾顾淮没有好好休息,今天路上的时间一多半是在打瞌睡,即便清醒着,也是和安德鲁在聊工作、聊过往,手机上的信息也就捡@自己的看了看。这时打开条文重看,才知道收购项目群在顾淮上午发布了暂停的通知后,后面还有这么多的聊天记录。

大家热火朝天讨论的,是崔助理在群里宣布下周要去 Napa 团建的事。

这一次恒美收购团队来美国没日没夜辛苦了一个月，快到终点时，项目突然刹车。虽然大家嘴里不说，但心里无一不对这样的结局大失所望。崔助理安排的 Napa 之行，正好让大家满腹的牢骚和埋怨有了疏解的渠道。

Napa，傅筱筱想：去那里团建，除了品酒还能干什么？简直是自己忌酒路上的拦路虎。

回到房间，她正在电脑上整理今天安德鲁和阿兰教授发给她的一些美国网约工研究报告，突然手机屏幕亮起来，是童依依发过来的视频电话。

"就知道你还没睡。"国内这时候是周日下午，童依依穿着宽松的居家服，波浪大卷发披在肩上，极为慵懒妩媚。离开律所后，她终于有了所谓的周末。

傅筱筱问她："你入职一周多了吧，适应了吗？"

自从那次童依依说了要跳槽，傅筱筱就催着她把简历发过来，亲自交到孟飞澜手上。

傅筱筱原本想请孟飞澜给童依依介绍资源，谁知道恰好碰到陈雪莉的事，孟飞澜索性让童依依过来恒美接了陈雪莉的位子，成了投融资并购支持部门的负责人。

"别提了，刚出龙潭又入虎穴。陈雪莉不管能力怎么说，团队人心带得挺齐整，我一个空降的过来，脸又这么嫩，底下的人压根不服我。"

"给你使绊子了吗？"

"也要他们有那个智商。"童依依眉间眼底全是傲娇，对底下那些人的小九九实在不屑一顾。

傅筱筱也知道她有这样的底气,童依依的智商确实是她遇到的人里数一数二的,当年江宸选择刚毕业的童依依做助理,就是看中她智商优越、天赋极强。但是这女人的情商嘛——忽高忽低,熟悉如傅筱筱,也把握不准她到底什么时候精明世故,什么时候单纯幼稚到让人发怵。

"对了,我昨天陪孟律师去公司开战略会,见到你家纪云深了。上次在餐厅没看到正脸,这次看到了。啧啧,我都找不到词来形容,什么玉树临风、英俊潇洒,放在他的身上那都太俗了。"

什么她家纪云深,童依依果然开始秀情商下限了。傅筱筱道:"你别胡说啊,被人听到还不知道怎么想。"

再说了,纪云深有长成她说的那样?傅筱筱回忆了一下,觉得童依依形容太夸张了,自己从没觉得他那么让人惊艳啊。不过就是人高了点,所以显得身材修长;五官端正了点,所以显得脸很耐看;气质儒雅了点,所以显得温润如玉……当然,温润如玉是在旁人面前,面对着她时,纪云深就是一头从冰天雪地里走出的狼,毫无温情,刻骨寒凉。

傅筱筱不自觉发了一会儿神,童依依在对面看着她笑:"瞧你这口不对心的,你是不是在想人家了?"

傅筱筱美目一瞥,正要反驳,又听童依依说:"说真的,我觉得他比金豫要适合你。金豫好是好,但太有城府,太风度翩翩,是个中央空调,只有江晴那样的才驾驭得了他。这纪云深呢，我初步考察下来，他目标明确，手段果敢，而且和所有人都保持一段距离，如果爱上一个人，大概就是所谓弱水三千只取一瓢，比较适合你这样在感情上一根筋的。"

傅筱筱实在无语了："他是我恩公！恩公！你别给我意淫他！"

童依依在那边给她抛媚眼："什么恩公，你就骗你自己吧，明明对人家魂牵梦萦的。对了，昨天会议上我听说收购案出问题了，你是不是快回来了？"

"下周就回来。"

"那等你回来再聊，早点休息吧，爱你，拜拜。"

"拜拜。"

XDW 收购项目的收尾颇为迅疾，周一正式通知了对方停止收购，周二、周三和外部合作机构沟通妥当，处理好相关文件资料，到了周四上午，备受期待的团建节目就正式提上日程了。

这次在美参与收购项目的恒美员工有十二人，崔助理安排了三辆 SUV，正好装得下团队所有人。结果出发的时候，顾淮不知道从哪里又开来一辆银色兰博基尼 Veneno，张扬地停在酒店门口。

崔助理的心思已经活到顾淮肚子里去了，问大家："谁和顾总一路，好帮他看看导航？"

所有人面面相觑，虽有暗戳戳要觊觎豪车体验的，但是同行人是老板——想着一路既要小心翼翼伺候又要放弃同事们的八卦局，相比之下就有些得不偿失了。傅筱筱站在最后，正埋头在包里找墨镜时，听到顾淮的声音从远处飘来："傅筱筱跟我一起走，我有事要问她。"

"好好，"崔助理从SUV拿出一袋子零食水果给傅筱筱，"你们拿着车上吃。"

同事们一哄而散，欢欢喜喜地各自组队开车离开，剩傅筱筱一个人孤零零站在酒店门口。

"还不上车？你走过去？"顾淮拍着车门，笑容格外飞扬。

傅筱筱瞪了他一眼，只得提起零食袋子，钻进那辆闪瞎凡人眼睛的豪车。

顾淮踩着油门，豪车轰鸣滑了出去。他见傅筱筱板着脸一句话都不说，忍不住冷哼："人家说坐在宝马里哭都是心甘情愿的，我这辆车委屈你了？"

真不是傅筱筱矫情，这旧金山一路都是上坡下坡，市区减速带还多，傅筱筱坐在颠簸起伏的跑车里，心里已经吐槽了成千上万遍，如果有选择，她宁愿去坐公交车。她吊紧车顶扶手，说："顾总，顾少，顾公子，拜托你看着点开车吧，别没出城我们就被撂在半路上。"

好不容易出了城，道路终于平坦开阔。顾淮放下车篷，阳光清风洒落进来，空气自然流动，这辆豪车此刻也终于有了绽放王者风范的机会，银色车影如同落入人间的炫光，在人烟稀少的广道上一骑绝尘。

傅筱筱望着沿途风景，心情刚刚舒坦些，身边又传来煞风景的声音："喂，那袋子里不是有水果，给我剥一根香蕉。"

这要求不算过分，傅筱筱拨拉袋子找到香蕉，剥好递给他。

顾淮说："拜托，坐副驾驶要有副驾驶的自觉，你喂我。"

傅筱筱横眸："你自己的手呢？"

"好，那我自己来。"顾淮说着就要放开方向盘的双手。

傅筱筱实在是服了他了，一只手来接不行吗，偏偏要这样装模作样，她喝道："扶住方向盘！"手一抬，将香蕉塞到顾淮嘴里。

她喂食的动作实在是粗鲁，顾淮好不容易把香蕉咽下去，怒道："你怎么就不能温柔一点呢？难道非得我生病，你才能变成那个天使？我嘴边还被你蹭了香蕉泥，赶紧地，擦擦。"

"天使你个鬼。"傅筱筱虽然和他斗着嘴，手上却还是拿了纸巾，帮他嘴边的香蕉泥迅速擦掉。他的唇不小心碰到了她手指，傅筱筱毫无察觉，顾淮却感受着那抹温软，满肚子的怒气都消散了。

他决定止戈为善，问她："唉，你知不知道，你们法务部现在算是彻底得罪老谭了？"

"谁？"

"谭青阳啊，你把他看重的收购项目弄黄了，孟老头又把他的心腹知己从法务部撬走了，难道老谭能咽下这口气？"

谭青阳是恒美三大联合创始人之一，而且是恒美业务最大板块——酒旅业务的一把手。他历经三年，亲手在恒美锻造了一批所向披靡的地面销售团队，号称恒美业务铁军。纪云深来恒美后，之所以能将外卖业务从头开始做成如今的规模，也有赖于谭青阳向外卖业务部门输送了一批攻城夺寨、战无不胜的销售铁军。对恒美近万人的销售团队来说，赋予他们狼性基因的谭青阳，才是他们心中说一不二的灵魂人物。

"收购案最终的决定是您和谭总商议的吧，怎么赖上我们了。"傅筱筱淡淡地说，"再说了，谭总的心愿是收购一家值得投资的公司，不是一个官司不断的烫手山芋。他这样的人物，难道恩怨不分明？他感谢我们还来不及吧？"

"说到底你还是太年轻太天真了。"顾淮老成道道地叹口气，"你以为老谭真正的目标在于收购？现在全集团的资源都在向外卖业务倾斜，他这是在争。"

傅筱筱想不明白："内部还争？这公司也有他的一分子吧？"

"当然要争，什么是资源？稀缺的才是资源，既然稀缺，当然要争。谭青阳眼睁睁看着纪云深一天天做大，单一个外卖业务，现在就已经估值七八十亿美元，都快和酒旅业务分庭抗礼了，老谭能没有想法？就算谭青阳不想争吧，他底下的团队不眼红，不想争？你知道谭青阳手底下那批业务大佬，一个个如狼似虎，当初他们有多不想让纪云深留下来？

而且还划了那么多业务精英到外卖团队,肥水到了外人田,他们会甘心?"

其实傅筱筱并非没有经历过职场争斗,她心里也明白:要让几万人的公司拧成一股绳、一块铁板,那是天方夜谭。但是她曾经在的 WB 中国,确实是一个所有人都一心奔着一个方向去的、战斗力非常强悍的团队。她以为所有的创业公司都是如此,但没想公司和公司有别,原来恒美内部派系分明,斗得这么厉害。

当然,恒美现在已经不是单纯的创业公司,而是一家商业模式成熟的、估值超过三百亿美金的超级独角兽,只差上市临门一脚,就将跻身中国最牛的科技公司之一。

队伍大了果然就不好带啊,傅筱筱心里暗叹,又问:"两个团队既然都在抢资源,那高层怎么想的?"

"以前的想法,其实很简单。一个是高频业务,订单量增长速度大概是移动互联网时代无出其右的,但是处于高度竞争状态,不仅没有明确的盈利途径,还一直在亏损。另一个,是低频业务,虽然订单量现在只有外卖业务的十分之一,但是客单价高,总的营收额也高,盈利模式清晰,市占率甩其他竞争者几条街。这两个业务商业模式正好相反,公司以高频业务带动低频业务,以盈利业务补贴亏损业务,手心手背都是肉,平衡政策运转得也很好。不过以后吗——"

"会有变化?"

"当然,"顾淮想了一会儿,笑笑,"但是也难说。"

变数就在于上市，既要给二级市场好看的财务报表，又要给大投资人规划更有前景的布局和足以在未来市场站稳脚跟的蓝图，偏袒谁舍弃谁，那就要看业务这一年的发展以及叶晖和投资人的博弈了。

傅筱筱和顾淮出发最晚，但依赖豪车惊人的马力，到达最早。崔助理订的这个酒庄占地颇广，主建筑是一栋有百年历史的古堡，旁边高高低低起伏的葡萄园在现在这个季节还是光秃秃一片，只是葡萄架中间的油菜花倒是花开正盛，和国内的开花季节完全不同。

等大家都到了庄园，已经是中午了。吃了午饭，大家各自歇息，有的在房间睡觉，有的成群结党去周边玩，还有人已经迫不及待去酒窖品酒，一个下午尝遍了酒庄的佳酿。

晚上顾淮让人在草坪上生起篝火，摆起烧烤架，大家围着篝火吃肉喝酒，不胜惬意。

聊到酣处，常胜忽然说："我前东家的'破冰仪式'在圈子里鼎鼎有名，大家想不想玩一下？"

他前东家的"破冰仪式"确实是江湖上经久不衰的传说，所谓破冰，就是通过问一些极私密性、极难启齿的问题，让你在同事面前再无秘密可言，以此破除隔阂和陌生，来促进团队的亲密无间。

傅筱筱早听说"破冰"问题无底线，她本能想要离开，但又不能表现得太不合群，想着也不一定会抽到她，待会儿趁大家不注意偷偷溜走就是。谁知道那游戏用的酒瓶在地中央滴溜溜转了几圈，瓶口就指向了她这边。

她和坐在身边的顾淮对视一眼，心惊胆战。

"这指的是谁？"大家顺着瓶口指向瞄准这边，"到底是顾总，还是傅筱筱？"

众人吵闹不出结果，傅筱筱和顾淮也互相推让，有人建议："要不你俩石头剪刀布，输的先来，赢的随后。"

顾淮可是猜拳老手，傅筱筱自然是玩不过他，三局两输，轻松被灭。

"你先来，"顾淮笑着往后仰了仰，双臂撑在草地上，"我随后。"

常胜从手机上调出"破冰"问题提纲，开始问：

"最爱的明星是——"

"贝克汉姆。"

"最喜欢的电视剧是——"

"BBC95版本的《傲慢与偏见》。"

众人听到这里开始喧哗："常老师你搞什么？谁想知道这些？来点有料的。"

"好好，这就来了，"常胜拖长声音，"最恨的公司同事——"

顾淮明显感觉到傅筱筱的眼光在他脸上一瞟，但她嘴里却说："常胜。"

众人哄堂大笑，常胜也笑："你既然最恨我，那我就手下不留情了。"他接着问："有过几个男朋友——"

"一个。"

这个大家都很意外，连顾淮也诧异地看向她。有人起哄："傅大美女就谈过一个男朋友？这谁相信啊？"常胜也说："可不许撒谎啊。撒谎就不好玩了。"

傅筱筱瞥一眼他："觉得我撒谎那就别问了。"

常胜讪讪一笑，一旁姑娘拿过他的手机，接着问："最后一个问题，和几个异性接吻过——"

傅筱筱抿着唇，顾淮近在咫尺，在燃烧的篝火和明亮的灯光下，看到她的耳朵慢慢变成脂粉色。

片刻，她终于说："两个。"

大家一下炸了，纷纷追问傅筱筱："只交往过一个男朋友，怎么吻过两个异性？快说，另外一个人是谁。"

傅筱筱这下咬紧嘴唇死活都不说了，顾淮心里顿时有恶虎咆哮——除了金豫，还有哪个人这样胆大包天，居然敢吻他的天使？

正气得七窍生烟时，常胜却开始招呼他："顾总，傅筱筱的问题已经结束了，该轮到您了。"

众人喧嚣："直接来高难度的，别问那些有的没的。"

"好嘞，"常胜舍弃了手机，张口就问，"交往过多少女朋友？"

"一……"顾淮心虚地看一眼身边人，傅筱筱也和其他人一样，亮晶晶的眼睛好奇地瞧着他。他不由更紧张了，喉骨滚动一下,咽了咽口水:"一后面加个零。"

"什么时候开始交女朋友的?"

"十六岁。"

"最爱的女朋友是谁?"

"当然是下一任。"

"最难忘的一夜在哪里?"

"两年前,拉斯维加斯。"

"和谁?"

顾淮心里的恶虎慢慢温顺了,他在这个问题下笑了笑,看着傅筱筱霞光一样熏染的清美脸庞,说:"我的天使。"

破冰游戏让篝火的温度更炙热了些,觥筹交错,欢声笑语。有人放起了华尔兹,大家手拉手去跳舞,看起来彼此之间确实因为秘密的分享而变得亲密许多。但谁都知道,这只是一时的欢愉,明天清醒后,走上职场,你我他依然是不同的个体,为了不同的目标、立足不同的利益,没有谁和谁是真正的推心置腹。

成人的世界,再现实不过,再残忍不过。

傅筱筱找了个借口离开,一个人沿着古堡的高墙走到庄园深处,前方有一条浅浅的河流,水流汨汨,迫她止住脚步。此刻已经是深夜,谧蓝色的夜空绵延无垠,笼罩住世间万物。夜风清凉拂面,她惬意地舒口气,仰头望着星河浩瀚,这时才感受到很久没有过的放松。

"你一个人在这里,不怕鬼?"

不知道站了多久,身后突然传来一声幽幽的声音,在这暗夜下骤然飘来确实叫人毛骨悚然。

傅筱筱转身,看到顾淮静悄悄地站在不远处,无奈地说:"你已经这么无聊了?还装神弄鬼?"

顾淮背着手走过来,边走边说:"我小时候最怕鬼。十岁之前我都和爷爷奶奶住在南方,那是个古城,爷爷家又是旧宅子,满屋子都是存活了几百年的老古董。家里保姆嫌弃我每天晚上在外疯玩不回家,于是骗我晚上有鬼。那宅子院墙外种了不知道多少棵柳树,到了晚上风一吹,可不就像百鬼夜行一样?我被她吓出了心理阴影,后来一到黑夜我就怕没有光,就怕没有人陪,更别谈到一个人烟稀少的地方。所以,知道我现在摸黑过来找你有多不容易吧?"

"大男人还怕鬼?"傅筱筱才不相信他那套说辞,"这都什么时代了?难道你一点科学的精神都没有?"

顾淮经久不衰俘获女人怜爱的套路被她戳穿,面不改色心不跳,继续说:"有时候相信鬼神也是好的,让你心有畏惧,做事情总会有所底线。"他站在她面前,双手从背后出来,拿着两小瓶红酒,递给她一瓶:"看你今天一天没有喝酒,特地选了两瓶没有酒精度的。"

"谢谢。"傅筱筱接过喝了一口,果香花香随着酒精一起在口中渲染四溢。她怒道,"顾淮,你说句实话会死?"

她一拳砸过来,顾淮闪也没闪,握住她的手说:"来

Napa，哪有不喝酒的道理？"

她觉得他强人所难，他觉得她无理取闹，而且还非得治治她的矫情。

"我说傅筱筱，你至于吗？"顾淮从她今天不喝酒就知道她忌酒的原因，这股气都憋在肚子里半天了，"就因为我说了拉斯维加斯的事，你就从此不喝酒了？你矫情不矫情啊？再说了，和我睡一下有那么难受？"

傅筱筱做律师的，这辈子最不怕的就是争辩。她冷笑："不仅是难受，简直是噩耗。"

顾淮也哼："那没办法了，以我们的缘分，今后难受也好、噩耗也好，我跟定你了。"

"缘分？你还真给自己脸上贴金。"傅筱筱用力将手从他掌下抽出，冷嘲热讽，"对你来说，这样的缘分另有一个词，叫艳遇。你应该很常遇到吧？顾公子，我请问你，拉斯维加斯的事情对你如果真的刻骨铭心，我和金豫分手后，你在哪里？你怎么不出现？威尼斯你要完我之后，你又在哪里？顾淮，你不过就是接受不了看中的猎物不投网罢了，别把自己说得那么深情，那么义无反顾，这让人作呕。"

她一旦撕破那张温柔淑女的表象，发作起来如雌虎般牙爪犀利，能直挠人的肺管子。

顾淮被她气得全身热血上涌："别人的心意被你说得这样一分不值，你这个女人怎么这么冷血？"

"我冷血？"傅筱筱不可思议地看着他，"顾公子，你是不是觉得被你瞧上，我该感激涕零？"

顾淮恨道："但至少不要这样把人踩到泥里去。"

"不是我踩你，是你自己。"傅筱筱此刻倒奇异地冷静下来，不疾不徐道，"顾淮，有些话我们今天也许可以说清楚。对待感情，你总想着游戏人间，但我是奔着一辈子去的。"她的眼睛一眨不眨地盯着他，"一辈子的承诺，你敢给我吗？"

顾淮在她的话下呆了半晌："一辈子……是不是太快了？"

"是快，但是你如果从来都不曾有过这样的念头，还敢说对我一片心意？"傅筱筱微微一笑，"顾淮，我帮你明确了自己心意了吗？"

她在他仍错愕茫然的情绪下将红酒交回到他手里，淡然说："我忌酒，是确实不知道自己酒后那样失态，而且我也不想因为醉酒再惹出更多的麻烦，和你无关。"

她转身离开，走了两步，身后的人突然又将她唤住。

"傅筱筱——"

她停了下来，等着他的话。

"傅筱筱，我……有一天我准备好了，你会答应和我在一起吗？"

"没有人会在原地等着谁。"傅筱筱笑了笑，回头看着他，眼睛一如今夜的星子透亮澄澈，"而且我敢肯定，那时候顾公子你想要找的人，也不会是我了。"

终于将顾淮这棵歪桃花连根拔起，傅筱筱美国之行收获意外成果，神清气爽，回国一路该睡睡该吃吃，下飞机时精神奕奕，和去时不能相比。

她情场"得意"，职场上也得意。

第二天上班，傅筱筱在法务部二级部门负责人例会上复盘了 XDW 收购案。虽然收购案最终没成，但因为她敏锐的洞察力和果断修订尽调报告的魄力，让这次收购最终避免了重大交易风险。除此之外，傅筱筱在这份案子文书的基础上，还整理了一份初具模型的收购交易文件模板以及海外收购项目经验分享手册。这完全属于工作内容之外的付出和成果，但恰好填补了目前法务在此领域操作流程的空白，因此得到法务部 leader 们的一致好评。会上孟飞澜顺理成章宣布，傅筱筱从这一日起成为法务部海外业务支持部门的负责人。

而情场失意的顾淮也将迎来职业经理人生涯的大考，回国后即要接棒恒美第一重任——"诺曼底计划"。

根据董事会的委任，顾淮成为恒美 IPO 的总负责人。要为估值几百亿美金的企业上市保驾护航，这里面工作[①]千丝万缕，所有细节都轻率不得。在和外部专业中介机构[①]接触之前，顾淮的首要任务是组织恒美内部 IPO 工作筹备团队。筹备团队分四个小组：财务组、法务组、业务组和综合组，抽调公司各领域的资深专家和高级主管参与其中，童依依就是

---

① 外部专业中介机构：主要是指上市过程中参与进来的保荐人（承销商）、律所、会计事务所、内控顾问、审计师、印刷商、公关顾问、物业估值师等等。

孟飞澜指定的法务组第一负责人。

顾淮对美国之行的结局仍存有一丝不甘心,想让孟飞澜将法务组的负责人换成傅筱筱。他在孟飞澜办公室说出这句话后,孟飞澜薄唇轻抿,擦得锃亮的眼镜片后目光闪烁不定——在顾淮看来,这昭然是老谋深算的写照。

孟飞澜问:"童律师有什么地方让顾总不满意了?"

"没有,就是想着童律师初来乍到,对恒美业务并不熟悉,而且我和她工作起来也需要磨合,怕会耽误 IPO 一些事项推进。何况之前在 XDW 的案子中和傅筱筱配合得不错,这次如果还能共事,必然事半功倍。"

"既然童律师没有犯错,那么她作为交易合规的法务负责人,参与 IPO 理所当然。请恕我不能换人。"

自己虚晃的太极拳被孟飞澜硬生生撅回来,顾淮没有放弃游说:"但是傅筱筱在非诉业务上也很精通,恒美 IPO 将是港股近年难得一遇的案子,是不是可以考虑让她也参与……"

孟飞澜听到这里已经毫无耐心了,沉声道:"顾总是想插手我法务部的人事安排?"

"不敢。"顾淮也不是毫无筹码,慢吞吞道,"听说您和 EP 的总法是旧相识?"

孟飞澜没料到他突然说起这个,皱了皱眉:"你从哪里听说的?"

"这世上有不透风的墙吗?"顾淮耸肩,"不知道傅筱筱知道了您和 EP 总法的关系，会怎么想？"

孟飞澜听到这里终于摸出几分真章，他关上电脑，后仰靠着椅背，望向顾淮："她会怎么想？"

"怕是会很失望，"顾淮将胁迫的意味毫无掩饰地陈述，"因为她变成了偶像手中的棋子。"

在美国时，当谭青阳说起孟飞澜将 XDW 的案子放到战略会，顾淮便立刻明白，自己和傅筱筱原来是二人斗法的棋子。谭青阳为了让酒旅业务更多占据公司的资源，为此不惜拒绝孟飞澜与 EP 合作的提议，势必要让 XDW 收购成行，以此彻底做大酒旅海外市场，逐步挤压外卖业务在恒美的生存空间；而孟飞澜并不示弱，亲自设了局，赶走陈雪莉让傅筱筱接手，就是为了顺利搅黄这场并购案。

至于孟飞澜和 EP 总法的关系，是顾淮后来为求证自己的猜想特意去探听的，孟飞澜先前之所以能拉 EP 来谈业务合作，也是因为和 EP 总法的旧交情。以这两人这样的私交，孟飞澜能不知道 EP 竞争对手 XDW 起家的那些勾当？但他却故意默不作声，直等收购案快要结束时，通过傅筱筱的尽职调查，给谭青阳沉重一击，且为下次的酒旅业务并购行动增添了重重阴影。

说实话，孟飞澜要和谭青阳神仙打架，顾淮懒得掺和。他是战投部的负责人，从他工作的方法论而言：无论收购哪家公司，只要是收购行为，外界看恒美的估值都会增长。因此酒旅业务发出需求，他就去冲锋陷阵，这是他战投部的职责所在，也是他必须完成的业绩。只是这次孟飞澜暗中挖坑，既坑了酒旅，也坑了战投部，顾淮莫名其妙去美国溜了一圈，无用功做了那么久，原来不过是两人明争暗斗的嫁衣。

顾淮心高气傲惯了，这口气是绝对咽不下。

孟飞澜看穿了他的心思，问道："你到底是为傅筱筱，还是自己咽不下这口气？"

顾淮对这句话避而不答，揉揉眉心叹着气："您知不知道傅筱筱有多信任多崇拜您？这样浪费别人的信任，孟律师不觉得有愧？"

"我有愧？"孟飞澜失笑，"傅律师这次工作完成得顺利圆满，我既没有让她去挑战法律底线，也没有让她去为灰色运营遮遮掩掩，一切程序和报告都再光明磊落不过，法务部上上下下都对她赞赏有加。至于有私心的是谁，有愧的又该是谁，顾总难道看不明白？当然话说回来，你们都是公司创始人也是最大的个人股东，这公司算是你们的，你们自己爱怎么折腾就怎么折腾，但是，请不要拉上法务部垫背。"

"让法务部垫背？"

"如果这次 XDW 的收购计划真的成行，后续发生了重大法律风险，谁来背锅？"

顾淮硬气道："我才是项目的负责人，我会一力承担。"

孟飞澜冷冷看着他："顾总嘴上英雄逞得好，你如果真的这样，就不应该让谭青阳的收购项目启动。"

律师果然都擅长倒打一耙，顾淮被他回敬得有些无语，自己分明是来问罪他的,怎么突然成了罪魁祸首?顾淮道:"我事先并不知道XDW起家的猫腻,但是您不同,您分明知道XDW的底细,不然也不会撤掉陈雪莉换上傅筱筱。既然您觉得这个并购案并不合适,为什么一开始不说?"

孟飞澜道:"做法律的人讲究事实推断,从不凭空下定论。除去合规要求外,也从来没有哪家公司的法务可以擅自插手业务布局。但是你不同,你是战投部的负责人,是你从资本市场拉过来的钱,最应该知道这些钱应该流向哪边更合适。在公司引导资本向善,是你的职责。"

一个"资本向善"的帽子扣下来,顾淮开始有些坐立不安,孟飞澜又道:"至于傅筱筱,你以为她就不知道我把她放在前线的用意?我想顾总太不了解她,你们的默契度也很一般,不合作也罢。"

他为这场谈话下了最终结论:"至于童律师,我既然让她做法务部门的负责人,就相信她有能力和实力配合好战投部的所有工作。如果实在有她解决不了的问题,我会亲自督阵,顾总放心。"

顾淮全面溃败,至此也无话可说。他咬咬牙起身,出门正好遇到童依依抱着电脑来找孟飞澜。

"顾总,"童依依含笑和他打招呼,"这次IPO外部合作律所的聘请要求和意向名单我已经草拟好了,正准备和孟律师汇报呢。您既然在这,要不要一起听一下?"

"不必!"顾淮此刻心情极差,语气自然恶劣。

童依依看着顾淮扬长而去的背影,忍不住赏他一记白眼。

顾淮打着傅筱筱的幌子过来兴师问罪,说了一堆在孟飞澜听起来都是可有可无的废话,但终究有句话顾淮是说对了——他和童依依对彼此的第一印象颇为不佳,这让两人今后的工作磨合起来确实困难重重。

| 第七篇 |

画地为牢

恒美拟定上市地点在香港,顾淮很快敲定了保荐人及承销商,各专业中介机构也随后选定。四月底恒美在香港召开了 IPO 启动大会,从此正式开启了繁复精密的上市流程。

架构重组、尽职调查、招股书筹备,上市前期的准备工作时间紧任务重,童依依为统筹外部律所的工作开始常驻香港,每个月回北京向孟飞澜汇报一两次,倒成了出差的模式。

而傅筱筱新官上任,这段时间也忙得天昏地暗。

按照孟飞澜的要求,既然海外业务支持部门已经有了负责人,就要尽快平衡全球五花八门各自为政的打法,早日达成工作协同体系。恒美海外业务目前也遇到不少合规问题和风险漏洞,傅筱筱成为 leader 全面对接后,按照海外业务所有品类,在之前整理的合规手册基础上,重新制定了一个更为全面也更为详细的安全合规和风险管理政策的通用方案。孟飞澜对她的方案颇为认同,让她在接下去的几个月轮流到海外业务重镇对相关业务人员进行沟通和培训。

傅筱筱和童依依忙成两个不断旋转的陀螺,虽在同一公司同一部门,见面的时间反而比之前更少了。倪姗更是连两个人的影子都摸不到,这一天实在是忍不住了,在微信中谴责:"两位小姐,不能因为工作连生活都不要了吧?快出来和我欢聚啊,美食、美景、美男,大把大把的美好时光等着你们呢。"

童依依回复:"哪有美男?想要看美人,来香港。"

"谁要见你这个妖精,我在北京见我的傅大美人就好了。"

"你的傅大美人正在香港和我欢聚,还不快来?"

童依依发出一张自己和傅筱筱的合照,照片背景赫然是香港的维港海景。

"怎么都去香港了?还背着我私聚!"倪姗愤愤不平,@傅筱筱,"给我带好吃的,回北京第一时间来见我!"

傅筱筱忙回复:"遵命。"

她这次来香港也是出差,海外业务合规培训项目,香港是最后一站。两天的工作行程安排得密密麻麻,她走马灯一样处理完所有公事,直到这天下午,才得空约了童依依在中环一家咖啡馆小聚一下。

这家咖啡馆靠近海滨长廊,隐藏在中环高楼广厦间,地理位置得天独厚。傅筱筱和童依依靠窗而坐,隔着碧波荡漾的海景,远处即可望人间烟火繁华兴盛的维港。

工作时间咖啡馆人不多,氛围又清净又浪漫,正适合闺密聊天。

只是她二人聊天内容离浪漫甚远，傅筱筱坐下后只问了一句"近况如何"，童依依便连珠炮开始花式吐槽IPO进展中的各路新闻。

童依依这段时间承担了太多压力，工作上的，还有精神上的。工作压力且先不说，作为K&R律所有名的铁娘子，童依依曾同时推进几个IPO案，只"诺曼底计划"的工作量根本压不垮她。然而精神上的搓磨却叫她日常火冒三丈，愤懑郁闷积压多时，直到今天遇到傅筱筱，才能一吐为快。

傅筱筱耐心听着好友吐槽，被"顾淮"名字出现的密集度及童依依对他360度没有死角的diss给震惊了。虽然她也觉得顾淮私底下是轻佻了些，但是工作场合还挺像模像样的。等童依依说得口干舌燥停下来喝咖啡时，傅筱筱才迟疑着开口："顾淮，应该不至于你说的那样吧。"

"不至于？"童依依重重一哼，"身为公司创始人，我以为他最起码的格局是有的；身为老板，我以为他最基本对员工的尊重也是有的。可惜那都是我的以为，这位顾少既没格局又狂妄自大，仗着生来好命，其他毫无所长。前段时间有财经媒体采访他，还自诩什么翩翩浊世佳公子，啧啧，真是好大的脸。"

傅筱筱之前还觉得顾淮是自己的冤家，现在才知道顾淮真正的冤家另有其人。听童依依说起，她才知道这两人在工作上处处针锋相对，凡是童依依说的，顾淮都要质疑一下，凡是顾淮的部署,童依依也总下意识觉得会有漏洞。便在私人一点的场合,两人也是相互瞧不上眼。童依依说上周保荐人的酒会上,她穿着一件深V性感的连衣裙,顾淮目光扫过来时无比轻慢,居然对她说:"我们是甲方,恒美从不需要女性员工牺牲色相去和合作者套近乎。"

什么叫牺牲色相?童依依被气得半死,这时候再和傅筱筱说一遍,无疑是火上浇油:"他自己内心龌龊就罢了,还把旁人都当是和他一样龌龊。我说什么做什么了,怎么就是牺牲色相?"

顾淮对女下属从来关照有加,傅筱筱也想不明白他为什么独独对童依依这样刻薄:"他是不是对你有什么误会?"

"我也这么想,以为自己曾无意得罪了这位顾公!前两天我好不容易争取了和他单独面对面沟通,整整半个小时,他居然连正眼都不看我!我问是不是我曾经得罪了他,你知道他说什么?"

傅筱筱想了想,说:"得罪我,你还不够资格?"

她模仿顾淮,语音神态居然丝毫未差。童依依怔住:"你这么了解他?"

"别忘了,我和他也合作过啊。"

"他对你也这样?"

"那倒没有。"顾淮对傅筱筱的态度是另一种水深火热,和现在与童依依的狭路相逢完全不同。

按照傅筱筱对顾淮有限的了解,这人行为处事不能与常人相提并论，一般对谁异常了，可能就是对谁感兴趣了。傅筱筱用自己对付顾淮的经验提醒童依依："顾淮这人就喜欢乱咋呼，你不搭理他，他或许就顺毛了。"

然而要叫眼里从不容沙子的童依依忍下这口气，却是万万不能的。工作对她来说，一就是一，二就是二，就事论事，无关其他。如果有了其他，她必要拔钉子一样拔出来，捋平抚顺，方才周全。

顾淮，就是她此刻眼中最大的钉子，不拔出来，誓不罢休。

两人说话时，窗外天色渐暗，厚重的云霾积压海面，看上去又是雷阵雨即将来临的预兆。

香港六月底的天气真的是说变就变，傅筱筱见童依依低头看了眼手表，笑道："你有事就去忙，可别因为陪我耽误工作。"

"待会儿要去承销商律所那开会，还有时间，不着急。对了，光顾说我这边的事了，你最近怎么样？"

相较于童依依这边风起云涌，傅筱筱最近的工作和生活就乏善可陈了，她说："我挺好的，工作很充实。"

"谁聊你的工作了，我是说纪云深。"

"他怎么了？"傅筱筱突然听到这个名字，倒是愣了一下。

童依依瞪她一眼，恨其不争："你们没有进展？"

傅筱筱这才恍然，没好气说："我们能有什么进展，都说了不是那回事,你想太多了。"再说了,人家让她滚远点,她也不是没皮没脸的人,难道还要巴巴地凑上去?即便要凑,也要找个台阶下吧。

她在公司倒是遇到过几次纪云深,但每次人家都把她当空气,常来常往,她也就把他当空气了。可是,那毕竟是恩公,他们之间本来就是不平等的,自己这样小气是不是不太好?

想到这里,傅筱筱撑住脸,无奈叹了口气——报恩真难啊。

闷雷已经在天空中翻滚,一滴雨飘落在窗上,接着是第二滴。大雨将至,外面行人加快步伐找地方躲雨,咖啡馆的玻璃门也在这时被人推开,童依依抬头望到来人,欣喜道:"呀,曹操来了!"话音未落,却看到那人身后还跟着一人,对上那双堪称阴魂不散的桃花眼,童依依刚刚发亮的眼神瞬间暗淡无光,恨道:"邪了门了,怎么走哪儿哪儿有他……"

傅筱筱转过头,看到门口站着的赫然是不期而至的纪云深和顾淮。

台阶来了——她脑海中瞬间飘过这个念头。

咖啡馆的人不多,纪云深和顾淮也都第一眼看到了坐在窗边的两人。纪云深尚未来得及反应,顾淮已大步走过去,不由分说坐在傅筱筱身边,含笑问:"什么时候来香港的,怎么不通知我?"

他和童依依一样,因为"诺曼底计划",已经常驻香港许久了。

"前天到的,出差两天。"傅筱筱起身把自己的位子让给随后过来的纪云深,她坐到童依依那边。

他二人西装革履,应该是刚从正式场合出来。顾淮点好咖啡,将西装脱下随意丢在椅背上,纪云深却只微微解了纽扣,整个人看起来依然处于紧绷的状态。傅筱筱倒了两杯水,递给纪云深时手指被他无意握住,寒凉的温度透肤传来,傅筱筱怔了怔,抬头看纪云深,却见他眼中一霎飘过的恍惚。

他迅速松开手指,她也默默将手收回。

傅筱筱心想:他此刻坐在对面,可不是她绑他来的;他自然而然接过她倒的水,那也不是她死皮赖脸求着他接过去的。她以为找到了台阶,于是顺势而为,问他:"纪总也来出差?"

纪云深对她的话宛若不闻,傅筱筱台阶踩空上下不得,幸亏有顾淮在旁殷切回答:"云深来见投资人,聊一些业务上的事。"

投资人?傅筱筱和童依依互看一眼,有些了然。她们都知道,纪云深最近的日子不太好过。

开春后,在共同投资人 LH 资本的撮合下,即刻出行和百闻外卖达成战略合作,互相在 APP 后台倒入彼此的接口,还在消费者每个订单完成后派发对方的红包补贴。当然,在这次合作上即刻出行是绝对的主导方，其在细分行业已成垄断巨头、商业逻辑日趋成熟、消费者黏性也数倍强于传统电商，即刻凭借最高频的刚需流量倒流到百闻外卖，效果立竿见影。百闻的订单量从三月起直线攀升，尤其是在一二线城市，百闻的市场份额已经开始占据绝对优势。

现在是上市的关键期，投资人自然对各个业务数据变化关注密切。恒美外卖目前的形势实在不好，而更让人担忧的是，目前纪云深手里可打的牌少之又少。那些投资人生性嗜血，杀伐果决，如果短期看不到市场回报，那必然会逼迫恒美高层进行大的业务调整，届时整个上市的进程可能都会受影响。

童依依顺着话题聊下去："投资人聊的是不是百闻的事？"

顾淮呛道："这和你有关系吗？童律师时间要是充裕，不如多看看招股书，那才是你的本职工作。"他的心思和童依依是一样的，都希望对方不出现在自己面前，眼不见为净。奈何他们二人现在就是捆在一条绳上的蚂蚱，走到哪都绕不开对方的影子。

童依依看见他就烦，要不是因为不想错过傅筱筱和纪云深的互动，她才不屑与顾淮同桌说话。她看看时间也快到承销商律所的会议时间了，便和傅筱筱说："我先去开会，明早你走我恐怕也送不了，下次回北京再聊吧。"

"好，你先去忙。"

童依依提了包要走，见顾淮稳坐不动，忍了再忍还是忍不住提醒他："顾总,这次会议大摩的保荐人要参加,您不去?"

她不过好意提醒,可是顾淮听着却格外心烦气躁："一天到晚都是会会会,我还有没有点个人时间?"

童依依冷笑："您要是忙可以不去,我先走了。"

大摩的保荐人是这次上市的全球协调人之一,有他出席的会议顾淮怎么可能不参加。顾淮叹口气认命起身,叫住转身已经往外走的童依依："哎,你等等,一起走!云深,你帮我送傅筱筱回酒店。"

他俩急匆匆走了,少了顾淮的插科打诨,周遭的气氛瞬间沉静下来。

纪云深望一眼傅筱筱,这才开口说了进咖啡馆后的第一句话:"你几岁了,还要人送?"

话虽然欠揍,但他语气疲软无力的,听起来竟没有那样难接受。傅筱筱奇怪,这人往日咄咄逼人的尖锐锋芒今天怎么毫无攻击力。她哼一声:"谁稀罕你送,我自己回。"

于是他就不再理她,服务员送上新点的咖啡,他心不在焉搅拌着咖啡泡沫,耳边听着窗外的雷声雨声,思绪不知不觉又飘回先前的投资人质询大会上——

三个小时的演示和问答,积累的高压力和高负荷让他到现在还有点喘不过气来。他已经竭尽全力去争取投资人的信任,可是说到最后,他还是摸不透那些投资人的心态。百闻和即刻的合作虽然来势汹汹,但他自问还有对策,但如果没有投资人的谅解和董事会的支持,他今后的路只怕越走越窄。好在他离开会场后,叶晖仍在继续游说,他现在能做的,就是耐心等叶晖的最终消息。

不知过了多久,窗外雷雨稍收,纪云深听到对面的人似乎轻轻叹了口气,这才意识到傅筱筱居然还没走。

"你怎么还在?"他毫不掩饰自己的嫌弃。

"我干吗要走?这店是你开的?我付钱消费,还没待够不行么?"傅筱筱也是有脾气的,怼回去后,顺手插他一刀,"百闻最近不好对付吧?"

"比你好对付。"

"那投资人呢?也比我好对付吗?"

她的刀一把接一把,一反前几次见面时的曲意逢迎。纪云深刚刚应对了投资人的风刀霜剑,此刻连她的三个回合都没精力招架得住,于是沉默不说话。

傅筱筱见好就收,她托着腮望向窗外,若有所思:"马上应该会有彩虹。"

纪云深随着她的目光看过去,外面云雨皆收,笼罩海面的乌云已经渐渐飘向远方,积压天际的阴霾虽然吓人,但云层边际还是缓缓透出了金色的光影,过了片刻,一道多彩幻影渐渐浮现在维港上空。

"看,彩虹果然出来了!"傅筱筱十分欢喜,对着彩虹闭上双眼,手指交握放在胸前,竟是在许愿。

纪云深不知道她在搞什么名堂,他今天为了投资人的会推了所有事，确实难得清闲，索性就坐在这里，看她还有什么戏演。

过了一会儿她睁开眼，竟是浑身轻松的模样："我刚刚和神仙祈祷啦，烦恼都交给他去解决，他答应了。"

纪云深哂笑："你还信这个？"

"从小都信，从小都灵。"傅筱筱嫣然一笑，站起身，开始用屡试不爽的激将法，"纪总，你现在没事做，也没有心思去做事，是不是？敢不敢跟我去一个地方？"

纪云深觉得自己可能真的太累了，连拒绝她逃离她的力气都暂时失去了。

当然，他也想知道，自己不逃了，不躲了，放纵一下，又会如何？

傅筱筱带纪云深去的地方是大型轰趴馆，从蹦床开始活跃筋骨，玩遍了体感游戏、台球、冰球机、娃娃机还有时下流行的桌游，然后还去开了卡丁车。在震耳欲聋的快节奏背景音乐下，两人在占地广袤的卡丁车赛道上追逐了五六圈，出来时大汗淋漓。

他们到休息区稍事歇息，傅筱筱拧开饮料一口气喝了小半瓶，才微微平定了气息，对纪云深笑道："看不出来啊，纪同学你还是赛车高手。刚才你也开太快了吧，什么时候不想工作了，可以去当赛车手。"

纪云深唇角也微微上扬，他长这么大从没有这样放纵过，此刻仰身躺在沙发上，感受到前所未有的轻松，下午高度紧张的神经似乎都在这一场场的游戏中随着汗水彻底松弛了。身体的筋疲力尽、感官的饕餮刺激，换来此刻精神的麻醉舒散，这真是神奇的体验。他也才知道，原来工作之余除了徒步旅行、除了游泳健身，除了他给自己设下苦行僧一般的清规戒律，他还可以选择这样年轻有激情的生活。

或许，这才是普通年轻人应该享受的世界。他也才想到，自己今年不过二十八岁，正当华年，为什么就要过得死气沉沉似乎行将迟暮的孤独和悲观呢？

他想了想，也许是现在这副说没就没的身家，也许是过往坎坷破碎的身世。

身世。想到这点他眼神不免暗沉，他转过头瞧了瞧傅筱筱。

为了玩起来方便，她的长发梳成丸子头扎在头顶，修长白皙的脖颈就这样软绵绵地落在沙发软枕上。休息室的灯光正不断闪烁变幻，他看到斑斓光影落在她清美的面庞上，也落在她望着他一眨不眨的明亮眼眸里。

他鬼使神差，忍不住向她靠近了些，伸手将她额角那缕被汗水浸湿的黑发拨到一边。

她眼中闪过惊讶，但是并没有避开。他也被自己情不自禁的地动作给惊了一下，可是当看到她唇边一如既往的温柔笑意时，他心弦颤动，方才刚刚生出的一丝尴尬和迟疑消失无影，他能确定自己的心意，是要更亲近一步的冲动。

他低下头去，轻轻吻住了她红润的双唇。

傅筱筱的惊呼消没在他放肆的舌尖唇齿中，他们呼吸相缠，一瞬的心跳都异常紊乱。她睁大眼睛看着近在咫尺的俊眉修目，他也看着她，那黑沉沉的眼底终于有波澜荡漾、有火焰燃烧、有她见所未见的热烈和痴迷。

恩公，想要她这样报恩吗？

傅筱筱的第一反应并不是被轻薄的羞恼，而是震惊下的呆滞，而这正说明她并不排斥他的亲近。况且，亲都亲了，她豁出去了，闭上眼睛，双臂揽住他的脖颈，大胆地回应。

她一回应，纪云深反而警醒了。他微微拉开了两人的距离，额头抵住她。他正努力调整呼吸时，听到她恍恍惚惚地说："纪云深，你当年怎么会来救我？"

为什么？他心底那个埋葬已久的少年在冷笑：因为他是觊觎她太久的小人，三天不见，如隔三秋。那天晚上，他翻着围墙到那栋小楼时，正好看到群情激愤的下岗工人们砸楼而入。他瑟缩躲到池塘边的大树下，突然听到扑通落水的声音，再然后，他听到她的呼救。

他毫不迟疑跳下水，那时他水性也不好，豁出命去救她，不是因为他心本善良，而是因为她是傅筱筱。

想到那次入水的孤注一掷，以及救她上来后的心急如焚，他此刻回忆起来，依然克制不住浑身的颤抖。那一夜死而复生的，何止她一个？

往事正攻溃心防时，他听到她又在低声喃喃："纪云深，我们之前认识吗？我是说……在做中学同学之前，我们认识吗？很远很远的记忆中，我似乎就见过你，可我想不起来。纪云深，你……你当年是不是喜欢过我啊……"

他听不下去了，因为心跳的速度比方才更甚，轻易暴露了他的软肋。他喘息着低下头，简单粗暴地再次用嘴唇堵住她说话的地方，让她彻底闭嘴。

所有的顾忌和克制，都滚远远的吧。他为什么不能亲近她？为什么不能！以前的她眼底压根没有他，甚至将他的所有心意都视作粪土，所以他站得远远的。十一年后重逢，他心底的黑暗与日俱增，她竟还这样天真烂漫，他一开始并不想招惹她，因为前方还有那么多龌龊恶心的事要去面对，他仍想站得远远的，她走她的阳关道，他过他的独木桥。

可是，现在不是她自己贴上来求着自己要报恩吗？

那就这样报吧。

傅筱筱没有想过，这次香港之行是这样的收尾。她糊里糊涂地就和纪云深这般亲密了，报恩的心因为这事顿时变了味。当然，如果没有救命一说，纪云深在傅筱筱心里就是个被世人唾弃的大渣男。那天两个人都那样了，他结果还是没有送她回酒店，出了轰趴馆他接到叶晖的电话，连交代都没一句，就这样利落决绝地走了。

回到北京，纪云深又恢复了冰山常态，傅筱筱想要和他掰扯清楚前尘往事，都被他以"没时间"给无情拒绝了。傅筱筱心里暗咒一万遍，竭力劝慰自己：都是成年人，都市男女也不在乎这点暧昧，如果实在过不去，就当自己被狗咬了。

好在她的工作量越来越可观，以工作麻痹悲愤，久而久之，她好像也能做到淡忘这件事了。

直到这一日——

童依依七月份回北京汇报工作，和傅筱筱在顶层餐厅吃了中饭，下楼时正好在电梯口遇见了纪云深和他团队的几个高层走出来。纪云深和傅筱筱视线相对暗流涌动，其间的惊心动魄只有当事人知晓。

明察秋毫的童依依当下没有说什么，晚上却找来倪姗直接杀到傅筱筱家里，开始升堂逼供。

"说，你们俩什么时候好上的？"童依依和倪姗双双抱臂坐在沙发上，一副兴师问罪的严峻态势。

傅筱筱孤独地坐在对面的木椅上，莫名其妙："我和谁好上了？"

倪姗是临时被拎过来的，不晓内情，转头问童依依："是啊，她和谁好上了？"

童依依一副铁判官的模样："哼，你今天在电梯口和纪云深眉来眼去，以为我没看见呢？"

"什么眉来眼去，你注意用词。"傅筱筱声音骤然气弱，多少还是底气不足。

"纪云深？"倪姗惊呼，"恒美外卖业务的那个纪云深？"她下班时接到童依依的消息说傅筱筱有新桃花了，乐颠颠过来收八卦，没想到听到是这个名字。

童依依妙目横瞥，嫌弃她的一惊一乍："有什么好惊讶的，恒美难道还有第二个纪云深？"

那可是科技圈公认的最有前途的少壮派之一啊，倪姗有些淡定不了，追问傅筱筱："筱筱你真的和纪云深有一腿？"

"什么叫有一腿？"这两人口不择言，傅筱筱暗悔自己从哪找来这两闺密，又想到纪云深和她的那些糟心事，更是怒火中烧，"人家根本没把我当回事，你们不要自作多情了，好不好？"

这句话说完，心底有莫名伤痛的情绪汹涌翻滚，她眼中一热，顿时有水雾横陈眼前。

什么鬼？自己居然哭了？傅筱筱忙抬起脸，伸手抹掉眼角流淌下来的湿润。

倪姗战战兢兢说："筱筱你别哭啊。我说错了，说错了哈。这都怪童依依，谎报什么军情嘛！"

童依依也慌了，忙过去抱住傅筱筱："你和纪云深到底什么情况？你们今天那看彼此的眼神，确实不寻常啊。"

傅筱筱吸了吸鼻子，控制好情绪，等眼前不模糊了，才淡然说："他在香港的时候亲了我，然后他就好像失忆了。"

"什么？亲……亲你……"倪姗一时有点消化不了，在童依依杀过来的眼神下乖乖捂住嘴。

童依依说："他就是一个渣男，这样的人不必放在心上。"

"要是个寻常人也罢了，顶多一巴掌呼上去，一拍两散。"傅筱筱叹气,"可是他救过我啊,这巴掌还真呼不上去。其实最近我也在想,是不是我要报恩报得太急切了,人家觉得我别有所图?"

救命……报恩……倪姗听得云里雾里,但又不敢轻易说话。

童依依柔声说:"筱筱,说实话,你这样关心他就真的只是为了报恩?"

"不然呢,贪图他那点美色?"

"我问你,如果当年救你的是个中年大叔、是个邻家大婶,你会怎么报恩?"童依依的话意味深长,"在我看来,送钱也是报恩,送礼也是报恩,给他一面锦旗也是报恩。可是你对他的关心,已经超过了寻常报恩的界限了。"

"是吗?"傅筱筱怔怔,心道:果然,是自己的报恩方式出了问题,让人家误会了吧。还是真的如童依依所说,她报恩确实目的不纯?她不知为何想起了当年自医院楼顶直直坠落的凄厉身影,想起了鲜血飞溅肌肤的温热黏稠。她当时手足无措地站在那里,任凭那还淌着活人气息的鲜血就这样渗透入自己的肌理毛孔——是不是就是在那时,那女人对世间的最后一丝牵挂和不舍就那样融入了自己的身体发肤,再也剥离不开了?

于此一刻,傅筱筱醍醐灌顶。

她对纪云深,有感激,有念旧,但更多的是其实藏在心底她从未正视过的无限愧疚和疯狂怜悯。此前十一年,她不曾见到他时，也就罢了。当她今日今时再见他，才知道她对他的一切关心得刻骨，让她再也难以割舍，心甘情愿，画地为牢。

至于报恩，真的只是个借口，而已。

倪姗直到离开傅筱筱家才呼出口气，指责童依依："你刚刚干吗那样瞪着我，唬得我一句话都不敢说了。"

"你只会火上浇油，不说也罢。"

"哼，就你有智慧，就你通情达理，我难道不知道什么话该说，什么话不该说吗？"

这样吵下去是毫无质量的撕破脸皮，童大律师不屑于此，于是沉默。

倪姗更加不忿，两人在电梯里冷战了几分钟，出了门，她到底还是凑到童依依身边，低声嘀咕："你说，筱筱心底是不是一直有她这个救命恩人，所以当时和金豫在一起时才各种作？"

"我怎么知道？"童依依说，"我又不是她肚子里的蛔虫。"

两人走到小区外，童依依的车停在路边。她开了车门刚坐下来，眼见倪姗不由分说也钻进车里，不禁皱眉："小姐，现在都几点了？你住那么远，能不能打车回去啊？"

"放心，我不是蹭你车，我是为了筱筱，还有事和你商量。"倪姗给童依依翻个白眼，心道要是傅筱筱早就二话不说送她回家了，这女人真是小气。

"有话快说,我明早还有早班飞机。"

倪姗勉强忍了她,拿起手机搜了一下,找出一张女明星的照片,问童依依:"这人你认识吗?"

童依依看一眼:"沈曼?她早过气了吧?"

"对纪云深她可不过气,"倪姗语不惊人死不休,"沈曼,是纪云深的红颜知己。"

"什么?"童依依吃惊,"纪云深前女友不是江晴吗?"

"那是公开的前女友,红颜知己这种,一般都是不说破的。"倪姗得意地瞥着童依依,"你是不是很奇怪我怎么知道的?"

"快说!"

"前些年沈曼火的时候,纪云深还在学校念书,曾经有娱乐八卦记者发过沈曼到高校私会男大学生的新闻,那个新闻男主就是纪云深。不过他那时候只是穷学生,八卦热点都不在他那儿,也就没人进一步跟踪报道他。至于现在,纪云深是科技圈的焦点人物,但是沈曼却早就退居幕后开影视公司了,她褪去明星光环没有了聚焦灯,两人的关系也没有人继续关注。不过经我调查,纪云深和沈曼现在关系还是匪浅,因为他是沈曼影视公司的最大投资人。"

童依依问:"你调查这个干什么?"

倪姗收到她望过来不掩鄙夷的眼神,嘴角一撇:"别这么奇怪地看我,我这是明察暗访,又不是钻别人床底下偷听来的。再说了,我想参访纪云深很久了,搜集他边边角角的料是必备的功课。"

童依依又仔细看了看沈曼的照片,问倪姗:"你不觉得她的眉眼很像一个人吗?"

"你也看出来了?"倪姗叹息,"曾经沧海难为水……就是不知道谁是沧海了。"

童依依默然片刻,也是长长叹了一口气——

希望好友不似她曾经的遭遇,一意孤行之后,在情场上落得遍体鳞伤。

纪云深逃避傅筱筱,一半原因是心绪复杂剪不断理还乱,另一半原因是他最近真的忙。

恒美外卖争取了投资人的支持后,正在紧锣密鼓部署战术。纪云深手上可打的牌并不多,选择走了两步棋:一是加大三四线甚至县级城市外卖市场的开拓,凭借强大的线下市场铁军,低调迅疾地与这些小微市场的餐饮商家达成线上资源独家合作;二是,利用恒美酒旅对外卖业务线的倒流。只不过酒旅业务一向是低频消费品类,其全年经营总额之所以那么高,靠的是一笔笔不菲的客单价,但客户黏性和消费频率和即刻出行不能相提并论,因此对外卖的扶助影响甚微。

但是第一步棋,恒美"农村包围城市"的打法,却逐渐焕发了不可思议的活力。若不是后来突然发生了那起极端事故,恒美外卖的保卫战 VS 百闻集团的闪电战,很有可能在即将到来的消费旺季——2017年的秋季一决高下了。

然而，一切假设都只是假设，世界依然按照它的既定的轨迹前行。

轨迹的前方，拦路横陈了一起突发事故。

日光之下无新事，日光之下有新闻。

2017年8月初的一天，所有渠道的媒体都在报道两条新闻：

一则，是近期负面新闻缠身的国内著名的创业互联网公司、超级独角兽企业即刻出行科技公司，又爆发了一起凶杀事故。与前几起乘客被欺凌凶杀的事故不同，这次是西南省会城市的一名网约车司机在深夜载客的途中被陌生乘客残忍杀害，事后第二天凶手自己投案，警察才在废弃的修车厂找到了浸泡在血色泥潭中早已面目全非的司机尸体。

另一则，是典型的社会新闻。南方沿海D城迎来十年鲜见的狂风暴雨，一名外卖配送员被风雨刮倒的大树击中，不幸身亡。该外卖配送员隶属于国内同样著名的创业互联网公司恒美科技。经记者调查发现，在被大树击倒之前，该外卖配送员已经连续送餐十小时，事发时，他的外卖箱中仍有三份未曾送出的外卖。

两条新闻看似没有相关性，但看客的想象力可以衍生交错，何况即刻和恒美这样风头无两的科技公司本就吸睛，看客的想象力衍生交错，网络上一时舆论已炸——

网友 A：外卖配送员无疑是过劳死，那个网约车司机深夜也还在工作，他们每天工作时长多少？有没有监管部门管一管？

网友 B：都知道司机注册需要背景审核（审核犯罪记录），为什么乘客注册就不进行审核，难道司机的安全就不需要保护？

网友 C：请问即刻公司之前推出的"一键报警"有什么卵用？

网友 D：恒美公司是不是太夸张，极端天气还让配送员送外卖？连续送餐十小时是不是压榨劳动力，配送员有没有加班工资？

网友 E：白领金领 996 都是常态了，楼上还问加班工资？太 out 了吧。

网友 F：与其质疑为什么恒美让外卖员送外卖，不如质疑为什么还有人在极端恶劣天气还要点餐？

网友 G：都别吵了，两件事其实本质都是一样的：谁来保护这些网络工作者？即刻和恒美两个平台尽责了吗？

网友 H：楼上灵魂拷问，真知灼见！每个时代每个国家每个资本家都是万恶的！！！

……

一边是高高在上估值动辄数百亿美金的互联网科技公司，一边是蝇营狗苟的社会底层劳动者，强弱对比悬殊立见。赤膊上阵的平民审判官瞬间占领道德高地，两家公司的危机处理团队还在商讨后续事件处理方案时,却不知自家雇主已被贴上"无良的、剥削的、压迫的资本家"标签。

质疑、谩骂、诋毁铺天盖地袭来,让这些超级平台公司感受到了缕缕寒意。它们曾用不到数年的光景,凭借源源不绝的资本支持发起无数补贴大战;它们日新月异创造着各种前沿科技,牢牢占据在产业链的最前端;它们的商业模式被定义为新的经济学名词,成为无数创业者的口头禅;它们以人类商业史上从未有过的速度迅疾成长,俨然是备受瞩目的新时代的领头羊。

然而这一路走得过于顺风顺水,几乎从没人怀疑:这几年速成的商业模式,到底真的是一种文化,还是一种资本催熟的新一轮商业泡沫?

高科技公司身披的金袍依旧金辉闪耀,然凛冬寒光已现,悄然无声,直迫命脉。

问题总是层出不穷的,问题总是需要解决的。

从这些公司奉行的OKR[①]的工作法则看,没有卓越奋斗目标的工作是无效的工作。

这一次,它们要解决的是"以人为本"的基础问题。

基础,但宏大。

[①] OKR:Objectives and Key Results,目标与关键成果法,是一套明确跟踪目标及其完成情况的管理工具和方法,由英特尔公司发明,目前备受国内外高科技公司的欢迎。

| 第八篇 |

以人为本

新闻发生当天是 2017 年 8 月的一个周六,傅筱筱刚从健身房锻炼出来,看到手机上推送的新闻,心中咯噔一下,立马打开工作软件。果然条文里面的危机处理群已经建立,她被拉了进去,拉她的人是孟飞澜。法务部除了她之外,业务支持的法务负责人严震也在群里。

群里正有条不紊处理着危机公关流程,业务部门已经联系服务商核实该外卖配送员的身份信息和家庭背景信息,并联系了保险公司正在加急处理赔付流程,公关部门也已经写好了回应稿件,正在等待高管审核。

傅筱筱看了一眼稿件内容,敏锐地觉出太多漏洞,但她不能立即在群里提意见,一来群里法务主 R 有孟飞澜、有严震,她冒昧出头不合适;二来,有些话不适合在群里说,说也说不清,最快的交流方法,是面谈。

至于找谁面谈——

傅筱筱咬了咬牙，收拾了健身包，飞快出门奔赴恒美大厦。

周末办公室人烟稀少，傅筱筱直上19层，纪云深果然在加班。他的办公室里乌泱泱挤着一堆人，看起来在开会，傅筱筱便站在门外等。

她听到里面纪云深正在问："我们后台有接单时长控制，为什么还会出现超过十小时送单的情况？"

有人回答："云深，我们和警察那边核实过，这个外卖配送员有两个手机，同时在百闻和我们平台接单。虽然他在恒美平台上登录超过十个小时，但是当天的送单工作时间只有不到三个小时。我们控制的是送单时间，没有控制在线登录时间。"

"出事时送的谁的单？"

"他的手机显示正在按照我们的订单路线送单，但是其实餐箱里未曾送出去的外卖也有百闻的。"

"公关的稿子里面把事实说清楚了吗？"

"我们和公关部门商量的是，第一时间还是先道歉安抚公众情绪，现在如果写这么详细，公众可能觉得我们在推卸责任。"

纪云深道："事实就是事实，不需要言辞糊弄，公众自己会判断。另外，现在我们对外说的保险赔偿额太少了，加到三倍赔偿，多余的钱我们和服务商一起出。"

办公室里沉寂了一会儿，有人试探说："云深，这件事法务部不会同意的，这样的口径肯定会加大今后劳动争议的数量，而且会将平台责任在网约工关系中捆绑更深。"

"什么叫捆绑更深？现在谁能说清楚我们和配送员的关系？"

这句话出来，所有人哑口无言。

过了一会儿纪云深又问："D城的事呢？怎么安排的？"

"初步拟定是这样，您明天到D城后，当地业务经理和服务商负责人会陪同您去慰问那个外卖员的家属。唉，刚刚我们的人去那位配送员家里看了一下，条件确实艰苦，一家住在大山里，房还是危房，他们家也是当地的贫困立卡户，家里有两个年幼的孩子，这个配送员的收入是家庭经济的支柱。他这一走，年轻的媳妇带着两个孩子，也不知道怎么过下去……"说话的人沉沉叹了口气，又问纪云深，"对了，PR那边问要不要一起跟进，如果有需要，他们可以立即安排媒体同行。"

傅筱筱听到这里心中一跳，难免不去想当年跳楼事件后，那个被记者围在中间悲痛欲绝而又彷徨无助的少年。她一口气足足吊了半分钟，才听到纪云深淡而无温的声音传入耳中："不用媒体同行。但请PR部门同事帮忙，不要让当地任何记者去打扰配送员的家人。"

"好的。"

"都出去吧。"

傅筱筱一口气终于落地。这时办公室的门也开了，业务大佬们鱼贯而出，看到她站在门口都不免有些惊讶。走在最后的是负责配送业务的高级总监齐期,他曾经和傅筱筱一起开过会,倒是认识她。

"傅律师?"他上前问,"您怎么在这里?"

傅筱筱说:"我找纪总。"

她说的话里间那人也听到了,齐期朝办公室看一眼,见纪云深轻轻点了下头,便伸臂道:"傅律师请。"

这是傅筱筱第一次到纪云深的办公室,被里面铺天盖地的书籍给惊呆了。这哪里是如狼似虎的业务副总裁办公室,这简直是学术大咖的研究室。

纪云深正对着电脑办事,对她的到来视若无睹。傅筱筱也习惯了他的冷淡,走到他对面坐下来,直接说了来意:"我看了公关稿件,有点想法,想和您交流一下。"

纪云深没有说话,傅筱筱硬着头皮继续说:"那个稿子现在有点不痛不痒,发出去和没发没什么两样,甚至公众还会觉得我们傲慢。我冒昧提两个意见:第一,我司需要承诺极端天气加强配送安全保障,按照政府对极端天气的警示,台风、暴雨、暴雪、大风、雷电一级预警下,工厂停工则外卖停工,而其余恶劣天气下,每一单外卖配送上调配送补贴、扩充意外险保障范围、提高意外赔偿幅度;第二,我司应该对配送员群体承诺建立更完善的商业保险福利,不仅仅是针对意外保险,还有医疗和养老。"

"需要?应该?这是意见,还是命令?"纪云深在电脑上敲完最后一个字，抬起头看她，"傅筱筱，你是不是觉得你还活在 L 城，这家公司是姓傅？说起话来这样大包大揽，谁给你的底气？"

"些许建议，你听不听都行。"傅筱筱对他的恶劣态度已经见怪不怪，慢条斯理说，"您现在应该有时间，我再给您讲个前车之鉴。两年前，澳洲悉尼金融区域曾发生过一次枪击案，人们想用 WB 打车争相逃离危险区域时，发现车费因为动态调价而涨了数十倍。WB 对这件事的公关反应是动态调价说明了客观市场需求，过于傲慢的应对最后导致了人们对 WB 的舆论汹汹，连枪击案的热度关注都弱了。事后，WB 在澳洲市场一蹶不振，投进去再多补贴，市占率始终不见起色，而竞争对手的涨幅从此一骑绝尘。"

"你想说明什么？"

"没有诚意的公关稿不如不发，资本再强大，也不应对着消费者和劳动者如此傲慢。"

"那怎么才有诚意？"

"以人为本。"

"以人为本？"纪云深轻轻勾唇，眼中不无嘲讽，"比如，十一年前 L 城的国营服装厂？"

傅筱筱直视着他："即便服装厂倒闭了，那也比现在的外卖配送员强。当年的工人就算下岗了，还有补偿费，还有先前那么多年企业给交的社保费，他们养老不愁、看病不愁，怎么都比如今平台上的网约工要强了无数倍。"说到这里，她看一眼满墙的书籍，啧啧而叹："您是经济学博士，满腹经纶。这满墙的经济学文章，说得最深刻无非'剥削'二字，如今看来，您是彻底吸收其精髓的。"

纪云深冷笑："傅律师是不是学劳动法学疯魔了？"

傅筱筱没有反驳，从容道："不好意思，借用一下您的电脑。"她不由分说将他面前的电脑拿过来，登录自己的邮箱，下载了一份PPT，打开。

"纪总，除夕夜我和您说的话不知道您还记不记得？您说我那些建议很难落地，但是研究工作可以先做。我听您的话，这半年来没有懈怠，一直在做研究。这个PPT是我近期对平台用工保障的研究心得，请您有时间看一看平台营收增长和劳动者的付出到底是什么关系，也请您在平衡盈利和压缩用工成本之余抽时间思考一下，如何保障用工公平与人权平等的问题。否则，我不敢保证，我不会从恒美辞职，专门开个律所，为这些网约工维权。"

这样赤裸裸的威胁让纪云深听着深觉不可思议："网约工的灵活工作形态明显是未来所向，你一个人难道能螳臂当车？傅筱筱，你怎么能这样狂妄自大？"

"如您所说，时移势易，既然趋势如此，立法政策将来肯定也会随之改变，没有一个政府会让不合适的旧法去适应新的事物。当立法改革时，企业再不愿面对，也会有人站出来为这些劳动者发声。而与劳动群众站在一起的人，定然不是狂妄自大这个词能来形容的。"说完这句话，她对他微微一笑，体面地离开。

恒美的公关稿深夜发出，傅筱筱看了一眼，她的两条意见，第一条已经写在上面，至于另一条——她自己也心知肚明其中的阻力之大，便是纪云深默认了，未经董事会讨论，公关事务部也绝不敢对外写出来。

网络上很快硝烟渐去，看上去经历了一天沸沸扬扬的声讨已经落下了帷幕。但傅筱筱却清楚知晓，这次事件只是导火索，随后牵连起的是平台用工全产业链的灰色空间，而这也可能正是孟飞澜之前所说的——当商业模式出现问题，所有人才能重视并重新审视。

周一一早，傅筱筱刚到公司，便收到了孟飞澜在条文上的通知，让她十点准时去"莫高窟"会议室开会，随后她又收到了孟飞澜转发的会议邮件。

傅筱筱见邮件标题是"8·5事件复盘"，便知会议是为何而开。邮件由集团总办发出，收信人无一不是公司VP以上的高管，信件内容简单描述了"8·5"的新闻发酵情况以及这次的危机事件处理结果，随后附上本次会议议程：公共关系负责人复盘；外卖事业负责人复盘；讨论未来外卖配送的用工策略。

邮件中指定让所有VP出席，异地的视频接入，实在不能参加会议的，指定部门核心员工出席。

傅筱筱犹豫了一下，发信息问孟飞澜："这个会议是不是震哥出席比较合适？"毕竟是严震才是对接外卖业务的法务负责人，她一个海外业务的法务主管去参加外卖的会，怎么看怎么奇怪。

孟飞澜回复："他有其他事处理，你去参加，以听为主。"

"收到，好的。"

"莫高窟"，恒美最特殊也是最重要的会议室之一，因为是CEO叶晖的专属会议室。傅筱筱入职大半年，这还是第一次到"莫高窟"开会。她提前五分钟到达，会议室里面已经坐满约一半的人，所有人都在盯着电脑或手机处理。傅筱筱悄无声息地走入，悄无声息地在墙角座位坐定。

"怎么是你来？严震呢？"她打开电脑正在写资料，身边突然有人附耳低问。

这耳语的姿势太过亲密，她吃惊回头，看到顾淮眉眼含笑，一如既往风流倜傥的模样。

"你什么时候从香港回来的？"傅筱筱瞪大眼，孟飞澜今天之所以不能参会，正是因为香港那边有关于上市的重要会议，顾淮怎么能缺席？

顾淮耸肩："发生了这样的事，投资人追问得紧，我回北京听业务报告。"

投资人开始关注，看来纪云深的挑战又来了。傅筱筱轻轻叹口气，低头专心码字。

过了一会儿会议室有人开始招呼："晖哥！"

傅筱筱抬头，看到恒美CEO叶晖大步走进会议室，他穿着是典型的科技公司风范，上身黑色T恤，下身牛仔裤，头发剪成板寸头，浑身上下写满了雷厉风行的气质，只是那张脸——过于年轻，未经风霜，五官神态实在让人看不出一丝不明觉厉的大佬特色。

然而他的到来却让整个会议室平白无故地静穆下来，连傅筱筱也不由自主地打起百分之百的精神。她身边的位子不知何时又空了，顾淮已经坐到主会议桌上去了，就在叶晖的左手边。

叶晖似乎也没想到顾淮会出现，目光在他脸上一瞥而过，简练开场："OK，我们开会。"

顾淮身边的崔助理这时已经荣升到总裁办公室的助理了，他确认好所有外地业务老大和海外机构负责人都在线连接妥当，正式开始会议流程："请PR部门先复盘周末危机处理情况。"

"好。"公共事务部的副总裁宋连翘站起来，她是这个会议室为数不多的女将。她的复盘PPT早已交给总办，投影仪亮起时，灯光同时暗淡，她穿着宝蓝色套装站在屏幕前，在这一刻是整个会议室的唯一亮点。

崔助理说："您有三十分钟的时间。"

"好的。"宋连翘的复盘演讲以时间轴为序，先清楚屡出"8·5"事件发生、传播、发酵、爆发的全部经过，再说了PR在第一时间发声、联络媒体撤掉子虚乌有的稿件、最后将舆情大事化小、小事化了的整个过程。她讲述整个事件处理，大概只用了十分钟，后续十分钟的时间是总结和反省应对中的不足，并做了相关检讨。在这个过程中，她没有逃避PR部门在社交舆论上处理负面言论经验的严重不足，同时，她还提到了与业务部门联合处理危机的对接流程缺陷。最后十分钟，她用来讲述未来似事件发生的应对策略，并通过此事的处理制作了恒美危机事件处理的模板流程。

她的整个复盘完整无缺，检讨部分更是诚意十足。傅筱筱入职恒美后便听说宋连翘是整个公司女员工心中的至高榜样，此刻见她自信又干练地站在那里，举手投足之间确实完美演绎了什么是职场女性的知性和优雅，心中也是折服。

然而叶晖对她的复盘却显然不是很满意，宋连翘复盘时，他手上握着笔在一张白纸上写写画画。此刻，他笔尖轻击纸张，沉吟片刻，淡然道："OK，连翘，有个问题想请教你：这次爆发危机的除了我们，还有即刻出行，即刻的危机处理策略我们有没有研究？为什么这两天对即刻的媒体报道风头急转，都是去赞扬他们公司责任心的，而对我们恒美，还都是冷嘲热讽？这次PR复盘我最想听到的是两个公司的危机处理对比，遗憾没听到。"

宋连翘的脸色有些不自然，回答说："这次复盘确实少了同行对比，是我的疏忽。关于您的问题，我可以先简短回答一下：第一，即刻出行爆发的司机被杀案，根源在于杀人的嫌疑人，而不在于平台本身，因此他们的公关可以迅速将公众的注意力从平台保护不力转到对凶手的谴责上；第二，即刻COO在凶案之后立即去了受害司机家里,并且进行了大面积的媒体跟踪报道,他们利用对受害人家属的安抚画面曝光和高额的赔偿抚慰金的通告,进一步减轻了公众对即刻的质疑和抨击。"

叶晖道:"你说的第二点,我们也有相似的动作,云深不是去慰问配送员的家属了吗?"

纪云深今天并不在会议室,虽然电视会议屏幕上他的头像是在线的绿色,但是一直没有说话。

代表外卖业务部门参会的是齐期,他回答说:"云深的意思是,慰问配送员家属是我们的分内之事,如果安排记者跟拍和报道,担心家属受到二次伤害。不管如何,业务部门不会去肆意消费受害者家属来降低公众对平台责任的关注度。"

"很好,做得对,"叶晖点点头,"OK,业务部门开始复盘吧。"

OK,似乎是他的口头禅。

崔助理说:"也是三十分钟。"

齐期代纪云深进行复盘,站起来先和大家打声招呼:"不好意思,我要一个小时,要讲的内容有点多。"

崔助理看向叶晖,叶晖挥挥手,示意齐期开始。

灯光重新暗下来,齐期的PPT是一连串的数据展示。

"根据云深的指示,我先给大家介绍一下外卖配送整体运营情况。我们现在每天有四十万活跃的外卖配送员,通过两千家线下服务商进行管理。因此从法律的切割来说,从我们平台上承接外卖配送任务的是服务商,服务商接受配送承包任务,再通过他们雇佣的外卖配送员去完成每一个外卖配送订单。也就是说,从当前的法律合规角度,目前平台和外卖配送员是没有任何雇佣关系的。"

"但是,这个合规是不是就是真的合法和公平呢?大家可以看下一组数据,这是我们前段时间和线下服务商收集的数据——四十万外卖配送员,目前服务商帮忙缴纳保险的只有不足两千人,连1%都不到。为了保护外卖配送员的工作安全,我们强制服务商缴纳雇主责任险或意外险,以保障配送员在送餐过程中遇到事故时能及时得到商业保险的赔偿。但是,众所周知,商业保险的豁免条款太多,外卖配送员的商业险赔付率不足80%,且赔付时间经常超过三个月甚至更长时间……"

"这些和周末的事件有什么关系?"出口打断齐期的是谭青阳,他听到这里没感觉到丝毫和复盘相关的内容,冷道,"你说这么多业务不合规的情况,是想说明什么?说明你们的商业模式有问题?"

"谭总说的是,我们想说明的,正是我们的商业模式有问题。大家请看这一张图。"齐期的下一张图,是走势陡峭的订单增长趋势图,"正如大家所见,这一年我们的订单量增加非常迅疾,在去年元旦时已经超过日均千万单,继RK电商、即刻出行之后,我们恒美外卖是国内第三个造就日均千万订单的平台。同时，当我们的外卖业务成为高频需求时，大规模的DAU开始上涨，并且为恒美其他业务导入了巨大流量。但是，我们是通过什么方法来达成这样的盛况的呢？"

齐期不慌不忙展示着下一张图："这是外卖业务清晰明了的利润链条，大家可以看到，除了平台之外，这个链条参与方还有餐饮商家、消费者以及外卖配送员。平台撮合餐饮商家、消费者之间的用餐供需匹配，但完成这个匹配过程的是外卖配送员。在这个多边链条中，平台从餐饮商家的订单中提出抽成，这是我们的最大收入来源，但是随着百闻和我们的战争越来越激烈，餐饮商家成了资源争夺的重中之重，迫使我们不断降低商家抽成以确保供给端的稳定。当这边的抽成越来越低，消费者又是所有服务业的上帝，为了保持业务利润平衡、降低成本，我们只能选择优化外卖配送员的配送费构成。当外卖配送员的配送费构成调整时，会发生什么情况？大家看这张图，这是六月份我们和百闻打仗最凶时，外卖配送员的配送费总体支出，以及订单量的情况。

"这其实是一个很可耻的现象，在支出总体不变的情况下，我们的订单量进一步增长了，也就是说外卖配送员的配送的每一单收入减少了。而他们为了保持收入不变甚至有所提高，需要更多的工作，工作时间越长，收入就越多，工作时间越短，收入就越少。于是，就出现了周末那位外卖配送员负荷十小时后工作的情况，我相信，如果不是那棵突然倒下的大树，他可能还会在极端天气中工作更久，因为极端天气消费者不想出门订单量大，而平台为了刺激外卖配送员在极端天气送单加大了补贴金。他需要钱，他出来工作，他没有别的选择。所以，周末的事件不是偶然，而是必然。"

"你说这么多，难道是想要罔顾商业逐利的本性，要增加外卖配送员的收入？甚至给他们缴纳五险一金？"谭青阳冷笑道，"请记住，恒美不是慈善堂。"

"恒美不是慈善堂，但作为公众企业，需要有社会责任。"纪云深的声音从视频会议终端清冷传来，"我让齐期介绍这么久的外卖运营资料，就是为了和各位反馈我们业务中的不足，这也只是我们复盘工作的一小部分，我们还有更多的解决方案没有做。我想提醒各位的是，现有的这些不足如果不能很好地解决，如果我们还一味追求订单量和市占率的话，过不了多久，恒美就要被贴上'血汗工厂'的标签，到时如果整个社会都对恒美丧失了信心，损失的可不仅仅是外卖订单量下跌这么简单。"

谭青阳还想再说什么，叶晖伸手止住他。

"那么你有什么想法？"叶晖问纪云深。

纪云深说："对内，成立平台用工工作室，可以是虚拟的工作组，我希望这个难题能齐集公司最优秀的大脑一起来合作克服；对外，需要说服投资人停止对市占率的极致追求，我们需要在高订单增长的思考频道适当抽身开来，重新审视科技打造更美好生活的本义。"

他把恒美的SLOGAN都搬了出来，谭青阳听着脸色更难看了，顾淮也觉得头疼：现在正是上市关键期，如果恒美外卖业务出现数据停滞、成本大额上涨，他要怎么说服保荐人去做这份招股书。当然，以他和纪云深的交情，他是不会在公开会场上开怼的，但是这个事他稍后必须要和叶晖、纪云深一起掰扯清楚。

可是谭青阳却完全没必要卖纪云深这个面子，顾淮想的，也正是谭青阳打出去的子弹。谭青阳轻声笑道："经济学家就是经济学家，纪总说起来头头是道，可惜恒美就是一家商业公司，既不是公益组织，也不是学术机构。恒美负责商业变现，不负责攻克学术难题。尤其是现在这个时机，上市箭在弦上，要是出现数据停滞、成本上涨，我们IPO怎么发行？谁来买我们公司的股票？"

他和纪云深针锋相对，已经毫不掩饰两人的不和了。整个会议室的人都面面相觑，不知纪云深该如何接下谭青阳的挑衅。

纪云深却并没有思考良久，谦逊道："谭总指点的是，您说的问题我都会重视。用工策略调整时，我会进行认真核算，确保成本不上涨、数据不停滞。"

谭青阳咄咄逼人："除此之外，还不能影响上市估值。这些，你敢立军令状吗？"

"也不必……"顾淮忍不住想站出来打圆场，却被叶晖按住手。

顾淮见叶晖一如既往笑看风云的轻松面容，话语咽回喉咙里，讪讪落座。

纪云深的话从无线终端一字一字传来："可以立军令状，如果影响上市，我引咎辞职。"

会议室一瞬静得落针可闻，谭青阳耸肩："好，既然纪总立了军令状，我也就无话可说了。但凡需要我酒旅业务支持的，纪总随时吩咐。"他不过随口一句敷衍，岂料纪云深立刻接上："谢谢谭总支持，这段时间我需要谭总酒旅业务的销售铁军协助外卖继续死磕餐饮商家端，如能撑过这个难关，谭总是首功。"

前期外卖在三四线城市和百闻打战，本就有地推业务人员不足的问题，那时候谭青阳袖手旁观故作不知，此刻纪云深当众提出来，谭青阳在刚才自己的话下无法推脱，内心恨得要死，嘴里却故作轻松："可以，等纪总回来，我们随时协商。"

叶晖手中不断圈圈画画的笔终于停下来，他环顾众人："其他人还有别的想法吗？"

会议室鸦雀无声，所有人都沉默不语，叶晖道："OK，我同意成立平台用工办公室，云深主R，其他部门抽调相关人员参与。从今日起，这个项目的重要性列为集团 Super 级。做好了，我们就是移动互联网时代的'福特'公司[①]，

[①] 福特公司：福特在 1914 年率先实现八小时工作制，并将小时工资提高到社会平均工资的两倍，福特的这一运动被称为"造福运动"，极强增加了工人的忠诚度和效率的同时，也造就了美国中产阶级的诞生。

做不好,我们也就是科技股中昙花一现。"

所有人同时意识到,今日之后,一个可以和"诺曼底计划"相提并论的横跨集团各部门的超级项目即将出台,目标就是针对外卖配送的用工调整提出让公司展现社会责任的最佳方案。至于这个项目自己部门要不要参与,参与了又要扮演什么角色?众部门老大需要回去平复心情,等仔细盘算好了利害关系,才能清楚他们要在这潭水中蹚多深。

傅筱筱回到工位上,将会议记录整理好发送给孟飞澜。此刻正是中午休息时间,法务部同事都出去吃饭了,傅筱筱独自坐在偌大的办公室里,盯着摆在桌面上的那幅油画发呆。

画上是威尼斯的水坞,碧水流静,街道交错,画的笔触流畅且细致,认真勾绘了一栋栋颜色鲜亮的古典建筑,明橙、深蓝、鹅黄、暗红……作画人连一间间屋宇的窗台都描绘浪漫,纱帘微动,鲜花飘摇,一笔一画似有仙气流淌。

这正是傅筱筱在威尼斯的画,失而复得,是因为昨天晚上她来办公室加班,配合齐期做好了今天演讲的PPT后,齐期拿给她的。

"这是云深给您准备的礼物,说感谢傅律师对配送业务的支持。"

"他怎么会有这幅画?"

"好像是去年年底从意大利带回来的吧。"

傅筱筱捧着自己的画,心弦颤了又颤。那一刹那她突然就明白了威尼斯救她的人是谁——除了纪云深,还能有谁?他是她的救世主,一而再再而三,将她带离危险和黑暗,重归光明温暖的人世间。可是为什么,他却阴郁而又孤僻,却像是彻底留在那些黑暗阴影中了呢?

傅筱筱沉沉叹口气,收起乱七八糟的情绪,拿起手机打了一辆车。

今天傅时雨到北京出差,傅筱筱答应了中午陪他一起吃饭。到了约定的餐厅,走进包间,傅筱筱看到傅时雨身边还坐着位陌生青年,不免微微一怔。

"瞧,我女儿来了!"傅时雨笑声爽朗,给那人介绍,"祺年,这就是我女儿傅筱筱。你叫她筱筱就行。"

先前脸色还有点冷淡的青年见到傅筱筱眼睛一亮,忙站起来和她握手:"你好,傅小姐,在下段祺年,有幸相识!"

他相貌尚可,笑起来尤其如沐春风,看着并不让人讨厌,但是——傅筱筱察觉到那人握着自己手的力度,不禁暗暗皱了皱眉,敷衍一笑:"你好你好。"用力将手抽出。

她已经明显感觉氛围不太对,坐下后,果然听傅时雨在说:"筱筱啊,祺年可是国内有名的青年画家,正好也在北京,你不是爱画画吗?以后你们多走动走动,你也让祺年多指点指点。"

"爸,我工作多忙啊,哪有时间画画?再说了,我舅舅就是中央美院的教授,就不劳段先生指点了吧。"

她已经暗示很到位了,可是傅时雨却好像完全没有听懂，笑呵呵地说："年轻人有年轻人的交际空间嘛，别老去打扰你舅舅。对了，祺年就是你舅舅介绍的，他可是你舅舅的得意门生。"

舅舅介绍的？傅筱筱有点懵：什么情况？突然举家出动给自己安排相亲了？

段祺年接过傅时雨的话锋顺势聊起来："常听老师说起筱筱，他说筱筱你小时候古灵精怪，长大了也相当厉害、很有主见。听说你现在是律师？做哪方面的？"

傅筱筱吃着菜，不咸不淡地回答："我做婚姻法，专打离婚官司。段先生你有没有这方面需求？有的话我友情价给你。"

"胡说八道！"傅时雨低斥一声，转过头和段祺年解释，"她就是一互联网公司的法务，不是什么律师。"

她怎么就不是律师了？傅筱筱头次遇到这样拆台的父亲，一时无话可说。

段祺年随和一笑："看来老师说得没错，筱筱确实爱说笑。我还没结婚，哪里有离婚官司的需求？"

"是啊是啊。"傅时雨很满意段祺年的反应，亲自给他夹了一块熏鱼。恰在此时，傅时雨的手机铃声适时响起，傅筱筱抬头看着自家老爹，知道他的戏眼来了。

傅时雨接起手机说了两句，万分火急的模样，挂了电话说："我要紧急去处理点事，祺年你……"

"我陪筱筱吃饭，待会儿送她回公司。"

"好好，就拜托你了。"傅时雨自诩大功告成，不顾傅筱筱眼中丢出的飞刀，圆满退出。

包间顿时只剩下初次见面的青年男女，段祺年很擅长聊天，即便他说三四句她才回一句，他也没把天聊死。两人不尴不尬吃完饭，用着餐后水果时，段祺年终于问："筱筱你是不是对我不满意？"

傅筱筱不想拖泥带水，直接说："我们不合适。"

"不相处看看，不给彼此机会，怎么就能断言不合适呢？"段祺年说起话来温文尔雅，像在极耐心地画着一幅画，"除非，你心里还有旁人？"

什么叫旁人？傅筱筱心道：你才是旁人。

她十分诚恳地说："那我就直说了。段先生，我有喜欢的人，目前无法接受别人。"

段祺年问："他喜欢你吗？"

傅筱筱愣了一下，一时无法回答。段祺年察言观色，笑一笑："如我所料，你喜欢他，他却不喜欢你吧。否则你们应该早在一起了，傅总和老师也不必安排我们见面了。"

傅筱筱说："即便是我单恋，那又如何？"

"那不妨给自己多一个选择的机会，"段祺年循循善诱，"比如，考虑一下我？"

傅筱筱无奈道："段先生，你不要告诉我你对我一见钟情？"

段祺年也很坦诚："一见钟情不至于，不过……"他突然沉默了一下，傅筱筱和他对视时，能明显感觉到他这一瞬间的恍惚。他的目光正专注看着她的脸，但傅筱筱觉得，他似乎在看着她，又似乎不在看她。

"不过，筱筱你确实是我欣赏喜欢的类型。"段祺年温和地将话补充完整。

傅筱筱就这样吃了一顿消化不良的相亲饭，回到公司刚在工位上坐下，身后就有人拍她的肩膀："傅筱筱，你给我过来！"

顾淮火急火燎把她领到自己的办公室，转过身面对她时，面色着实不好看："你今天中午和谁一起吃饭？"

"我爸。"

"你以为我瞎啊，你爸那么年轻？我在餐厅看见你和段祺年了！"顾淮有些气急败坏，"你怎么认识段祺年的？那就是个斯文败类，你知道吗？"

傅筱筱听到"斯文败类"眼前一亮："你认识他？"

"当然！京城这些公子哥有几个我不认识？那个段祺年，你知道他最擅长画什么吗？"

傅筱筱想了想："花鸟虫鱼图？"那是她舅舅擅长的，既然是舅舅的学生，段祺年应该也是个中好手。

顾淮听到耳中匪夷所思："什么花鸟虫鱼？他最擅长画仕女图！仕女图！你知道他什么仕女图画得最好？不穿衣服的仕女图！"

"什么仕女图？你是说人体画？"傅筱筱嫌弃他的不专业，"学美术的，画个人体像不是很正常？"

顾淮气得快吐血了："你这笨蛋！好吧，就算人体画是他的艺术特长，可是画着画着把模特的肚子画大了，你觉得正常吗？"

"难道他有孩子了？"傅筱筱囧里个囧，想想吃饭时段祺年那温润如玉的模样，没想到居然这么渣，"那他们家里知不知道这事？他怎么还敢出来相亲？"

"孩子是有，可是段家没认！要我说，段祺年就是个败类中的败类！"顾淮想到她在美国义正词严地拒绝自己的那些话，越想越生气，"我和姓段的相比，简直清清白白一朵白莲花好吗？你把我拒绝了，转头和他在一起，傅筱筱，你有没有脑子啊？"

"谁和他在一起，今天是第一次见！"傅筱筱反驳，随后又恢复一点理智，"你确定你刚刚说的是真的？我方才也搜索了他的资料，艺术圈对他评价都挺好的呀。"

"艺术圈只看他作品如何，管他人品怎样呢？"

"也是。"傅筱筱摸着下巴，不知想到了什么，一霎眼波流动如月破云。

顾淮心中一凛，顿有被猎人收网的感觉。

"顾总，我想请您帮个忙。"傅筱筱双手握拳放在胸口，可怜巴巴地看着他，"我家里人不知道他的真面目，非让我和他相处。您不是说和段祺年相识，能不能帮我打个电话？"

她难得有这样做小伏低的时候,顾淮迫于美人计的压力,明知山有虎,仍往虎山行。

"打电话做什么?"

"录音。"

"录音?"

"录一段他亲口承认他有孩子的录音。"

说做就做,他俩合作默契,傅筱筱提供话术,顾淮出卖"兄弟"。下班后,傅筱筱拿着段祺年斯文败类的证据,直奔傅时雨下榻的酒店,进了房间二话不说,打开手机就播放录音。

录音里顾淮和段祺年插科打诨说前几天出差在S市见到了段祺年儿子,段祺年沉默片刻,问他:"南南和他妈……他们还好吗?"

"挺好,要我说你们姓段的是真狠心,毕竟自己的骨血啊,就这样说抛弃就抛弃了?"

"你也不是不知道那女人什么出身,我爸妈不认,我有什么办法……"

简简单单几句话就把未婚生子、抛妻弃子的人渣事迹表露无遗,傅时雨听完气得跳脚:"段祺年有儿子?"

傅筱筱贴心地问:"爸,您刚刚是不是没听清楚?那我再放一遍?"

"不用了!"傅时雨破口大骂,"段家!金玉其外败絮其内，这么个浑账儿子，还放出来丢人现眼！"

傅筱筱慢悠悠说："你们选人的眼光好呗，我和段祺年在一起后，你和我妈直接含饴弄孙了。"

傅时雨被她一刺激，感觉血压上升都快爆表了。他扶着头坐在沙发上，即便这个时候还不忘记甩锅："这段祺年可是你舅舅介绍的，你舅舅也太不靠谱了。"

"那也是受您之托吧？"傅筱筱毫不留情把锅给他扣回去，"爸，我才二十七岁，也不算太大龄吧，你们这是着什么急？怎么就想起来催我相亲？"

话已经到这个份上了，自家闺女又是从来都糊弄不了的。傅时雨捂着脑袋长叹一声："你以为我想催你？我和你妈也是担心啊！"

"担心什么？"

傅时雨看着傅筱筱，几次三番欲言又止，挣扎之下他豁然起身，在房间里大步来回走。

他这样焦躁不安的模样傅筱筱唯有出事那年见过，她心绪骤沉，突然猜到了一些缘由，于是也沉默下来，静静等待着暴风雨的来临。

傅时雨来来回回走了十几圈，终于又回到原来的地方坐下，父女俩摆出一副促膝长谈的架势开始——摊牌。

"筱筱，我问你，你现在有处着的对象吗？"

"没有。"

"那你除夕夜见的那个人——"傅时雨盯着她的眼睛，

不想错过她任何一丝情绪,"是不是纪云深?"

他就这样突兀地提到纪云深的名字,傅筱筱即便已经有所准备,却还是轻轻蹙了一下眉。她低声说:"没错,是纪云深。他是当年救我的人,我和妈说过了,我在报恩。"

"仅仅是报恩?"

这话和童依依问的一样,问得傅筱筱难免心虚。

傅时雨自问对闺女了解通透,直接说:"筱筱,我不管你是因为报恩,还是因为可怜他,或者因为喜欢他,你都不能和他在一起。当年欠他们家的,我和你妈这些年也报答完了,我们资助他上学,帮他照顾外公外婆,甚至帮他料理了两位老人的身后事,这些年也算对得起他了。另外,如果你以为他妈当年是因为下岗的事跳楼,那我现在告诉你,那件事和我们没有关系,你大可不必觉得亏欠和内疚。"

"纪阿姨的事他和我说过了。"傅筱筱对父亲这样慎重严肃的态度感到奇怪,"如果没有当年那些事,如果我们和他素昧平生,如果他只是一个你们新认识的人,那你们还会反对我和他在一起吗?"

"当然还会反对,因为他不适合你。"傅时雨语重心长说,"筱筱,爸妈只想你找个家世清白、和和睦睦的婆家,过简单幸福的日子就好。如果你要跟着纪云深,你这辈子大概都过不安稳。"

"为什么?"

"他背景太复杂。"

傅筱筱听到这里有些明白过来:"复杂?有多复杂?因为他爸是逼死他妈妈的元凶?因为他现在处处和他爸对着干,父子相残,还是因为他爸是你老板,如果我和他在一起,你觉得他会让你为难?"

傅时雨深感震惊:"你是怎么知道这些的?"

"纪阿姨的死因,是除夕夜我听纪云深和费长海说起的。费长海,费老,他的名字你和妈在家里说了无数次,我早知道他是梅氏董事长梅非奇身边最亲近的人,所以当天费长海劝说纪云深回家过年时,我就什么都明白了。哦,还有LH资本的章白云,我见他私下约纪云深吃过饭。章白云是梅家的远亲,纪云深说他们在一起不聊公事只聊私事。他们能有什么私事好聊呢?我想,无非是梅家那点事。"

傅时雨再一次刷新了对自家闺女耳聪目明的认知,怔了半晌才道:"既然你都知道,就该知道那孩子心里全是恨,根本无法去爱人。"

傅筱筱听到这里,心底突然狠狠抽痛起来。傅时雨一言道破天机,傅筱筱这才恍悟,他身上的阴郁黑暗到底是因为什么,面对自己时的冷酷无情又是因为什么。

傅时雨道:"我知道你是善良的孩子,你知晓了他的身世,心里肯定难以放下。我何尝不心疼那个孩子呢?只是我更心疼自己闺女罢了。纪云深是私生子,从小没有父亲,好不容易等到父亲出现,结果父亲一出现就逼死了自己的母亲,经历了这样匪夷所思的惨事,你想想那孩子心里会如何扭曲？梅家这样的名流大族，看起来多么光鲜亮丽，怎么会待见这个出身卑微的私生子？可世事难料，偏偏那么巧，梅先生的儿子前几年死在美国了，梅家后继无人，这时候想起让纪云深认祖归宗，可他呢，却转身投靠了梅氏头号竞争对手叶氏，从此商场上父子相争，毫不留情。也许旁人看来，纪云深怎么样都是梅先生的儿子，这个血缘代表了一切未知的荣耀，可在我和你妈看来，这样的家庭实在不堪得很。筱筱，咱们犯不着蹚这浑水。"

傅筱筱落寞一笑："爸，我明白了你的意思，但是，你和我妈现在真是多虑了。"

"什么？"

"浑水也罢，荣耀也罢，人家根本没给我丝毫共同面对的机会。我和他，现在没有你想的错综复杂的关系，我们以前是同学，现在是同事。"

傅时雨听到这里表情明显松弛下来，他还未彻底按下波澜起伏的情绪，又听傅筱筱清清楚楚地说："不过未来如何，我不能答应你。"

她想着那个屡屡对她伸出援手的人、那个嘴里没一句好话但默默接受了她所有向善建议的人，不由微微一笑，明净温柔的双目也在这一瞬间盛满光彩："对我来说，纪云深只是纪云深，父母、家庭、身世他都无法选择，这些标签可以随时撕去。他或许生活在黑暗中，心中满是仇恨和痛苦，但是，他一直向往光明，他比任何人都心善心软。我感激他怜悯他,也仰慕他爱慕他,如果将来他需要我,我肯定会和他站在一起,这是我的心之所向。爸,您和妈相知相惜这么多年,定然知道命中注定只此一人的意义,毕竟一辈子的相处相伴无法将就。请你们体谅我、支持我。"

说完这句话,她头也不回地走了。

此意已决,无从相阻。

| 第九篇 |

谁是谁的影子

周一上午的复盘会议后,总裁办让各部门推荐参与平台用工虚拟办公室的人选。其他领导还在观望之际,孟飞澜第一个站出来表示了对平台用工办公室的支持,并指定了法务部参与人,就是傅筱筱。孟飞澜在高管群里推荐她的评语是:傅筱筱律师曾经在 WB 参与过全球性网约车司机用工关系研究和全球的政策跟进,对法律政策理解透彻,且能敏锐感觉到行业的变迁和未来的发展趋势,有在极限条件下解决问题的天赋,相信她会为平台用工的解决策略提供一份力量。

孟飞澜递出第一根橄榄枝之后,随后战投部、公共关系部门、内审部门、财务部门、技术部门等各团队陆续派出得力干将。虚拟办公室人员配备到位后,业务部门组织这些专家们在周四上午开了第一次碰头会,纪云深亲自主持会议。

傅筱筱此前未在正式的工作场合面对纪云深,会上才知这人工作起来时魅力值直线上涨。少了平日拒人千里之外的高冷，虽然依旧没有笑容、依旧吝啬言辞，但纪云深开口即是专业，落地即能执行，不存在叶晖看似随和中的十足威严，也不像顾淮缜密冷酷的精英作风。他了解一线业务，也洞察国家大势，无论从微观执行还是宏观把控，一言一行看起来都是绝对的统帅风范。

傅筱筱忍不住想，梅氏损失了这样的继承人，真是可惜。可是叶氏纳他入麾下，又是打的什么算盘？这些食物链背后操纵者们的你来我往、尔虞我诈，以傅筱筱有限的了解，是看不透猜不着的。

纪云深的目光偶尔落在她的脸上，见她有些神游天外的模样，脸色微微一冷。

会上众人正对目前的平台用工现状各抒己见，从技术角度的、从公关角度的、从业务角度的，不一而足。大家讨论时间最长的，是如何利用商业保险加大外卖配送员的保障。财务部门的赵朗深谙商业保险操作流程，自告奋勇接下适应网约工的商业险种探索的任务。

至于怎么去进行当前最有效的展现企业社会责任的劳动保障方案，诸人达成一致，都认为要先做行业调查报告，然后再制定针对问题的解决方案。行业调查报告由公共事务部的品牌大师孔繁臣负责，这个报告势必有大量数据分析，技术部门的杜叶叶和内审的于江都是数据处理高手，作为孔繁臣的协同方。

而当前还有一个烫手山芋，就是"8·5"事件引起了相关监管部门的重视,人力资源和社会保障部约谈网约工的平台,恒美和即刻出行两家公司首当其冲。会上讨论下来,由于主导这次约谈的是司局级的领导,纪云深必须参加,至于谁陪同——

傅筱筱说:"我已经写好了汇报材料,我陪纪总去吧。"

在座没有人比她更了解当前法律下的合规应对,也没人比她更懂得新政策的游说工作和未来政策建议合适方向。由她随行,确实是最合适的。

纪云深说:"辛苦傅律师。"

傅筱筱云淡风轻地一笑:"不辛苦,本职工作,分内之事。"

约谈在三天后,周一的下午。

政府和企业进行了充分交流沟通后,司长的总结陈词说得非常诚恳:最终的解决方案,还是需要行业、平台公司、学界和政府协同,一起去研究、去摸索、去试验。

而这一点,恒美目前的所有研究工作和试点工作无疑走在了行业前面。

这一天高温闷热,下午的约谈会结束后,傅筱筱和纪云深走出部委大院,站在郁郁葱葱的林荫道下等车时,纪云深见傅筱筱眺望远处依然是心不在焉的模样,心底突然就起了一股无名之火。

"现在还是工作时间,傅律师把心思用在正事上,少想点男女之事。"

傅筱筱确实是心底正盘旋着一事,被他戳破怪不好意思的,脸红了红说:"这你都能看出来?"

纪云深不知道为何心底邪火更盛了,冷冷一笑:"这很难看出来?傅律师满脸春意,难道不是在想那位段家公子?话说回来,你们傅家的眼光真的高,先是金豫,后是段祺年。这名门世家的公子们,傅家是不是都要相看一遍?"

这哪儿跟哪儿啊,傅筱筱先是一懵,然后气不打一处,再然后她福至心灵,突然就不生气了,不仅不生气,心中还有点甜蜜蜜。

"我的事,原来纪总这么关心?"她侧着脑袋,眼中全是狡黠。

纪云深方才说完就后悔了,此刻被她看穿更是狼狈,冷道:"谁有闲暇关心你!我只是觉得你老是这样心不在焉的,实在对不起恒美开你那么高工资。对了,刚刚的会议记录今晚十点前发给我,明天业务会上我要用。"

"会议记录我已经发给你了,纪总请到条文查收。另外,我的工资也不是你定的,孟律师觉得我性价比合适就好了。"傅筱筱把他试图转移话题的路线全都封死,然后再问他,"你怎么知道我和段祺年相亲?"

当然是该死的顾淮说的,莫名其妙给他微信上发一条"傅筱筱和段祺年相亲了",没头没尾扔下这句话,他便回香港了,这几天还死活联系不上。纪云深也想不明白顾淮为什么要和自己说这事，傅筱筱相亲和他这个姓纪的有什么关系，顾淮先前不是癞蛤蟆想吃天鹅肉吗，怎么段祺年的事他不处理完，就心安理得又回香港了？

这些复杂连环的心理动作纪云深当然不会告诉傅筱筱，何况说也说不明白。他沉默片刻，终是提醒她："段祺年不是个东西，你好自为之。"

傅筱筱忧愁万分："我知道他不是个东西，可是撵都撵不走，怎么办呢？"

要真的是个无赖混混，报警就是，可是段祺年手段比无赖混混超了几十个段位。即便傅家明确拒绝了，即便她舅舅拿未婚生子的事狠狠敲打过段祺年，他还是像狗皮膏药一样，绑定了傅筱筱。

傅筱筱把他微信拉黑、来电拉黑，段祺年就肉身到恒美大厦楼下等。他一派优雅地站在那里，见着傅筱筱也没有过激的行为，不过是绅士地上前，约她吃饭喝咖啡；如果她还不理睬，他就忧伤地目送她离去，隔了一天，又画了一张傅筱筱绝情离开的背影图送过来。除此之外，他还亲自去S城给傅时雨道歉赔罪，且不知道通过什么办法说动费长海做中间人，拉着傅时雨吃了一顿和解饭，据说吃饭时段祺年哭得稀里哗啦悔不当初，连傅时雨都隐隐有些动摇：这是不是浪子回头金不换了。

傅筱筱第一次遇到这样难缠的人，讲理讲不清，轰也轰不走，有了段祺年的对比，傅筱筱才知道顾淮当初有多可爱，因为她一番话顾淮就退避三舍，至今不敢妄动。可是这位段祺年，脸皮比顾淮要厚三座城墙，不仅不知难而退，还洞察人心、机关算尽，一路化解荆棘，甚至渐渐占领了道德高地，让旁人开始觉得是不是她铁石心肠。

世界之大，真是什么人都有。要不是发生在自己身上，傅筱筱绝对不相信这世上还有段祺年这样的人。她不由自主地叹气，突然又想自己追着纪云深要报恩的时候，不会也像段祺年这么烦人吧？万一，纪云深眼里的她和她眼里的段祺年是一样的——傅筱筱想到这里一身恶寒，忙离纪云深站得远点。

纪云深听她在旁长吁短叹的，又见她不知因为什么突然站得远远的，剑眉紧紧皱起，想说什么，最终忍住。

几分钟后，司机开车停在两人面前，傅筱筱和纪云深上了车，各自在后座独守一隅。

司机问纪云深："纪总，我们回公司吗？"

"去延庆，"纪云深简单明了地说，"珍珠泉。"

傅筱筱心头一抖，颤声问："是去……段祺年那儿？"

"你不是说撑不走吗？我去撑。"纪云深翻开一份报告看着，脸色冷漠如初，"别误会，我只是想让你更安心地替恒美工作。"

"没误会。"傅筱筱悄然抿嘴一笑，她已经摸清了他的套路，就是这么嘴硬心软。

绮年画斋,段祺年郊外的画室兼日常住所,正是在延庆珍珠泉乡。傅筱筱听段祺年提过,但是没有来过。画斋地址隐秘,导航地图上并没有显示,司机开车到了珍珠泉后,纪云深让司机下车留在附近吃饭,他亲自接过方向盘,驾车去往画斋。

夜色已经降临了,郊野的路上车不多路灯也不多,人烟稀少,黑暗无边。纪云深开车拐了无数个弯,傅筱筱一开始还在看导航,后来连信号都弱了,地图定位时灵时不灵。

望着窗外茫茫荒野,要不是开车的是纪云深,傅筱筱简直要怀疑自己快被拐了。

"你去过段祺年的画斋?"

"去过一次。"

"一次……"傅筱筱顷刻担忧满满,"那你认识路吗?"

"正在找。"

他果然是迷路了,傅筱筱扶额。但人家毕竟是来帮她的,她也不能打击他的积极性,过了一会又问:"你和段祺年很熟?"

"那条披着羊皮的狼,你觉得我会和他很熟?"

"你们怎么认识的?"

"狭路相逢。"

……

两人有一搭没一搭地聊着天,因为有同仇敌忾的对象,这个时候倒不至于针尖对麦芒。

在沉沉夜色中折腾良久，纪云深终于找到了那条以闪烁星光作灯的浮夸小路，他开车到小路尽头，在一个院落外停下。大院白墙为壁，黑木为檐。院门上挂匾，上书"绮年画斋"。

傅筱筱正要敲门，纪云深说："你在这里敲，里面听不到的。"

那乌漆麻黑的大门不知道什么材料做的，巨厚巨沉，好在没有上锁。纪云深用力推门而入，院外是荒野，院里别有天地。傅筱筱跟着纪云深穿过一片说大不小的草坪，才看到那座由大片玻璃墙和白色砖瓦组成的三层现代风格建筑。

段祺年曾形容自己的画斋是当代世外桃源，如今一看，倒也形容恰当。只是这样好的地方被段祺年那样的人独占，真是污了风雅二字了。

两人走进楼里，楼下迎客的大厅是一块风格强烈的抽象画展区，墙上挂的每一幅画皆是光怪陆离的色彩、交错冗杂的线条，对于纪云深这样的门外汉和傅筱筱这样的半桶水来说，实在没有功力欣赏。有个工作人员模样的年轻姑娘正在清理画框，看到不请自来的两人不禁一怔："二位是——"

傅筱筱客气问："冒昧打扰了，请问段先生在吗？"

"他在二楼画室。"姑娘说，"二位找段先生有事？要不我去通传一下……"

"不用，我们自己去。"纪云深冷淡说完，径自踏上了去往二楼的台阶。

那姑娘着急喊:"你不能去,段先生从不让人去他画室……"

傅筱筱拉住那姑娘柔声安抚:"没事没事,我们和段先生是旧相识,说点事就下来,我会和段先生解释的。"她稳住那姑娘后,随即也上去二楼。

脚刚落在二楼的走廊,她还没找到画室的入口,就听到长廊里传来段祺年惊恐的叫声:"纪云深!你个土匪……"一句话没说完,已经被惨叫声代替。随即又传来噼里哐啷的响声,以及段祺年不住的惨叫。

傅筱筱心中一惊,忙向声音传来的方向跑过去。等到眼前出现光亮时,她看到所谓的画室里一地狼藉,段祺年鼻青脸肿躺在地上,纪云深正撕扯画架上的画布,眼见傅筱筱的身影,他忙将画布狠狠揉成一团,攥在手心里。

傅筱筱搞不清楚状况:"发生什么事了?你干吗打他?"

原来他铲事撑人的方法,就是蛮横动用武力?

"因为他该死!"纪云深黑沉沉的眼里此刻全是汹涌翻滚的浪潮,看得傅筱筱都不由自主地后退一步。

"傅筱筱?"段祺年艰难地爬起来,脸上惊惶失措,"筱筱你怎么来了,你听我解释……"

已经没有任何解释的必要了。

傅筱筱只需稍稍转眸,便能看清满屋子都是什么画,这些大概就是顾淮嘴里不穿衣服的仕女图。只不过散落一地的画纸、画布皆是勾勒潦草的素描,里面女子各有姿态,但居然没有一幅是完整的。唯有挂在墙上那幅巨型油画完好无瑕——画中的女子身披薄纱，酮体若隐若现，眉眼自带妩媚温柔的风情。如果不含任何世俗眼光，单纯只是欣赏，那这真的是一幅好画：笔触纤毫分明、人像呼之欲出，画中人双目是那样的欣喜，似乎正含情脉脉地看着自己的意中人，而提笔画的人当时必然是用尽了心血，才留下了这样的佳作。

满地佳丽如云，皆是造作意淫的猥琐下流，而这墙上的，才是能地久天长留下去的艺术。本是好好的才华，为什么要这样浪费、这样恶心人呢？

傅筱筱望一眼被纪云深攥在手里的画布，心中已隐隐有些明白。正想着接下去如何处理时，不防段祺年上前抓住她的双臂，软声祈求道："筱筱，其实不是你想的那样，我可以解释的。"

纪云深厉声喝道："不许碰她！"

"纪云深！"段祺年捂着疼痛的胸口，往日温润的画皮脱落殆尽，此刻也用不着再伪装了，"这关你什么事，你和她什么关系，要你出来多管闲事！"

我和她什么关系？——纪云深暴怒的情绪骤然被寒冰封住，如鲠在喉，无言以对。

段祺年满脸嘲讽："呵，原来你什么都不是！纪云深，你是不是上辈子和我有仇？我和阿曼好的时候你来搅和，我好不容易定性了想要安稳过日子，你又来搅和！你存的什么心？"

"你还好意思提阿曼！你还有脸提她！"纪云深似被人触到逆鳞，忍不住又是一拳重重挥过去。

段祺年被他打得眼冒金星，伸手摸着嘴角流出的血丝，一脸惊恐："纪云深，你是不是疯了？你这是滥用私刑，你已经犯法了你知不知道？"

纪云深此刻周身都是骇人的戾气，段祺年的话不过是火上浇油。傅筱筱见纪云深还要上前，忙拉住他："纪云深，你冷静一下！"

她与他四目相对，纪云深对着她始终清澈如水的目光，眼底疯狂涌动的浪潮终于慢慢缓和下来。

她此刻什么也不说，他也明白她的意思：这样的人，怎么值得脏了自己的手？

段祺年恍悟过来："傅筱筱，你看不上我，是因为这个人吧？"他指着纪云深笑得癫狂，"沈曼是这样，你也是这样，不过一个空手套白狼的穷小子，说得好听是创业者，说得难听就是给我们这些人提鞋的，他的身家说没就没，你们还一个个迫不及待投怀送抱，傻不傻？傻不傻啊？何况，他不是不爱你吗？你还上赶着贴着人家，你贱不贱？"

纪云深听到这里再也按耐不住，还未出手，却听到"啪"一声脆响，却是傅筱筱一掌掴上段祺年的脸。

段祺年捂着脸，怔怔望着从来言笑晏晏看起来又温柔又知性的傅筱筱，有些反应不过来。

"清醒点了吗？"傅筱筱盯着他道，"段家也是书香门第，段先生您应该清楚，不应该随意评判别人。"她俯身捡起一地的画纸，平心静气地说："另外，你的这些作品实在难登大雅之堂，当事人知道被你画成这样吗？你这既是侵犯别人的肖像权也涉嫌制作、复制淫秽物品，你才是犯法了，你知不知道？根据刑法第三百六十四条，我如果拿这些画像去报案，按你这样创作量，将会被论处三年以上的有期徒刑。"

段祺年轻蔑笑："你以为你能威胁我？"

"这不是威胁，这是正告。"傅筱筱握着厚厚一叠画卷站起身，"如果你不相信，我现在就报警？"

段祺年是个法盲，本就已经色厉内荏，眼见傅筱筱气定神闲地拨通电话，忙扑过来将手机挂断，握着她的手恳求说："我错了我错了，我知道错了。你可千万别举报，不然我家里人真的要彻底放弃我了……是我鬼迷心窍，是我该死，是我下流……"他噼里啪啦自扇着耳光，傅筱筱懒得看他自虐，低声喝道："够了，段祺年，你我本井水不犯河水，我并不想管你这些烂事。"

"是，井水不犯河水，"段祺年盯着她手里的画，"那这些……"

傅筱筱将手里的画纸收入包中："这些证据恕不能归还了，以观后效。不过不会存放在我那儿，你今后也不用在我身上再打任何主意。我会把这些交给纪云深，以后举不举报他说了算。"

"好好。"段祺年举手发誓，"我保证今生今世都不会再出现在你面前。"他转身看纪云深,心中又恨又怕,对他说话自然不比和傅筱筱的痛快:"我……我今后会循规蹈矩行事,绝不再犯,你……高抬贵手吧。"

这样的人纪云深一句话都不想多说,他看着傅筱筱沉静似水的面庞,心里一时不知什么滋味。她就这样当着自己的面祸水东引,当然他并不生气她的做法,他只是诧异于她的冷静和克制。他到现在才敢承认,十一年前那个天真明媚的姑娘,现在已经脱胎换骨,强大到让他不得不重新认识了。

事情处理完,傅筱筱憋着快要吐血的郁闷离开段祺年的画斋,她走路带风,半秒钟都不想多留。到了院外,她伸手到纪云深面前:"拿来!"

"什么?"他竟然装糊涂。

傅筱筱横他一眼,去夺他手里紧紧攥着的画布。

"傅筱筱!"纪云深将拿着画布的手绕在身后,仅凭一只胳膊,也轻而易举将她扣在了怀中。

傅筱筱靠着他的胸膛愣了片刻,才喃喃说:"这张是画的我吧?"

当她坚硬的铠甲褪去,柔弱无力的模样更叫人心疼。纪云深手指摸着她的长发,轻声道:"毁掉就好了。"

即便早已有所准备,傅筱筱听到这话脑袋还是轰地一响,她暗自咬碎了一口银牙,心里无数咒骂涌到嘴边时却只化成了两个字:"浑蛋!"

她还是那样,再生气也从不说脏话。"浑蛋"两字,已经是骂人的极限了。

夜色深沉如水,两人重新上路,他们都没想到问题的解决是这样的过程,一时心事重重都一声不吭,寂寥的封闭空间静得可闻彼此的呼吸。

纪云深点了点智能屏幕,播放音乐。流行歌曲回荡车内,气氛终于不再那样压抑。

这次是他先忍不住问:"我想不明白,你从哪里招惹上的这个人?你爸就这么着急把你嫁出去?"

想到傅家惹上这一身骚的源头,傅筱筱难免心中不委屈。她轻轻吸口气,忍住所有即将崩溃的情绪,却是问他:"阿曼是谁?"

两人各怀心事,想的各不相同,说话也鸡同鸭讲:他在意她的终身,而她在意的,却是那个在他嘴里念出来意味不同的名字——阿曼。

他今天这样狂怒,固然有因为她的因素,但更多怒火的来源,是那个阿曼吧。

纪云深脸色又恢复了清冷,傅筱筱见他抿紧了唇一声不吭,突然觉得很难过,方才所有压抑着的愤懑、羞辱、后怕和委屈,在这一瞬间齐齐涌上,让她的眼泪扑簌而落,怎么都控制不住。

纪云深听到她轻微的哭声,心烦意乱,脚下油门踩到底,底盘本就低的汽车在荒野中发出轰鸣声响,将他们无处安放的情绪带入更无边界的黑夜。

——阿曼是谁？

他突然间不知如何向她解释。

傅筱筱回到家中已经快午夜了，她机械地洗漱换衣，躺在床上望着小夜灯映照下的灰蓝色天花板，脑中起起伏伏的思绪终于渐渐平稳下来，恢复了正常的思考。

阿曼。

沈曼。

傅筱筱想起来，其实她和油画中的那个女子，曾经有过一面之缘。

那还是五六年前，圣诞假期傅筱筱从国外回来，飞机落地 S 市国际机场，她推着行李出来时，突然被几个姑娘团团围住。

"沈曼！沈曼姐姐！能给我们签个名吗？"那几个姑娘看起来还是高中生的模样，亮晶晶的眼睛满是崇拜和兴奋地看着她。

这一看就是粉丝追星的架势，傅筱筱眨眨眼，有点莫名。她拉下口罩，笑一笑："不好意思，你们是不是认错人了？"

姑娘们这才看清她整张脸，既惊讶又失望："姐姐，你长得和我们沈曼姐姐好像啊。"

"是吗……"傅筱筱正想请教哪位沈曼姐姐，突然听到一旁传来巨大的喧哗声。人群如潮水突然都向那个地方涌过去,几个姑娘也激动得跳着脚尖叫起来:"啊啊啊,真的是沈曼!果然那个小道消息是对的,她就是这趟航班!"

姑娘们随即加入了人潮,傅筱筱看着那个被人群裹挟艰难前行但又不忘微笑和粉丝互动的女子,摇头一叹,戴上口罩,清清静静地自走她的路。

那次机场上惊鸿一瞥,沈曼戴着帽子和墨镜,傅筱筱没有见其真容。不过那几年沈曼正当红,傅筱筱和卓文眉逛街时也曾看到沈曼的广告牌,傅筱筱便把机场的遭遇当趣闻说给卓文眉听,卓文眉打量几眼广告牌上的女子,笑说:"哪里像,分明我家筱筱漂亮多了。"

"漂亮怎么没人找我去做明星?"傅筱筱笑嘻嘻将脑袋歪在卓文眉肩上,"你呀,就是情人眼里出西施。"

卓文眉摸着她的脸,自信满满地扬眉:"这可不是我自说自话,从小到大,你走出去谁不赞一声水灵。"

再水灵也不过娥眉淡扫的女学生,怎么比得上广告牌上千娇百媚的女明星。卓文眉的话,傅筱筱一笑置之。机场那点故事,不过蜻蜓点水,这些年也早从她的记忆中消失了。若不是今晚在段祺年画室中看到那张油画,若不是段祺年和纪云深嘴里的"阿曼",她根本不知道自己的人生与沈曼原来早有这样丝丝缕缕的联系。

见了段祺年今晚的疯魔,傅筱筱这才恍悟相亲饭局上他那奇怪的眼神是因为什么。

至于纪云深——

傅筱筱想起香港的那个吻，想起他那时迷离而又热烈地索求，她忍不住抱紧了自己的双臂蜷缩起来，她能清楚感受到，心中那未知的窟窿正越坠越深。

可笑她当时还以为他曾暗恋过她，所以才会那样情不自禁。

原来，他当时吻的不是她，而是她吧。

第二天上午孟飞澜打开条文，发现傅筱筱一连请了四天年假。

她留言说："工作在昨天夜里和国际组的同事已经交接完毕，下周准时上班，望批准。"

国际组的工作都有时差，夜里交接完不奇怪，奇怪的是傅筱筱难得这样不靠谱，不提前打招呼就突然休这么长时间的假。孟飞澜扶了扶眼镜，到底还是在请假流程中点了"同意"的按钮。

中午吃饭时，孟飞澜在顶层餐厅见到纪云深，邀他一起用餐，闲聊时不免多问一句："你们昨天去部里汇报如何？"

纪云深说："还好，部里压力并不大。会议情况傅律师没有和您汇报？"

孟飞澜摇摇头："今天早上她突然请了四天假，我还没来得及问她。既然休假了，也就不打扰她了。"

突然休假？纪云深握在手里的刀叉停顿下来，片刻后再抬头时，发现孟飞澜正静静望着自己。面前长者的眼光太过深刻，似乎能洞察一切。纪云深觉得嗓子有点干，喝了口水，才说："傅律师这段时间可能确实太忙了，休息一下也好。"

孟飞澜淡然道："我也觉得傅律师最近在你那边有点用力过猛，平台用工的虚拟办公室，法务这边是不是换个人比较合适？"

"不行，"纪云深果断拒绝，"我们已经磨合得比较好了。"

孟飞澜轻讪："这才一周多，就磨合好了？"

纪云深抿唇不语，孟飞澜叹了口气："傅律师看起来聪明洒脱，实则是一根筋。有的时候她对一些事总是过分关注，原则性太强，执念太深，我总是担心她会走火入魔。"说到这里，他看一眼纪云深，意味深长道，"工作如此，情感也如此。"

纪云深食不下咽，索性将刀叉都放下，一杯接一杯猛灌着水。

孟飞澜又道："我知道你们是旧相识，有什么心结，早日解开了吧。我可不想因为你，丢了我这个关门弟子。"

歇在家中的傅筱筱毫不知晓自己上司这么关心自己，连她的感情生活都操持上了。她这天在家里也很忙，从网上找了两个保洁，里里外外将家里打扫一遍。她是个半偏执狂，要么不折腾，折腾起来歇斯底里，非得一物一花摆得丝毫不差，她才安心。一直折腾到下午，看着焕然一新的屋子，她心里也跟着敞亮起来。

　　书房里黑板墙上贴着一张计划表，本是为了这周五的重要日子用的，现在看来是完全无用武之地了。傅筱筱一把将纸撕下，然后打开恒美旅游的APP，开始查找适合五六天游玩的旅程。

　　她正在琢磨着是去日本还是去迪拜时，倪姗一个求救电话打过来，让她的计划暂时搁置。

　　倪姗说她过马路被车撞了，腿骨受伤进了医院。她老公是飞行员，经常飞国际航班，此时此刻正在万里之遥的万里高空。傅筱筱认命叹口气，忙赶去医院，到了急诊中心时，肇事者已经被警察带走了，倪姗左腿绑着白色绷带，孤苦伶仃坐在人来人往的医院走廊里，看起来可怜得很。

　　"怎么样，骨头没断吧？"傅筱筱跑过去弯下腰，小心翼翼去摸倪姗的左腿。

　　"骨头断了你养我啊。"倪姗牙尖嘴利地回复。傅筱筱手指还没碰到她，她已经龇牙咧嘴倒吸冷气，"哎呦哎呦，再碰真的要断啦。"

　　傅筱筱被她吓得缩回手，坐到她身边数落道："怎么走路的，怎么就被撞了？"

　　"是那司机不长眼，怎么怪我呢？"倪姗瞪着傅筱筱眼泪汪汪的。

　　"好了好了，没事没事。"傅筱筱见不得她落泪，揽着她的脑袋搁在自己肩头，"需要住院吗？"

提到这个倪姗更委屈了:"医生说床位紧张,我这是轻伤,让我回家修养。我都这样了,还说我是轻伤……"她眼睛眨眨,泪水瞬间全落下来,"我家那个也是浑蛋,每次遇到紧急事都找不到人,嫁个老公比没嫁还惨。"

怎么就比没嫁还惨了?傅筱筱想起自己相亲那糟心事,心道没嫁的才真惨好不好。她对倪姗道:"这样吧,我正好休假,你这几天住我家,等你们家那位回来了,你再回家和他团圆,好不好?"

"真的?"倪姗哭声一瞬止住,拉着傅筱筱的丝绸衬衣擦擦泪水,"那就不好意思,打扰你了。我们走吧,这医院全是消毒水的味道,我实在不喜欢。"

"你个戏精。"傅筱筱见她哭笑自如切换,想必腿伤确实没有大事,也就松了口气,"你在这等我一下,我去租个轮椅。"

这医院的轮椅必须去国际部租赁,傅筱筱跑到国际部填表签字,等护士去取轮椅的空隙,远远地看到段祺年被护工扶着经过大堂。想是纪云深昨天下手太狠了,眼前这人的脸经过一天的发酵,已然肿成了猪头。

傅筱筱一见段祺年,心里头就掠过一万头"羊驼",段祺年也瞥见了她,想起昨天的誓言,忙捂着脸匆匆而过。

傅筱筱取了轮椅,回急诊接上倪姗,两人从医院停车场驾车出来时,倪姗眼尖地看到路边停下一辆白色卡宴,有苗条纤细的身影从车上走下来,忙拉住傅筱筱的胳膊:"筱筱,筱筱，停一下！"

"怎么了？"傅筱筱在她急促的命令下匆匆踩下刹车，担心道，"是不是腿疼了？"

"什么腿疼？"倪姗满不在乎摇摇手，盯着那款款走入医院大门的女子，"啧啧，不愧是曾经的大明星，果然丰姿绰约啊。"

大明星？傅筱筱也探过头去，望见那纤长曼妙的人影隐没在国际部大堂的玻璃门后。

沈曼。虽然没有见正脸，但是傅筱筱就突然知道了她是谁。

午后阳光太刺眼，她戴上墨镜，开车上路。倪姗坐在副驾驶座上，对着手指纠结半天，支支吾吾地说："筱筱……有件事我一直没告诉你。"

"有秘密瞒着我？"傅筱筱一笑，"我们也好久没八卦了，说来听听。"

倪姗说："我之前和依依说起过，她让我先别告诉你，但是我觉得吧，你还是早点知道的好。你那个纪云深，身边一直有个红颜知己，叫沈曼。哦，对，就是刚刚进医院的那个女人。"她将之前说给童依依听的八卦边角料，再给傅筱筱完整地说了一遍，末了补充道，"也不知道纪云深怎么想的，沈曼和江晴对比起来，虽然沈曼曾经是个明星吧，但论家世、论容貌、论能力、论性格，江晴哪点不比沈曼强。但偏偏是沈曼留在了纪云深身边，江晴却黯然败退了。"

她说得好像亲眼看见沈曼和江晴PK过一样,傅筱筱听完沉默片刻,仍是笑一笑:"哦,这样啊。"

"什么这样啊?"倪姗对好友的反应摸不着头脑,"你这是什么反应?"

"应该怎么反应?"

"至少表现得在意一点啊!"倪姗见傅筱筱浑然不以为意,耐心点拨她,"什么叫红颜知己,那就是暧昧对象!正常男女朋友相处时,来自暧昧第三者若有若无的撩拨破坏力堪称第一,你可别不当回事。"

"你别瞎想了,我和纪云深什么关系都没有,他的前女友也好,红颜知己也好,和我都没什么关系。"傅筱筱淡定地将车转弯驶上高速,"还有,你有空在这里神神叨叨的,不如担心担心你老公,整天对着那些美貌空姐,他就没有心猿意马的时候?"

律师的反击总是一刀致命,倪姗捂住了脸:"筱筱你太坏了,哪壶不开提哪壶。这就是我最担心的啊。这次等华远回来,一定要让他转后勤!就这么定了!"她用力咬了一口傅筱筱车上备存的饼干,吃得一脸坚决和义愤填膺。

因为倪姗的意外腿伤,傅筱筱远行的计划彻底泡汤,放假几天都和倪姗腻在一起。两闺密在家里看看电影,听听音乐,一起做点好吃的,随心所欲的生活状态堪称人生巅峰,羡煞了孤身在香港的童依依。

"姑奶奶在这没日没夜地干活,你们却背着我逍遥自在!等着,我马上订票回来。"

她也就过过嘴瘾,这个时候是递交上市申请表的关键时刻,不说孟飞澜不会批准她的假期,便是顾淮听到她想休假也会要了她的命。

周五晚上,华远终于驾着飞机从北美回国,来傅筱筱家接倪姗时,倪姗颇刁难了他一把。眼见这两人一会儿涕泪横流,一会儿抱头痛哭,再然后又旁若无人地卿卿我我,傅筱筱这一番苦情琼瑶戏看下来,连晚饭都不用吃了。

倪姗夫妇和好如初后却不急着走,在傅筱筱这里蹭了晚饭,吃饱喝足,才手拉着手高高兴兴下了楼。

傅筱筱站在落地窗旁望着楼下那两人并肩远去的甜腻背影,心中不无羡慕。

这一天乌云遮月,白天就阴霾密布,气压低得足够吓人,俨然是暴雨来临的前奏,只是到现在雨水都没落下来,但天边的雷声已经开始隆隆敲响,由远至近,逐渐靠近。

傅筱筱倚窗想着心事时,手机突然叮一声响动,她拿起一看,却是刚刚离开的倪姗发过来的。

"筱筱,我刚刚在小区外好像看到了你们纪总啊。"

"眼花了吧。"

她回复倪姗的信息刚刚发出去,手机屏幕就被来电显示占领,这是来自办公软件条文通讯录的电话,上面显示的名字赫然是"纪云深"。

她想了想,觉得没什么可逃避的,接通说:"喂,纪总?"

"有时间吗?"他一如既往单刀直入,"我在你家楼下。"

还真是他。一道闪电划过夜空,傅筱筱看着风雨将来的夜色,吸口气,说:"你等一下。"

楼下狂风已起,她披了一件薄外套,下楼走到小区外,看到他站在车旁,白色衬衣在昏暗的夜色里格外醒目。她走过去,递给他一摞画纸:"那天晚上走得急,这个忘记给你了。"

纪云深满额黑线,这段祺年的糟粕凭什么要他接手?被人看到了还不知道以为怎么回事。

傅筱筱说:"你不知道怎么处理的话,可以交给顾淮。"

顾淮确实擅长处理这些事。她倒是人尽其用。

纪云深将那些画纸随意一卷,烫手山芋般丢到车里。他借着路灯晕黄的光线打量她的脸色:"你请了这么长时间的假,是身体不舒服吗?"

她回答:"假期是员工自由安排的时间,不是非得要生病才能休。"

纪云深被她硬邦邦的回复噎了一下,又说:"今天上午虚拟办公室开过例会,你看了会议纪要吗?"

天空雷电交加,狂风更劲,傅筱筱满头长发被吹得凌乱无比,她已经有点不耐烦:"我还是休假状态,等下周上班再看吧。快要下雨了,纪总早点回去,免得待会被堵在路上。"

她转身就要刷门禁进去，纪云深却伸手拦住她。她诧异地抬头看他，实在有点不明白他今夜此行的用意。他漆黑的双瞳全是莫名的烦躁和隐隐的茫然，就这样沉默着挡在她面前，一言不发。两个人靠得这样近，呼吸几可闻，沉默相峙时，一滴雨水忽而落下，落在他的额角，继而又是一滴，落在她的面颊上。

他这才低声说："已经下雨了，你不留留我？"

傅筱筱说："不留了，孤男寡女，不方便。"

"今天是什么日子，你不知道吗？"他声音里有她从未听到过的无力和祈求，"你就不能陪我一会儿？"

今天是什么日子，她当然知道。她曾经为此筹划良久，但所有的准备，都在绮年画斋之行后化为乌有。而且，前几天她看到沈曼也来了北京，她以为他今夜必定有人陪伴，怎料他却过来招惹她。

雨说下就下，不过片刻，两人的肩头都湿透了。她叹了口气，终是道："进来吧。"

倪姗畏热，她住在这里的这些天，傅筱筱家中冷气开得十足。纪云深入门就打了个喷嚏，傅筱筱一条毛巾扔在他身上："擦擦吧。"

北京的这套房子这些年就她一个人住，傅时雨夫妇来京都习惯住酒店，即便如此，她还是给父母准备了许多日常用品。她从次卧找了一套崭新的男士家居服,丢给纪云深:"去房间里换上,别到时候感冒了要赖我。"

她这样凶巴巴的,纪云深倒是变温良了,依言去换衣服,再出来时,见傅筱筱也换了一身家居服,正在西式餐台边洗水果。

纪云深坐在她对面,餐台边上有个照片墙,他一张张看过,目光最终停留在那张傅筱筱和父母的合影上。那是她在美国念书毕业的时候,身穿红黑相间的博士服戴着博士帽,双臂勾着双亲,笑容比阳光更灿烂。

他望着那张照片,不知过了多久,才慢慢挪开目光。

傅筱筱将他盯着自己照片的怔忡望在眼里,直到他转过头来,才将一盘早已拾掇好的水果放在他面前。

"我还没吃饭,能不能给我煮碗面?"纪云深的眉眼似乎还沾着雨水的湿气,少了平日的冰凉冷漠,清润平和间依稀有朦胧的温柔。

自己真是欠了他的。傅筱筱念着今天日子确实特殊,决定忍他:"好,你等等。"

她去了里面的中式厨房,叮叮咚咚,一顿忙活。

纪云深随手从她的书架上抽出一本《美国劳动法的诞生》,在沙发上坐下。暖黄的灯光、轻柔的音乐、浸透历史光影的锦绣文字——周遭的一切都让他觉得安全和放松。一旦放松下来,倦累便轻易袭至,他开了一天的会,脑袋其实早已昏昏沉沉,于是放下书本,靠着沙发软枕,眯了眯眼睛，尔后，竟这样不知不觉睡了过去。

傅筱筱做好面条出来时，见他就这样睡在了沙发上，她稍有犹豫，想了想，还是关暗了满室灯源，又从卧室找了一条毯子。给他盖上时，傅筱筱眼角余光瞧见茶几上的手机屏幕不断亮起，忙拿起来蹑手蹑脚去了最里面的房间接通。

"喂，您好。"

对方听到她的声音似乎有些意外："您是？"

"我是傅筱筱。"

"原来是傅小姐，您好，我是费长海。"

费长海？傅筱筱一愣，这才意识到自己可能拿错了手机。她放下手机一看，果然，一样的款式，可是手机后背没有她贴的那张天平图纸。

费长海在电话那头问："喂喂？傅小姐还在吗？"

傅筱筱将电话放回耳边："我在，您找纪云深？"

"是，他方便接电话吗？我找他一整天了，之前手机一直关机。"

"对不起，他正在休息，您找他什么事，我稍后转告。"

"那就拜托傅小姐了。"费长海闻言竟很欢喜，"今天是云深生日，您是知道的吧？他父亲来了他常住的酒店，希望能和他一起吃顿饭。其实如果我直接和云深说，他多半是不理睬的，也幸亏傅小姐您现在能接电话。能不能请傅小姐帮忙劝说一下，让云深务必今晚回酒店和他父亲见上一面？"

今天确实是纪云深的生日，但是梅非奇和费长海似乎忘记了，今天还是另一个人的忌日。

她过了一会儿才说："我会替您转告，但是我恐怕也不能说服他。"

"您一定可以的！"费长海万分肯定，"云深从来不过生日，每年这一晚也从来不和任何人在一起。如果今天他选择和傅小姐在一起，那傅小姐肯定是可以说服他的人。"

自己有这么特殊和重要？傅筱筱很惶恐："费老您还是不要抱太大希望吧。"

费长海却当自己抱上了最后的稻草，再叮嘱一遍："有劳傅小姐！"

傅筱筱挂了电话，走出来时，纪云深依然在熟睡。傅筱筱把手机放回茶几上，坐在一旁静静望着他。

直到这个时候，当她能肆无忌惮仔仔细细观察他的五官时，才真正察觉到这张脸的隽美绝伦。他的母亲她见过，确实秀丽出众，但他长得并不像他母亲，他像他的父亲。梅非奇即便鲜少接受采访，但他的照片也时常出现在各大媒体新闻的头版头条。他们父子五官类似，连气质都是一样，浑身上下都透着沉郁冷厉的气场，不仅生人勿近，连身边的人也觉得难以亲近。

费长海的殷殷恳求尚在耳边，傅筱筱却决定要做个背信之人：他心里这样的苦、这样的恨，如何能摆脱这些捆在身上的枷锁，能在这个特殊的日子去见他那个所谓的父亲？

虽然是再亲近不过的血脉，却也是世上再疏远不过的人。

傅筱筱叹息时，窗外忽起一道响彻天际的雷声。纪云深被雷声惊醒，睁开眼时正看到她温柔明净的脸庞，一时恍惚，犹以为自己身处梦境。

傅筱筱见他突然醒来，不由得大为窘迫，站起身。

纪云深这才分辨现实与梦境，苦笑一声："对不起，我实在太累了。"

"没关系。你既然醒了，吃点东西吧。"她转身去了餐厅。

纪云深揉了揉眉宇，深呼吸三下，让自己彻底清醒过来，起身的一刻，忽见满室灯光骤没。他惊讶回头，看到黑暗和闪电交加的光影中，一道烛光摇曳亮起。她捧着蛋糕走到他面前，柔声说："生日快乐，许个愿吧。"

纪云深沉默着看着她，眉眼深深不辨所想。

他终于问："你什么时候准备的？"

"今天上午，经过面包店时买的。"

"你知道我会来？"

"不知道，只是……之前计划太久了，下意识就买了。"

纪云深又是一阵沉默，而后才说："十七岁之后，我从不过生日。"

傅筱筱知道他的心结，眼见蜡烛已经就这样燃烧了一半，她轻轻点头："好，那就不过。"她要熄灭烛火时，纪云深却忽然又拉住她的手臂。

"许愿，真的会灵吗？"

"你何不试试？"

纪云深心头默默许下一个愿，然后呼出口气，将蜡烛吹灭。

他将蛋糕接过来放在茶几上，傅筱筱重新开了灯，转过身时胳膊一紧，身体落入一个温暖怀抱。她吃惊后退，他却紧紧围拢住双臂，将她抱在怀中。

"傅筱筱，"他低着头，悠长的气息恰流连在她的耳侧，"你知不知道我刚刚许了什么愿？"

傅筱筱浑身僵硬，提醒他："许愿不能说出来，说出来就不灵了。"

"可是不说出来，我不知道它能不能灵。"他冰冷的双唇在她耳侧轻轻摩挲，声音低低沉沉，一字一句响在她的耳侧、传入她的大脑、沉入她的心底，"傅筱筱，做我女朋友，可以吗？"

傅筱筱觉得自己肯定是幻听了，她用手微微抵开他温热的胸膛，抬起脸。她双目正对的，是他被明亮灯光映照的眉眼，素日静冰流淌的眼眸此刻温情脉脉，期待充溢其中，并未加以掩饰。

她一眨不眨地望着他："你知道自己在说什么吗？"

他清清楚楚明明白白地说："傅筱筱，做我女朋友吧。"

窗外的闪电正肆虐分裂时空，雷声滚滚能碾压尘世万物，然而室中人无暇他顾。四目相对，都觉恍如隔世。他低下头，寻觅到她温暖柔软的红唇，她略略迟疑，但终究没有推开他。

他说的是傅筱筱,他眼中倒映的是她的脸。他没有认错人,而她也没有等错人。

此间的柔情蜜意,似乎是水到渠成。

| 第十篇 |

你是我的光

窗外的瓢泼大雨一直下到深夜,雨停后傅筱筱送纪云深出门时,对他道:"方才你睡觉时我误接了你的电话,是费长海的。"

纪云深看了一眼通话记录,心知肚明,等傅筱筱转告留言时,她却瞥一眼他:"你还不走?"

"没有留言?"

"有,但是不提也罢。"

纪云深听着这句话不禁微微一笑,俯身在她额头上又吻了一下。

傅筱筱有些羞涩,之前她还腹诽倪姗两口子的你侬我侬,转眼这座傲娇的冰山矫枉过正用力过猛,竟也这样腻腻歪歪的。眼见他抚着自己的头发故作留恋的模样,傅筱筱忙将他推出门外:"快走吧。明天不是还有战略会?回去早点休息。"

纪云深轻轻叹口气："那我走了？"

"走吧走吧。"她利落关上门，等隔绝了他的身影，她才能够有心力去抚平激荡起伏的情绪。背靠着门静静站了许久，她想着今夜经历的一切，一时仍疑似在梦里。

纪云深回到酒店时，苦苦等候在大堂的费长海忙疾步迎来："云深，你怎么才回来？傅小姐和你说了吗？"

纪云深不答只问："他又来了？"

"先生在行政酒廊的包间，从下午五点到现在，都等了七个小时了，今天不见到你他是不会走的。"

"他喜欢等，就等着吧。"

"云深，"费长海苦口婆心地劝说，"你回都回来了，也算是同一屋檐下了，还是去见一下吧。先生他难得这样低头。"

纪云深不为所动："不过等了几个小时，这就叫低头？他是你老板，可不是我老板，我犯不着毕恭毕敬去拜见他。"

他径自离开，到了电梯里习惯性按了 36 层。36 层走廊尽头，是他在这家酒店长包的公寓。打开门，入目灯火通明，处处纤尘不染，家居电器都是顶级的配备，只是欠缺了他最需要的、人间烟火的气息。

纪云深匆匆冲了个澡，打开电脑想要办公，也不知是惹了什么鬼，费长海那句话不断回响在他耳边——"今天不见到你他是不会走的"。真的不会走吗？他想到当年那道毅然决然离去的身影，冷冷一哂。

他心里烦躁，公事自然办不了。眼前的电脑屏幕上也渐渐浮现了往日记忆的黑白影像：故土L城的风风雨雨，母亲的含辛茹苦，外公外婆的斥责，邻里的耻笑，同学的漠视……以及那年，炎炎夏日那人出现时在艳阳下留下的高大身影。

十一年前那人第一次出现在纪云深面前，魁梧英俊、意气风发，那是少年时的纪云深见过的最伟岸的男子。不过这个印象停留在他脑海只一霎，当母亲从医院顶层如树叶飘零的绝望身影划过眼前时，那人伟岸的身影就此轰然倒塌。

那个薄情寡义的伪君子，亲手造就了自己人生的所有磨难与黑暗，也亲自要了母亲的命。

想起母亲的死，纪云深的心脏忽被一双枯骨紧紧攫住，让他呼吸都觉得困难——

自己的生日，母亲的忌日，这样的日子，那人怎么还敢来？怎么敢！

纪云深"啪"地关上电脑，豁然起身，下楼去了20层行政酒廊。

这个时间的行政酒廊没有几个客人，侍者正在擦洗杯子，见到他忙打招呼："纪先生来了？今天想喝杯什么？"

纪云深裹挟着一身凌厉之气而来，冷冷道："那人在哪个包间？"

"那人？"侍者怔愣一秒反应过来，"您是不是找那个老先生？"

此刻的行政酒廊只有一个客人定了包间，侍者领着纪云深往里面走："老先生在里面坐了大半天了，我看他古怪得很，不知道原来是在等您。"

不等侍者敲门，纪云深推门直入，那人正坐在包间的沙发上，双目微闭，似在浅寐。

"那人"，是的，他在纪云深心里的代号就是"那人"，与任何有情感的词汇无关，当然更不可能是"父亲"。

纪云深克制着怒火在那人对面坐下，憎恶地打量他一眼——头发大半已是银白，脸上皱纹横生，比上次见时又衰老几分，哪还有半分往日的风华。侍者叫他"老先生"，真是再合适不过。

梅非奇缓缓开了口："你到底还是来见我了。"

纪云深嘲讽道："梅氏集团主席这样纡尊降贵、死皮赖脸地过来求我见一面，我岂能不赏脸？"

这两人相对的气场如雪峰撞冰山，冷冽得周围空气都骤然低了几度，侍者本还想问问二人喝点什么，见到这样的场景，赶紧闭门而出。

梅非奇睁开眼，幽寒沉肃的目光不带任何波澜地落在对面年轻人的脸上。片刻，他略略扬唇："费长海说你今晚和傅时雨的姑娘在一起，我想不明白，你这种见了阳光都会躲的人，傅家的姑娘能看上你？"

"她还就是看上了我，是不是叫您失望了？真抱歉。"

"她是知道你的身世了，为了名、为了利？"

"我是这世上最见不得光的人，和我在一起，能为什么名？"纪云深轻蔑一笑，"再说，傅家缺钱吗？傅时雨要是早点离开梅氏,说不定现在S市呼风唤雨的人就不姓梅了,你心里这点数都没有?不是人人都得和你一样,唯利是图!"

梅非奇了无生趣地说:"活在这世上,不唯利是图,还能图什么呢?比如之前的那位江小姐,说起来也是名门世家,看起来对你也是情深义重,当遇到更好的选择,不一样抛弃你、伤害你?"

说到江晴,纪云深更觉得讽刺:"你有什么资格说江晴?你不过把她当棋子,可惜,如今棋子醒悟了,你心里再酸,人家也不受你摆布了。"

"那,那个叫沈曼的呢?还有她那个孩子呢?"梅非奇话说得平淡,意味却深长,"你觉得,她当年果断抛弃段祺年跟着你,是为了什么?"

"够了!"纪云深暴躁打断他,"我和阿曼的关系,你这种人怎会明白!"

"你和她什么关系?贫困之交,雪中送炭,还是相濡以沫?"见他终于压不住怒火,梅非奇反而笑起来,"我这种人自然是不明白,也不屑明白。不过,傅家姑娘会明白吗?傅时雨会明白吗,他能忍吗?"

纪云深阴沉沉盯着他:"你今夜过来就是为了操这闲心?"

"闲心?"梅非奇的笑声颇有些婉转曲折,再开口时,他话锋一转,却说,"云深,生日快乐。"

活了这些年,第一次从那人嘴里听说这四个字,纪云深只觉得刺耳。他忍不住也回敬给那人:"当年我出生时,你快乐吗?"

"你是意外,不是期待,对我来说没什么快乐不快乐。"

"既然如此,那就不必今日过来演一出虚情假意。"

"说情意就过了。"梅非奇似乎比他更不会变通,更不知什么是委婉,坦诚的话如同毒刺刻骨,"我今日来,只不过因为你身上流着我的血。"

纪云深冷笑:"你的血?我生下来的时候,你知道我流着你的血吗?逼死我妈的时候,有想过我流着你的血吗?我不过是个被你踩在脚下永远见不得光的私生子。现在你老婆疯了,儿子死了,你倒是想起我还流着你的血了?"

他知道什么话能最锋利刺破那人的虚伪面孔,果然,这些话一出口,便如重锤锤得那人浑身战栗,那人脸上也终于露出痛苦的表情。只是,他越这样痛苦,纪云深却越觉得刺眼和妒恨。

"如果秋白不死,你我之间也确实犯不上今天的情境。"梅非奇声音不尽苦涩,"但可惜没有如果,他已经回不来了,所以我需要你替代他,成为他。"

又是这句话。纪云深听着只觉得从发丝到脚底,寒气骤生。他想自己真是疯了,好好的日子不过,跑过来见他给自己添恶心。他咬着牙道:"我再说最后一遍:他是他!我是我!如果你实在想梅秋白,多去墓前倾诉父子情深,或是去地下与他重逢也行,但请你不要再过来干扰我的生活!"

那人却像是不曾听到他说话,依然问:"你要如何才肯回梅氏?"

"永不可能。"

"纪云深,纪?"那人念了一遍他的名字,索然无味道,"一个贫民窟歌女的姓氏,有什么值得骄傲?"

"起码清清白白!"纪云深勃然大怒,"你以为梅家有什么骄傲?薄情寡义,妻离子散,看起来荣耀富贵,背地里一堆烂事破事,听着就叫人作呕!"

他们不愧是父子,一样的刻薄寡情,一样的不择手段,什么是对方最不能碰触的软肋,什么就是他们互相攻击的长矛。听到这些话,那人古井无波的眼眸终于惊涛骇浪,他起身对着纪云深扬手一记耳光,沉声道:"天底下从没有你这样的儿子!"

"儿子?"纪云深轻轻一笑,将心中的决绝说得凉薄无比,"这一辈子,你都别指望我给你做儿子!"

他将话说得没有分毫转圜的余地,梅非奇望着他淬满毒火的双目,有些震惊。这张脸长得多像自己啊,可是这双眼——这样的暗黑沉沉,竟比最狠戾的孤狼都要疯狂瘆人。

纪云深言尽于此,转身离去时,梅非奇忽然叹了口气:"如果叶氏知道你是竞争对手的儿子,你觉得你在恒美还能做得长久?云深,如果你是真的想做互联网,我可以让百闻收购恒美外卖,你自己的事业,自己亲手打造不行吗?为什么非要寄人篱下,做个打工的?"他声音孱弱微颤,此生从未这样低声下气过,然而今日对着自己唯一存世的儿子,却再无往昔的骄傲霸道可言。

"寄人篱下?"纪云深心中忽起悲悯,不知是对自己,还是对那人,"难道你还不明白?对我来说,在梅氏,才是寄人篱下。"

梅非奇看着他决然而去的背影,最后一丝硬撑的力气散尽,他腿脚一软,颓然坐回沙发上。

纪云深一夜不曾好睡,此夜前半程明明是良辰美景的欢愉喜悦,岂料因他一念疏忽,跑去见了那人,所有的心情毁之殆尽。这破坏力的后遗症持续到第二天上午,纪云深在开战略会前接到章白云的电话,听对方在电话中报出医院和房间号,纪云深皱眉道:"你住院了?那颗心终于跳不动了?快死了?"

章白云确实心脏不好,为了活得久点,整个人佛系得不能再佛系。此刻听到他发飙,章白云仍是一如既往的淡定从容:"很抱歉不能如你所愿。托你的福,舅舅住院了。"

他口中的舅舅便是那人,纪云深漠然道:"与我何干?"

"听费叔说舅舅昨天见了你便病倒了,难道你不是始作俑者?"

"你们这些人是不是太无聊了?我不见他,逼着我去见;我见了他之后,又说我不该去见?"纪云深怒极反笑,"还有,他病倒是他自己孽力反馈。自作孽,不可活——你这个香蕉人是不是不懂这句话?"

章白云经年不动肝火的脾性终于被他挑出一丝火气："他好歹是你父亲！"

纪云深诘问："哪份法律文件能证明，他是我父亲？"

章白云一时竟无言以对，轻轻叹口气："你知不知道你和秋白最大的区别在哪里？"

"知道，他是误入人间的天使，而我是阴沟里的老鼠，之前的几十年，你们心里不一直这样想的？"纪云深冷道，"你们都喜欢梅秋白，都去地下找他便是，不要来烦我！"

他重重摔下手机，松开衬衣纽扣大口喘气。对着那边的人，他每次都是竭尽口舌之能去讽刺、挖苦、伤害、报复，可是每次说完他心底却无任何快感，只有莫名而起的悔恨和越发深刻的孤单寒冷。

他突然异常想念傅筱筱，想要抱着她、伴着她。只有在她身边，他才能平和安静，像个正常人。她是他能抓住的最温暖最明亮的光，能将他暴戾阴暗的人生赋予人间烟火的暖意——他最渴望的，人间暖意。

作为业务大佬，纪云深虽无霸气侧漏的狼性，但行动起来也绝对是雷厉风行。周六下午开完战略会后，他回酒店简单收拾了行李箱，当天晚上就到了傅筱筱家里，谈判入住协议。

"你想搬过来？！"昨天刚成男女朋友，今天就同居，傅筱筱自问没有那样开放。她沉吟一下，给他建议："中介那挂着不少这个小区等卖的二手房，你去买一套吧，咱们做邻居挺好的。"

这个小区都是大户型，地段又繁华，房价动辄两三千万。纪云深哭穷："我没有那么多流动现金。"

堂堂恒美的高级副总裁居然连两三千万都没有？何况当年恒美收购他的创业公司，交易额高达数亿美金，他是那桩收购的最大受益者，怎么会没钱？傅筱筱瞪他："那你的钱呢？"

她这样质问的语气，颇有点管家婆的意味，纪云深微笑说："我总有其他投资，等有时间，我详细说给你听。"

"我才不要听，"傅筱筱眼珠一转，又是一条对策，"那你租一套吧。"

"租别人的不如租你的。"纪云深已经满屋子转了一圈，"你这有四个房间，让一间给我怎么了。我就要最小的那间，和你的主卧隔着整个客厅，你绝对安全，不用担心。"

我担心什么？傅筱筱没来由地脸上一热，正要想其他借口，纪云深冷冷瞥她一眼："不是报恩吗？你费尽心机地要撵走救命恩人，不太好吧。"

傅筱筱炯炯有神：这人无耻起来，真是……太无耻！

她垂死挣扎："我不习惯和异性住在同一屋檐下。"

"你爸不是异性？金豫不是异性？"

"我爸能一样吗？"傅筱筱有点恼，"还有你提什么金豫，我和金豫从没同居过。"

"我也没有和任何异性同居过。"纪云深满意地套出自己想听的话后,也趁机表达一下清白,"对于我们这样的情况,我建议我们需要习惯一下怎么和同龄异性共处一室,不然结婚后怎么办?"

傅筱筱以强大的心脏忍受着这两天他行为的异常,听到这里她终于 hold 不住了:"结……结婚?"

"当然,"纪云深低头亲了一下她的脸,"我不会耍流氓。"

不要耍流氓……傅筱筱承受着他落在脸上后又落在唇上的吻,心道:这不是耍流氓是什么?

总而言之,傅律师的谈判水准在业务精英糖衣炮弹的技巧面前全线溃退,从这个周末开始,纪云深就堂而皇之地在傅筱筱家中住下了。

此后,傅筱筱不仅生活空间被侵占,连思想空间也时不时被他骚扰。

比如,当她在看着欧盟最新关于 GDPR 讨论的文献时,他附耳洋洋洒洒评价完,还要问傅筱筱一句:"筱筱,你觉得呢?"

"你闭嘴!"傅筱筱关心的是 GDPR[①]落地后的大量海外

---

① GDPR:是指欧盟议会于 2016 年 4 月 14 日通过的《通用数据保护条例 (General Data Protection Regulations)》("GDPR"),该条例于 2018 年 5 月 25 日在欧盟成员国内正式生效实施。该条例的适用范围极为广泛,任何收集、传输、保留或处理涉及欧盟所有成员国内的个人信息的机构组织均受该条例的约束。

业务合规，哪有心情和他讨论这些形而上的问题。

纪云深乖乖地扭头走了，隔天见傅筱筱在看那本《美国劳动法的诞生》①，那天他就是看着这本书睡过去的，忍不住评判一句："学法的人不愧钻字眼的，几百字的法律条文能掰开了揉碎了写十几万字评述，分明是小学生都能读懂的句子，法学家非要解释得深晦艰涩，让院士都听不懂。是不是只有这样才能竖起你们的行业壁垒？说实话，法学家写的书真不是人读的。"

"胡说！这个作者出身文史世家，文笔一流，怎么就不是人读的了？还有，法律条文那么简单的话，你有本事先去过了司法考试，再过来跟我瞎歪歪。比比你们那些经济学家写的书，难道就是人读的？"去年冬天傅筱筱在 S 市图书馆看了一堆经济学书籍，永远的生产、供给与需求，还有无处不在的数学公式，看得她每天头都昏昏涨涨的。

"《佃农理论》《非合作博弈》《动态宏观经济理论》，哪本不是人读的？"

哪本都不是人读的。经济学专业书那么多，他非得数点这些最难读的。傅筱筱横他一眼，继续看她的书。

不过这样的时候也不多，毕竟是两个工作狂，每天早出晚归，经常只是到家睡一觉。纪云深还是高管，前线业务正打得水深火热，他时不时都要出差。他出差时傅筱筱一人在

---

① 美国劳动法的诞生：北京大学法学院阎天著，中国民主法制出版社 2018 年版。

家,看着偌大的房子,平时嫌他烦,这个时候倒觉得周遭空空荡荡的,却有点想念了。其实掐指算算,排除工作时间,排除睡觉时间,排除两人在家里各忙各的时候,他们像正常情侣那样打情骂俏的画面少之又少,偏偏是这样,才弥足珍贵,才记忆深刻。

不知不觉就这样一个多月过去了,九月底纪云深从南方出差回来,到家又是深更半夜。傅筱筱本已经睡下了,听到外面的动静到底还是爬起来。

纪云深不在客厅,正在浴室洗漱,傅筱筱等他时,见餐桌上放着两张金光闪闪的请柬以及一本厚厚的册子,便拿起看了看。

请柬是嘉时拍卖成立二十周年酒会的邀请函,时间是十月四号,正是中秋节。册子是当晚酒会上的拍品,中外古今艺术珍宝和顶级珠宝首饰的图片印刷得精美绝伦,任谁看了都会心动。

她正欣赏一条珍珠绿宝石项链时,忽然腰上一紧,有人在身后将她抱住。

"项链好看吗?"他满含诱惑地问,"我们去拍回来?"

傅筱筱嗔道:"你不是没钱吗?"

纪云深在她耳边轻笑:"我拍下,你付钱。"

"你想害我破产?"傅筱筱微微一笑,将拍卖图册放下来,"可惜这次中秋节正好遇到了十一长假,我要回S市陪父母,不然真想去现场看看这些实物。"

纪云深道:"没关系。下次还有机会。"

十一长假,傅筱筱原本的计划是回 S 市向父母说清楚自己和纪云深的事,并争取父母的谅解和支持。不料她回去的机票还没买,卓文眉已经在微信上通知她:十一期间,他们要去欧洲玩一趟。

傅筱筱问:"去几天?"

"一个月。"

一个月?傅筱筱看着这三个字,紧紧皱眉。傅时雨怎么会有这么长时间的假?他是梅氏集团的执行总裁,怎么可能丢下那么大一摊子事,在欧洲逍遥一个月?

她赶紧打电话给卓文眉,卓文眉浑然不以为意,笑说:"你爸都多少年没有休过一天假了?现在还有很多总裁、CEO、董事长什么的挂衔去海外留学呢,他们公司不都照样在运转?何况你爸就放一个月的假,这有什么的。"

"我爸……不是和梅先生有什么矛盾吧?"

"他俩十几年的老搭档了,有什么矛盾?放心,我们就是出去散散心,筱筱你别想那么多了啊。"

傅筱筱半信半疑挂了电话。这么一来,这个十一长假她倒是可以留在北京,陪着纪云深了。

这年中秋国庆假期叠在一起,公休假期累至八天。纪云深从没有十一长假的概念,因为业务无假期,且节庆往往是竞争硝烟最浓的时候,他下面的业务高管是每人在长假里挑选两天加班，而他是加班 8*24 小时。当然与往常不同的是，他这个假期加班的时间并不全在办公室，更多的时间是在家里。

傅筱筱的海外业务合规事项也需要在假期时不时加个班，毕竟国外又不过中国的节日，不过相比较纪云深的状态，她还是自由空闲很多。有了时间，她便在家里化身厨娘，捣鼓各色吃的。西式、中式、日式、泰式……她每天换着花样，忙得不亦乐乎，纪云深更是个合格的试吃员，不管她做什么、有没有失手，他都足够捧场，道道菜都清盘，不让她做的食物有一丁点儿浪费。

傅筱筱每每看他大快朵颐的样子就忍不住想：这孩子是被饿怕过吧，要不是他每天都有晨练、夜跑的习惯，肯定会被自己养出一身肥膘。

纪云深和她心有灵犀，假期里默默加了一倍的运动量，不然真没法消耗他腹中的那些热量。

既然两人都在北京，中秋节的嘉时酒会自然去参加。嘉时拍卖是国内顶级拍卖公司，往年的秋拍场上素来名流云集，今年的这次二十周年酒会毋庸置疑更是衣香鬓影的超级名利场。傅筱筱以往从不参加这样的场合，那些在她看来虚与委蛇的空洞社交实在毫无营养，卓文眉说了她无数次，她却始终不为所动。

不过从现在开始，她决定放下清高，作出些改变。

为了那场酒会，傅筱筱提前几天去华伦天奴选了高定礼服，当晚换装出来时，纪云深见着她光彩照人的模样，也不禁目光一亮。

他看着她纤细修长的脖颈，沉吟说："是不是缺一条项链？"

"我去选一条。"傅筱筱回房间挑了一条钻石项链，戴上。

再出来时，她脖子上瑰丽繁复的钻石透着璀璨寒光，衬得那张脸越发清美不可方物。纪云深忍不住长叹一声："筱筱，你真美。"

傅筱筱笑一笑："人靠衣装嘛。"

她毫不自知，这一刻他望着她，隐隐又成了当年那个遥遥远望着，自惭形秽而又心存无限向往的少年。

嘉时酒会举办地点在王府半岛酒店。

酒会拍卖主场在王府厅，纪云深和傅筱筱到达后，却被工作人员引到了一旁的唐诗厅。这是嘉时招待潜在买家的贵宾厅，当晚拍卖的顶级的名作和佳品正陈设在四周。纪云深和傅筱筱都是名利场上的新人，也不知道那个工作人员怎么就开了天眼将他们引到这个厅里来。

不过在灯火辉煌的唐诗厅中粗粗一望，他们的确看到了不少熟悉的面孔，其中最醒目的，非流芳溢彩、凤凰属性的顾淮莫属。

傅筱筱小声嘀咕："顾淮怎么在这儿？"

童依依昨天还在微信里抱怨她的十一长假又泡汤了，底下的人在香港忙得脚不沾地，他居然有时间回来交际？

"他服务的是中国公司，签的是中国劳动法下的合同，当然也休中国的节假日。"纪云深耐心对她普法。

这个事情要你来说？傅筱筱含嗔看他一眼，挽着他的手臂，走入灯红酒绿间。正在和旁人高谈阔论的顾淮见到这两人亲亲密密地在看展品，惊得差点下巴都掉了。

"你真可以啊！"他走过来咬牙切齿，也不知说的是纪云深还是傅筱筱，"居然瞒着我勾搭在一起了。"

纪云深道："什么叫瞒，难不成我交个女朋友还要向你汇报？"

"不应该吗？"顾淮气得，"要不是我主动退出，轮得到你……"

话没说完，眼角已瞥到傅筱筱冷冷看过来的目光，顾淮泄了气，吹牛也不敢当着她的面。往事已经不堪回首，顾淮虽说放下了，可细想想还是心塞。也不知道纪云深用了什么手段，傅筱筱居然就被他手到擒来？

顾淮虚心请教傅筱筱："你喜欢的原来是这样的？守着这么大座冰山，你不怕冷吗？"

"他是冰山吗？"傅筱筱含情脉脉看向纪云深，"我怎么觉得他是火山呢？"

看起来常年冰雪覆盖，但其实内里岩浆涌动，却是热浪滚滚。

顾淮已经没眼看了，捂着脸败退而去，临走时对纪云深道："我姐想见见你，待会儿酒会后先别走。"

他姐就是顾景心，恒美名副其实的老板娘。傅筱筱奇怪："叶夫人要见你干什么？"

纪云深也是莫名其妙："不知道。"

他俩接过服务员送过来的香槟，接着观摩展品。一旁玻璃展台内陈设的，正是傅筱筱那晚在图册上看到的绿宝石项链。

"实物比图册更好看。"傅筱筱确实有点喜欢了，再看一下拍卖底价，下意识摇了摇头。

纪云深莞尔："傅时雨的女儿应该也见惯风浪了吧，会被这个数字吓倒？"

傅筱筱道："正是学着我爸精打细算惯了，才觉得性价比太低。"

说到这里两人相视一笑，转过身，正见金豫和江晴双双而至。

金豫与纪云深碰杯，笑道："看来我们四人真是有缘，兜兜转转都是两对。"

江晴却对傅筱筱附耳轻声道："他说的缘分是真的，但是两对不是真的，我和云深其实从未开始过。"傅筱筱一惊抬眸，却见江晴对她悄悄眨了眨眼。

"云深，恭喜你，"江晴望向纪云深的目光意味深长，"冬去春来，总算抱得美人归。"

"多谢。"纪云深心甘情愿与他们对饮香槟,绵密果香沉浸肺腑,是他从未感受过的舒畅。

金豫对傅筱筱说:"这下好了,我爸终于敢去见傅叔叔了,我也不用一天到晚被他耳提面命怎么都看不顺眼了。"

江晴笑睨着他:"别只说爸,你也卸下了心头大石吧?"

金豫风度翩翩毫不改色,自然接过她的话:"那是当然,筱筱毕竟是我看着长大的。"

傅筱筱暗暗觉得他这话欠抽,怎么搞得她生生小了一辈分似的。江晴和她想的一样,对金豫嫣然一笑:"听你的语气,我才知道自己嫁给了一位叔叔啊。"她转而又对傅筱筱道:"以前我怕你多想,没好意思和你说。筱筱,今后我们常来常往,别辜负了金傅两家世交的情谊。"

傅筱筱真心喜欢江晴的通透豁达,举杯和她轻轻相碰,笑道:"当然。"

她们之间没有恩仇,但这一笑间,也泯去了先前千言万语都解释不清的尴尬。

贵宾厅里又新到了几位客人,江晴看到其中一人,忙和身边三人说:"我老板来了,失陪。"

走在那些人中间的男子正是章白云,他孤瘦的身体看上去有些孱弱,白皙的面孔比年初见时更病态了几分。与身旁人交谈时,章白云目光有意无意往这边看来,见到纪云深时,微微有些惊讶。

傅筱筱回过头去看纪云深,果然见他脸上笑意已经褪了七八分。

但她并不担心他会失态,在这样的场合,不见到梅氏的人概率太小,既然他能从容而来,就应该和她一样,做好了所有的准备。

他们并不是想混入这个圈子,也不是要学八面玲珑的社交手段,他们只是想在这样的场合,在众目睽睽之下,坦荡荡地告诉所有人——纪云深,从此不再是躲在暗处不见光的私生子,而是堂堂正正如日中天的商界新星,他要让所有人看到,仅凭自己一双手,他也能打拼出不下于梅氏的基业。

纪云深下意识握紧了身边人柔软的手,仿佛从她纤细的指骨中,能获取他面对未来的所有勇气。

酒会伊始,嘉时拍卖的董事长凌鹤年发言。凌鹤年的德高望重不仅在拍卖圈、艺术圈,他一生的传奇更激励了几代中国民营企业家的成长壮大。从 20 世纪 90 年代起,凌鹤年不仅亲手缔造了嘉时拍卖,还逐步促成了大中国区拍卖市场在亚太毫无质疑的标杆地位,除此之外,海外国宝引流、国内拍卖行业标准建设都有他在背后孜孜不倦的贡献。同时,嘉时拍卖只是他商业传奇的其中之一,另外还有中国识别度最高的商业地产品牌和目前在风投界做得最好的扶持创业者的天使基金,都是凌鹤年隐居在幕后的手笔。

凌鹤年发言时,身边一直站着位高挑秀美的女子,傅筱筱几乎从看到她的第一眼就知道,她就是未来嘉时拍卖的掌门人,乔萝。

乔萝的名字傅筱筱一点都不陌生,因为这位就是童依依曾经的"情敌",从童依依嘴里傅筱筱知道了关于乔萝的太多传闻。但是乔萝真人傅筱筱却是第一次见,在此之前,傅筱筱自问从未见过这样有书卷气、有灵性的女子,江南山水的秀美似乎都浸透在乔萝一人身上,黛眉是远山,乌瞳是清泉,举手投足间是都市男女鲜见的淡泊沉静。

傅筱筱心中暗叹一声,突然知道童依依为何惨败如此了。

所谓"夫唯不争,则天下莫能与之争",大概就是如此了。

凌鹤年的发言后,酒会正式开始,嘉时今年秋拍压轴场也从此刻正式举槌。一件件珍宝被心仪买家高价竞拍得手,傅筱筱淡定地听着耳边那些匪夷所思的叫价,每件拍品落槌,她也随着四周热烈的气氛鼓鼓掌。

她就这样安安分分地充当着看客,直到身边人也开始不低调地举牌。

台上正在拍的是那条珍珠绿宝石项链,傅筱筱忙拉住纪云深:"你还真拍?"

纪云深一边举牌报价,一边捏捏她的手:"总不能白来一趟。"

从底价八百八十万开始,一路竞价到一千五百万,和他轮番竞拍的人逐渐败退,场中只还剩下一位买家依然在频频跟牌。

"两千万。"纪云深举牌举乏了,互联网公司奉行极致效率的人哪有这样反复磨叽的耐心,他索性一次将报价涨了五百万。

无人再跟。

拍卖师连喊三遍,深红色的榉木槌重重落下,一锤定音。

即便不是自己的荷包去掉一角,傅筱筱还是肉痛死了。她心里吐槽了一万遍,脸上却是大大方方的明亮笑容,跟着纪云深起身接受旁人的祝贺。

自己真的是越来越虚伪了。傅筱筱心里有个小人在暗叹。

身不由己,己不由心。

酒会结束后顾淮来找纪云深和傅筱筱,去见顾景心的路上,傅筱筱含笑问顾淮:"您胳膊累不累?"

她鲜有这样和颜悦色的时候,顾淮却在她的笑容下一个瑟瑟。他试图抗辩:"这满场自由竞拍,你难道还不准我举牌?"

"我只是关心一下顾总,"傅筱筱明澈的黑瞳中锋芒隐现,"顺便请教一下,您为什么独独对那件宝石项链感兴趣?"

谁对那项链感兴趣,自己持续跟拍,就是想让纪云深做冤大头!不过这些腹诽顾淮也就在肚子里过过瘾,说是打死都不会说的。他拍着纪云深的肩膀转移话题:"云深你真是深藏不露啊，知道千金散尽博得美人笑了。"

纪云深淡然道："我有美人，自然要珍惜。你孤家寡人，也就抬价逞英雄了。"

这见色忘义的话听到耳中，让顾淮再次遭受一万点暴击。什么兄弟是手足、女人如衣服，古人说的都是胡扯。在纪云深这里，分明是女人如珠更如宝、兄弟插刀不如狗。

顾淮一路愤愤不平，到了"宋词"的小厅，推开门，里面等着的两人正靠着头窃窃私语。

顾淮对里面的人说："姐姐们，人带来了，我可以走了吗？"他实在不想看那两个家伙在眼前撒狗粮，他要立刻、马上、分秒必争回到香港，拿永远都做不完的工作来麻痹自己。

"着什么急，人都没给我们介绍呢？"起身迎过来的女子短发利落，艳红色的缎绒长裙移动时如火焰流溢，气场格外强大。

顾淮指指自己身旁两人："纪云深，傅筱筱。"又指指室内二人，"顾景心，乔萝。"

"有你这么介绍人的？"顾景心瞪他一眼，"这样蔫里吧唧的，谁得罪你了？你还是走吧走吧，别杵这儿让我看着都生气！"

"狡兔死，良弓藏。谁稀罕待在这儿！"顾淮重重哼一声，头也不回地走了。

顾景心等他关了门，才含笑对纪云深说："冒昧把纪总请过来,是我朋友有些事和你说。"她转头看着那静静站在自己身后的女子,使个眼色:"乔萝,这里交给你了,我先回避?"

"也不用……"

乔萝刚轻轻说了三个字,顾景心就顺竿子折身回来:"那好,我不走,我陪你。"她坐到边角的沙发上,笑嘻嘻地朝傅筱筱招招手:"你也过来坐吧,让他们俩说话。"

这老板娘的做派看起来还真是顾淮的亲姐姐,一样地随心所欲,一样地看热闹不嫌事大。傅筱筱望一眼纪云深,纪云深对她微微点头,傅筱筱便去了顾景心身边坐着。

"喝酒。"顾景心拿过两杯香槟,递一杯给傅筱筱。

这品酒观望的兴致,倒像等着大戏一般。傅筱筱彻底服了。

纪云深与乔萝也是首次见面,显然很困惑这次交谈的缘由:"不知道乔总有什么事找我?"

"受人之托,忠人之事。"乔萝说话的语气一如她容貌的清雅婉约,"我和章白云先生是莫逆之交,如今他求上门来我不好拒绝。"她顿了顿,才继续说,"他让我跟你讲一讲秋白。"

秋白。又是梅秋白!

纪云深不是声色不动八面玲珑的人,闻言面色骤寒:"梅秋白的事,乔总想讲,纪某并不想听。"

乔萝说:"是不是我太唐突了?如果纪总觉得为难,可以不听。"

傅筱筱咂舌，刚还说忠人之事，这就结束了？她正狐疑这是什么状况时，乔萝温文尔雅的声音又缓缓传入耳中："只是我想和纪总说的那个人，他不是梅秋白，而是孟秋白。"

"孟秋白？"纪云深怔住。

乔萝泉水般的眼眸中有异光闪烁，看住他："现在，纪总是不是想听了？"

乔萝口中的孟秋白，命运坎坷得连傅筱筱眼中都有些雾气，更不用说一旁听得眼泪潸潸的顾景心了。

当然，顾景心心疼的自然是乔萝，而不是那个不知道叫孟秋白还是梅秋白的家伙。

秋白短暂的人生中，一多半的时候，是叫孟秋白。他的母亲孟茵和梅非奇是青梅竹马，长大顺理成章成婚，看似完美的婚姻却因孟茵的天生癔症而频生波澜。每次孟茵犯病时，嘴里念叨的都是另一个男人的名字，梅非奇心中难免有了隔阂，一次意外的亲子鉴定报告更让他怀疑秋白并非亲生。孟茵出自书香世家，傲骨嶙峋，与梅非奇龃龉之下，一气带着秋白离家出走。那年秋白母子飘零到一个名叫青阆的江南小镇上，遇到了乔萝和她的外公外婆。乔萝和秋白相识时，他便自称孟秋白，此后十数年，他对她的自称，都是孟秋白。青阆的那段时光应是秋白最屈辱自卑的日子，但乔萝在说起那段往事时，那穿透时光隐约可见的少年身影霁月风光，身上竟无一丝黑暗和仇恨的影子。

"后来呢？"纪云深问。

后来秋白为什么又回归了梅家？怎么又心甘情愿做了梅非奇的儿子？

"后来，我外公去世，我和外婆搬到了北京，茵姨在青阆镇无人依靠，她本就得癔症受人歧视，还因此丢了工作。秋白和茵姨生活拮据，更不用说花钱给茵姨看病。一次次病情延误治疗后，茵姨癔症加重，秋白自己无力控制，只能回S城求梅先生。"

"那人还认他做儿子？"

那人，自然是梅非奇。

乔箩淡然一哂："他们本就是父子，当年的亲子鉴定意外出错了而已，梅先生知错就改，当然全力挽回。"

就因为一纸医学报告，那人就能抛弃青梅竹马的妻子？抛弃曾经千娇万宠的儿子？甚至……还在那段时间造就了另一个荒谬的"意外"？

纪云深想到此处，总算明白了自己出身的契机在哪里，也明白了他和他妈妈在这段关系中存在的可笑和渺小。他双手忍不住紧紧握拳，双目中有无限恨意："秋白……怎么会原谅那人？"

"他没有和我说，但我想，他心里应该一直爱着他父亲的。何况，梅先生是个用情至深的人，在这段夫妻、父子的关系中或许反应过度、处理过激了，但至少他的心里是有他们的。"说到这里，乔萝看一眼纪云深，温柔地说，"也许，这就是你和秋白经历过的最大的不一样。"

纪云深冷冷一笑："乔总知道世上为什么会有我吗？"

乔萝略略沉默了下，才道："大概能猜到。"

"所以，我成为不了孟秋白，更成为不了梅秋白。"

乔萝眼中尽是了然，不过她还是轻声多问了一句："那您母亲是怎么想的呢？"

一句话，问得纪云深心头凛然一颤，脸上顿失了所有情绪。

"我和纪总一样，您少年时失去了母亲，我年少时失去了父亲。您和您的父亲矛盾重重不可弥合，我和我的母亲隔阂不少也难亲近。但每次我想逃避我母亲时，我总会想：父亲如果健在，会希望我和母亲的关系怎么相处。我爱我的父亲，为了他，我甘愿委屈和牺牲，因为只要我让母亲高兴，父亲在地下就会高兴。"

她以亲身经历来劝解他，对他如此推心置腹，怕也是看在他到底是秋白名义上的弟弟。纪云深听着不是没有动容，他沉沉叹了口气："章白云没有请错人，乔总真是最好的说客。不过有一点您可能不知道，我母亲是被梅非奇逼死的。乔总的父亲，肯定不是乔总的母亲逼死的吧？"

"自然不是。"乔萝听到他的话脸上露出后悔之意，"这点我不知道，很抱歉。"

梅非奇始终爱着秋白的母亲，却从不曾留一分情面给他的母亲,原来这才是他和秋白最大的不一样。乔萝为自己的妄自猜测和擅自定夺的说辞感到羞愧。纪云深道:"乔总不必抱歉,您是好心。至于秋白……如果他还活着,虽然我和他依然做不成兄弟,但我想我的日子会比现在好过很多。可惜,没有如果。"

如果梅秋白还活着,起码没有人会逼着他,认那人做父;如果那边的人都不在他眼前出现,他也能忘记所有的不堪,清清白白、安安稳稳地做人。

可惜,没有如果。

秋白人虽死了,但似乎还活在所有人心中。现在连纪云深,这个曾经对梅秋白满怀憎恨和嫉妒的人,也开始对他的死生出了无限遗憾。

| 第十一篇 |

第二次失业

纪云深在豪门社交圈一战成名,连远在欧洲旅行的傅时雨夫妇都毫无时差地知道了拍卖场上的事,两千万的项链对他们来说并不是个天文数字,但拍下来的是纪云深,站在纪云深身边与有荣焉的也分明是傅筱筱。傅时雨看到了信息忍不住跳脚:"无事献殷勤,非奸即盗!筱筱要首饰不会和我说?凭什么要他给!"

"你急什么?"卓文眉嗔道,"人家拍了项链也不一定就是给你女儿的啊。"

傅时雨闻言更怒了:"那他要给谁?他敢给别人试试看!"那小子让自家女儿去给他撑场面出尽风头了,如果这条项链最后不是戴在傅筱筱脖子上,如果让他们傅家成了笑话,傅时雨毫无疑问会打断纪云深的腿。

卓文眉斜睇:"你这人别不别扭?既不准他给筱筱献殷勤,又不准他把项链送给别人。那你到底是希望纪云深看重你女儿,还是不看重?"

傅时雨被她质问得瞠目结舌,气更不打一处来,转身出了房间门,去院子里的泳池游泳降火了。

自从上次父女促膝长谈不欢而散,傅时雨就断了和傅筱筱的私下联系。因此这次出面了解情况的只能是卓文眉。卓文眉给傅筱筱发微信语音:"筱筱啊,听说纪云深在嘉时酒会上给你拍了一条项链?"

国内此刻是午夜,时钟已经指向凌晨一点了,傅筱筱正对着梳妆台上的项链发呆,手机冷不防叮一声传来信息。她打开手机听到卓文眉的问话,转手拍张项链的照片发过去:"妈,一颗破石头,凭什么这么贵?"

凭什么?这父女说话的语气还真是一模一样。

再者,宝石稀不稀有先另说,这两千万里总有一半的钱是买了那个虚荣的名。

女儿既然没睡觉,卓文眉立即视频给她打过去,语重心长说:"筱筱啊,这名不正言不顺,你收受纪云深的重礼不好吧。"

"名倒不是不正,言也不是不顺……"傅筱筱纠结起来说话跟绕口令一样,"不过我确实受之有愧。应该还个什么对等的东西好呢?"

"送你就送你了,不用还。"

冷不防有清冷的男声从门口传来,傅筱筱魂魄飞了一半,转过头去,看到纪云深倚门而立。

卓文眉更是隔着万里时空被吓得面色苍白："大半夜的，谁在你房里？！"

纪云深本以为傅筱筱在自言自语，听到手机里卓文眉的声音这才知道窗户纸被他自己给暴力戳破了。他硬着头皮来见未来丈母娘："阿姨好，我是纪云深，这些日子借住在筱筱这里。"

屏幕里那张与闺女靠在一起的脸着实俊美无双，卓文眉看得呆了呆，还没反应"借住"两个字意味着什么，眼见傅时雨游了两圈已经从泳池里上来，她赶紧躲去里面的房间，低声怒斥那两个年轻人："你们在搞什么名堂？现在几点了？你们怎么还在一个房间？筱筱，你是女孩子，可不能乱来！"

傅筱筱无语地横一眼纪云深，都怪这家伙坏了事，这下好了，先斩后奏，父母不吓坏了才怪。

不过她安慰卓文眉的话也好不到哪里去："妈你放心哈，我们同住不同床。"

同住……卓文眉捂着胸口，这一秒真真觉得自己心脏有点不太好了。

挂了视频，傅筱筱对纪云深眨眨眼："我有预感，我爸妈好不容易得的这个假期应该快结束了。"

纪云深从身后抱着傅筱筱，轻轻叹息："他们是不是不愿意我们在一起？"

"他们不了解你呀，给他们一点时间。"傅筱筱握住他的手，着意安抚他的落寞，"也是我不好，我应该早早和他们报备一下的。放心，他们会接受你喜欢你的。"身后的人将下巴依偎在她肩膀上，两人静默半响，傅筱筱拍拍他的脸，"喂，你在想什么？"

"我在想，什么是俘获他们的最佳礼物？"

"想到了吗？"

"想到了。"纪云深将傅筱筱转过身来，眼睛一瞬不瞬地看着她。他本就黑沉沉的眸子此刻颜色更深更浓郁了，仿佛一团上好的墨水正在热烈泼洒。他的手缓缓从她肩头垂落，轻轻按在她的腹部。

傅筱筱冰雪聪明，恍悟过来脸上顿时如染红霞，一拳捶过去："你这登徒浪子，赶紧把脑子里那些不正经的念头给我洗掉！"

"我还登徒浪子？我多本分老实啊。"纪云深轻笑一声将她抱入怀里，低声道，"放心，肯定不是现在。"

其实成年男女在这个年纪，感情到这个份上，有什么进展都是水到渠成。不过刚刚被卓文眉耳提面命过，傅筱筱和纪云深终究还是有所顾忌，两个人腻歪一阵，到底还是分房睡觉了。

拍卖场上的余波次日依然在震荡，首先一波杀上来的，是倪姗。

次日清晨，傅筱筱吃早餐时接到倪姗的电话，手机里传来的尖锐叫声让傅筱筱耳膜都快破了，赶紧把手机离自己三尺远。

"两千万！两千万的项链是什么样子啊?!"倪姗在电话那头激动不已,"傅筱筱,你可以啊,甩掉一毛不拔的铁公鸡金豫,终于拿下一个出手阔绰的王老五!"还没等傅筱筱说任何话,倪姗又道,"你给我等着,姑奶奶正在去你家的路上!把宝石项链乖乖地放在桌上,等我去细细把玩!"

再然后,嘟嘟断线声从手机里传来。从头到尾,傅筱筱甚至连一个字都没来得及回应。

"你朋友来了?"纪云深一心三用,嘴里喝着牛奶麦片,眼睛看着电脑办公,耳朵还要关注傅筱筱的电话内容,"要不要我回避?"

"回避什么？正好你也应该认识认识我的闺密们了。"傅筱筱说到这里,突然瞥他一眼,"对了,你身边有没有什么人要介绍给我认识的?"

纪云深的心思大半确实用在工作应对上,眼睛认认真真地看着屏幕,嘴里回答不免有些敷衍:"我身边还有谁你不认识？叶晖？顾淮？齐期？"

傅筱筱一笑不言,收着自己的餐盘时,也顺手将他还没有吃完的早餐收走了。

纪云深去拿三明治的手落了空,这才诧异地看着她背对着自己洗碗的身影,终于意识到自己可能哪里说错话了。

难道是那句身边的人……纪云深无辜地心想,他一天到晚都在忙工作,身边确实除了同事没有其他人了啊。

倪姗风风火火进了傅筱筱的家门,一边换鞋一边叫嚷:"两千万的项链!快来快来吧,姑奶奶我来看你啦。"

她转过入户走廊看到客厅里正坐在沙发上对着电脑办公的男人,顿时石化。

第一反应是不是走错门了;第二反应是现在的小偷都这么帅这么嚣张了;第三反应:我的妈,纪云深!傅筱筱这妮子和人同居了!居然不提前招呼一声,害她毫无准备,还这么咋咋呼呼地进了门,丢脸,实在太丢脸了。

这个时候再改淑女路线已经来不及了,倪姗捂了把脸摇身一变,直接变成了狗腿记者。她从小包里取出一张随身带着的名片,点头哈腰递上去:"纪总,您好,我是傅筱筱的铁杆闺密,倪姗。久仰您大名,没想到真人真的是……啧啧,"她将纪云深从头到尾仔仔细细地扫一遍,浑圆的眼睛里全是由衷的赞赏,"真是太完美,太出色了。"

纪云深即便是再淡定的人,也被她打量得不甚自在。看在傅筱筱的面子上,他起身寒暄:"倪记者是吧,常听筱筱说起你。"

男神这样平易近人的话语神情让倪姗一时情商短路,顺着他的话问:"筱筱常说我什么?"

男神怔了一下,随即面不改色说:"胸中有丘壑,下笔如有神。"

"哪有哪有。"倪姗本能地谦虚,转念一想,却差点咬断了舌头。别人随口的寒暄她居然当真,也真是没谁了。但话到此处收不回去，她便顺着杆子往上爬，"既然如此，瞧在我和筱筱的交情上，请纪总务必给一次专访的机会。"

"没问题。"纪云深确实有点招架不住这样的自来熟，递给她一瓶水，随即拿起电脑准备闪避，"筱筱去房间换衣服了，你喝口水，稍等一下。"

"好的好的，您先忙。"倪姗心满意足喝着男神递过来的纯净水，仿佛饮着琼浆玉酿。

傅筱筱从房间拿着项链出来时，正见倪姗对着一瓶水在那里长吁短叹。

傅筱筱忍不住笑："这水还是你前段时间从超市里买回来的，怎么现在又一见钟情了？"

"傅筱筱！你可以啊，居然就直接同居了！"倪姗抓着傅筱筱的手，忍耐不住心中的激动，话音不禁有点高昂，随即意识到纪云深就在不远处的书房里，忙又压低声音，"这纪云深比新闻里的照片帅多啦，帅惨了……"

"比华远还帅？"

"呃，不分伯仲。"

说到华远，倪姗花痴的心思终于被冲淡了，有夫之妇的身份这样夸另一个男人确实不太好。她的注意力转移到傅筱筱放在茶几上的盒子："这就是那条项链？"

"嗯。"

倪姗打开盒子，也没见小说里描述的价值连城的珠宝必有刺人双目的光辉，她只觉得珍珠剔透浑圆，绿宝石晶莹清澈，好看是确实好看，但却不知道两千万的价值于此到底要怎么衡量。

倪姗边把玩边啧啧说："就这值一套北京豪宅？我还听说昨天拍卖场上最贵的珠宝落槌超过了八千万？那又是什么样的惊人宝物？"

"一套粉钻首饰，据说是欧洲一个伯爵夫人的传家宝。那还不是最贵的，最贵的是价值一亿二的一幅画。"

倪姗倒吸一口凉气："有钱人的世界真是搞不懂啊。"

"是啊，想不通啊。"傅筱筱从少年时大起大落过，虽然傅家早已经从当年的落魄中恢复元气，如今身家也不差，但也从没过这样视金钱如"粪土"的日子，此刻想着昨晚宴会上金钱流动的欲望和疯狂，她也觉得惆怅和茫然得很。

倪姗在三人的闺密群里宣布了纪云深和傅筱筱同居的爆炸信息后，童依依只在群里说了一句"赞"，其他什么八卦都没深究。这并不符合童依依一贯的作风，即便她不是倪姗那样说风就是雨的咋呼性子，但以她对傅筱筱的关心和缜密谨慎的作风，必然会打电话来询问傅筱筱其中细节，以断定纪云深究竟是否真心对待自己的好友。不过这一次，童依依却似乎无暇顾及傅筱筱和纪云深突飞猛进的进展。

对童依依反应的反常，倪姗还念叨着奇哉怪哉，傅筱筱却知道恒美十一之后就要递交 IPO 申请表，童依依现在怕是打盹的时间都没有，根本没有精力来对自己的事情追根究底。

长假后第一天上班，傅筱筱发觉同事们的眼神各有闪烁，等有人戏谑问她怎么不戴那条两千万的项链时，她才知道拍卖场上的新闻早长了翅膀，已然传得恒美众人皆知。

连孟飞澜都笑问傅筱筱："你和纪云深这是正式公布了？你们的关系向公司报备了吗？"

"不是只有夫妻关系才需要报备吗？"

"恋爱也需要。"

傅筱筱只好说："知道了，稍后我看下员工手册是个什么报备流程。"

长假后的第一个上班日总是异常繁忙，她忙得晕头转向，等有时间定下心来想孟飞澜说的报备一事，仔细去看员工手册，才发现根本没有这一条。她想不到，连孟飞澜都拿她和纪云深的事开涮了。

但没过几天，傅筱筱的邮箱确实多了一份要求报备关系的邮件，但不是她和纪云深的关系，而是她和傅时雨的关系。邮件是从人力资源部门发过来的，但抄送的人里面除了孟飞澜等相关高管外，居然还有总裁办公室。傅筱筱望着邮件的行文内容，心中默默叹了口气：自己这是得罪人了？

即便不是针对她，恐怕也是针对纪云深。

隶属梅氏集团的LH资本仅仅是百闻集团的最大投资人，并不参与直接运营。何况傅时雨是梅氏的顶层高管之一，他平时的关注重心也毫不在LH投资的这诸多项目上。而且，傅筱筱在恒美的工作主要是海外酒旅市场相关的合规工作，和外卖业务关联极浅，更谈不上与梅氏有任何的竞争关系，除了——两月前她加入的平台用工虚拟办公室外。

即便一身羽毛都是干干净净的，但此刻她身份背景被无端放大，确实让她在恒美的存在开始有些尴尬，尤其是在这IPO的关键节点。

邮件中HR以极严厉的措辞提醒她：除了要去人力资源部门走报备流程外，还需要暂时停止手头的所有工作。

孟飞澜这天正好去香港准备递交IPO申请表，并不在北京办公室，飞机落地时他看到条文里HR拉的沟通群在不断@他，里面讨论的内容正是傅筱筱的敏感背景，不由得也是微微一惊。

到了环球大厦印刷商的狭窄会议室，孟飞澜把童依依单独叫了出来，问道："筱筱是傅时雨的女儿，这事你知道吗？"

"知道啊，"花容月貌的童依依被最近接近极限的高强度工作折磨得奄奄一息，闻言有些莫名，"难道孟律师您不知道？"

孟飞澜的神色却有些不同寻常的慎重，他摘了金丝边眼镜，轻轻揉着眉宇。童依依见他这样头疼的模样，才明白孟飞澜大概是真的不知道傅筱筱的背景。她低声说："筱筱从大学时就当您是偶像，她说她是因您才学的法律，因您才想做律师。她还说您曾经对她家有过大恩，我还以为你们是旧识。"

"确实是旧识……"孟飞澜叹了口气，"我知道了，你先去忙吧。"

孟飞澜对傅时雨并不陌生，当年承金正康的邀请，刚到外资所的他接受了L城服装厂和澳洲贸易纠纷的案子，成功追回了八成债务。案件期间孟飞澜虽然极少去L城，但傅时雨却因为此事到北京奔波了无数回，两人关系也一度可称为朋友。不过后来孟飞澜去了美国，也就和傅时雨没有继续深交。

孟飞澜也是到此时才想明白，傅筱筱当年从那家如日中天的外资所出来，一路追随他从WB到恒美，原来还存有这样的因缘际会。

孟飞澜在条文里回复HR："傅筱筱的背景我清楚。请问傅筱筱是否做过对公司不利的事情？是否有任何敏感保密信息从她这边透露出去过？工作内容是否涉及与梅氏集团的经营领域？如果没有任何证据证明她工作有过失，那就无权干涉她的工作机会和工作内容，请立即恢复傅筱筱的工作权限。"

印刷商的会议室里正有无数的人带着无数的问题等着他，最后一轮的尽职审核需要丝毫无差，孟飞澜发完那条消息后，不得不立刻放下所有杂念，与IPO相关的各方中介投入到最后的A1表格和招股书细致入微的讨论中。

他相信，傅筱筱最强的专业领域就是劳动法，她应该知道如何保护好自己。

傅筱筱自从收到那封邮件后，条文办公系统立刻停止了她的登录使用权限，电脑也被公司安全监管部门的人拿走查看是否有信息外泄。

HR给她安排了一个面对面的沟通会，主要是要求她说明为何没有报备亲属在竞争对手公司工作的事。会上代表公司出面的竟有五个人，两名人力资源部门的同事，一名安全监管部门的同事，一名法务部处理劳动关系的同事以及来自总裁办公室的崔建远。

傅筱筱有点诚惶诚恐，自己这点事居然这样兴师动众，恒美某些部门真的是人员冗杂、工作太不饱和了吧。

崔建远倒是一如既往的和蔼可亲，对着她笑一笑："我是代表总裁办来旁听的，傅律师请别介意。"

傅筱筱对他点点头："不介意。"

人力资源部门的同事请崔建远坐在中间，会议正式开始，一边五人，一边一人，势力对比悬殊分明。

不等对方询问，傅筱筱却先开了口，她问的是安全监管部门的同事："我的电脑检查过了吗？有问题么？"

她的笔记本电脑正放在一旁，安全监管部门的同事被问得一个尴尬："我们查了一下，没有发现任何数据和敏感资料不当拷贝和外泄的情况。"

人力资源部门的同事说："虽然你入职后没有做过违规的事，但是未曾清楚报备你和竞争对手公司的人有亲属关系，是刻意隐瞒相关信息。而且你的offer当时走的特殊提报程序，除了孟总，没有任何人面试过你，这一点孟总也有失察的过失。"

傅筱筱却是不紧不慢地应对:"我记得入职时需要每位新员工填写一张表,里面有家庭关系一项。请问你们看了我入职时填的表了吗?"

人力资源部门的两位同事微微一愣,互相看一眼,都觉得疏忽大意的人可能不止孟飞澜这么简单了。傅筱筱拿出手机在历史照片里翻了翻,找到一张图片。

"我这个人做事一向比较小心,任何事情喜欢留证据。这是我入职填写的表格,里面关于我父亲身份写得清清楚楚。"傅筱筱将手机递给对面的人,"只不过这是纸质的填报资料,我入职那天新同事太多,可能你们没有来得及详细看。"

在电子化办公系统已然成熟的互联网企业,确实很少有人再去关注纸质的材料。而且如果走正常的面试程序,这些资料也早在第一轮面试之前就让候选人在线上填写过。傅筱筱入职流程太特殊,导致了这中间信息有了遗漏,但另一方面,也不得不说人力资源部门在入职纸质填写信息的这一环节实在形同虚设、浪费资源。

傅筱筱继续道:"而且,我入职的时候也签署了竞业禁止协议,我特意仔细看了竞业禁止的清单,里面并没有梅氏集团。如果梅氏在竞业禁止协议中都不存在,为什么如今却又说我父亲是竞争对手公司的人呢?"

人力资源部门的同事被问得哑口无言,法务部同事也确认:"确实竞业禁止协议中没有梅氏集团的名字。"

梅氏集团真正的竞争对手应该是叶氏企业,不过他们的主流业务都还是在制造业和房地产,并不在互联网领域。百闻和恒美的战争,梅氏、叶氏在后面以资本支持、暗中较量,但从不摆上桌面。所以恒美的竞业禁止协议中,当时并没有梅氏集团的名字。

"法务部可能需要在劳动合同相关协议上做调整了,"突然说话的是崔建远,他看着傅筱筱道,"傅律师您应该也明白,自从梅氏一手撮合百闻与即刻出行的流量交换,梅氏在百闻的董事局就不仅仅是战略投资人的地位这么简单了。"

他此刻说话的神态语气已并非方才的平易近人,总裁办的历练让他已有了些许当权者的姿态。

傅筱筱说:"即便如此,在公司大的原则未做调整前,我想我和孟律师的作为应该都没有什么错处。何况我主要的工作范畴和外卖业务无关,和梅氏也没有丝毫竞争关系,为了不影响工作进展,还请尽快恢复我的工作权限。"

"暂时可能不行,"说话的依然是崔建远,"这事等上了战略会后,才能定夺。"

就这点鸡毛蒜皮的事还需要上战略会?傅筱筱彻底无语。

崔建远看着她的眼神似乎也有些无奈,他叹了口气轻轻摇了摇头。

傅筱筱在他深远莫测的表情下有些顿悟,看来上面确实有神仙打架，她无辜遭殃，自己在恒美的职业生涯，很有可能到此为止了。

外卖业务团队这天有供应商大会，纪云深在京郊的酒店开了一天会，晚上又要和那些大供应商杯盏交错，等回到家时，已经将近凌晨了。

这个点了，傅筱筱居然还窝在沙发里看电影。纪云深看着那盘膝坐在沙发里的女子，忽明忽暗的光影勾勒着她姣好的容颜，往常的清澈明媚尽数不见，此夜似乎透着些不寻常的落寞孤独。他想着回来车上看到条文里那些乌七八糟的事，突然觉得愧疚和心疼，于是带着微微的醉意凑上前去，想要安慰安慰她，却不妨被她一掌推开。

她深蹙着眉，极嫌弃地说："一身酒臭，离我远点。"

纪云深笑了笑，转身去浴室冲了澡，再出来时，傅筱筱电影已经看完了，正对着落地窗外的夜色怔忡有思。

"是不是快失业了？"纪云深叹息一声，上前将她抱在怀中。

傅筱筱不无沮丧地说："我到恒美还不足一年，之前在WB也就是一年出点头。在哪家公司都不能长久，整个职业履历都被这互联网行业给祸害了。"

纪云深轻声笑："你难道怕自己找不到工作？实在找不到也没事，我养你。"

傅筱筱白他一眼："我们傅家的女人从来没有被包养的

习惯。我只是觉得不服气。"

"不服气?"纪云深勾了勾唇,"世事难料、人心叵测,我以为你当年经历过那样的事应该早明白。"

"这不是一回事。"傅筱筱说,"你以为我是为自己不服气吗?我是担心这事肯定不是冲着我,到底冲的你、还是冲的孟律师?我只怕给孟律师添麻烦。"

"就不担心给我添麻烦?"

傅筱筱含嗔望他一眼,纪云深顿觉心中一酥,柔声道:"放心吧,孟律师是叶晖三顾茅庐求来的,脸面比谁都大,没有人敢明目张胆得罪他。至于你,也不会有什么事,只是再在恒美工作,可能会有些尴尬。"

"谁稀罕恒美?"傅筱筱咬咬唇,"若不是因为孟律师在恒美,恒美的人跪地求我,我都不去。"

"若我跪地求呢?"

傅筱筱听到这里忍不住嫣然一笑:"你跪下看看,我考虑考虑。"

"会跪的,"纪云深抚着她乌黑柔软的长发说,"你且再耐心等等。"

傅筱筱脸上有些烧,忙岔开话题:"还有一件事,你也得当心。我的身份被公开后已经是这样的轩然大波。如果是你的身世呢?"

纪云深先前还情意深浓的目色刹那冷淡下来,傅筱筱握住他的手,轻轻叹口气:"云深,你要早做准备。"毕竟他到时面对的，可不似她只是丢一个职位，而是他这些年呕心沥血创造出来的心血。

正如傅筱筱所料，这周末的战略会上，就有人以此事为话柄向孟飞澜、纪云深发起了攻击。

说话的人是人力资源部门的副总裁，他说过这个月大体的人事流动情况和财税上的一些问题后，接着就抛出了傅筱筱的案子。

"傅筱筱是法务部负责海外业务合规的一位总监，级别并不是十分高，但是她父亲在梅氏的级别可不一般，是梅氏的执行总裁傅时雨，梅氏的三核心之一。这样的大小姐怎么就进了恒美？说出来可能所有人都会匪夷所思吧。"人力资源副总裁说到这里，看向孟飞澜，"孟总，这位傅小姐是跟着你从WB过来的，也是你的亲信之一，你在群里说早知道她的身份。那么以您的经验和敏感度，难道看不出这其中的风险？"

孟飞澜直截了当问："什么风险？"

"法务部接触的都是一线业务合同往来和业务合规，你们最清楚恒美所有合同中的条款漏洞和业务风险漏洞，这里面可有太多的把柄会被竞争对手利用。"

孟飞澜反问："目前在前线业务竞争的子弹中，有任何因为法务部的合规工作不给力或者合同审核不给力导致的不利事件吗？"

人力资源副总裁一时被问住，勉强道："现在没有，不代表未来没有。"

孟飞澜道："既然迄今为止都没发生过的事，你偏觉得未来会发生，我也无话可说。只不过，你要因未来一些天真的猜想去辞退一名从无过错的员工，如果这就是人力资源处理员工关系的方式，那我觉得恒美的员工关系可能要大大调整了。"

和公司法总针锋相对的人基本落不下什么好果子，尤其面对的是孟飞澜。人力资源副总裁被怼得满面通红，憋出一句道："孟总这是要竭力保傅筱筱了？"

孟飞澜冷笑："傅筱筱需要我保？你也说了她是傅时雨的女儿，难道人家出去找不到工作？非需要在我司捧这碗饭？我只是可惜恒美少了一个可用之才而已。"

"可用之才？"谭青阳忽凉凉笑了一声，"只是怕不是恒美的可用之才，而是梅氏的可用之才。"

众人不约而同将视线望向他，纪云深那两道目光格外清冷。

谭青阳却掉头问顾淮："顾总，XDW 收购案便是这位傅筱筱律师吧。"

顾淮和孟飞澜都是昨天在港交所递交了 IPO 申请表后赶回来开战略会的，孟飞澜到香港不过临门一脚的工作，顾淮却是没日没夜忙碌了整整一周。而且在战略会一开始，顾淮就花费大半个小时汇报了 IPO 项目进展及接下去的港交所聆讯和路演安排，体力和脑力此刻都透支严重，正昏昏沉沉地暗中打瞌睡，被谭青阳突然一问，顿如一盆冷水兜头浇过来。

"什么？"他不耐烦地揉着额头说，"傅律师怎么了？"

"XDW 的法律尽职调查报告，最终让我们决定不收购的，是傅律师负责的吗？"

"是啊，有问题吗？"顾淮从美国回来后一门心思都在 IPO 上，确实没有关注 XDW 的后续。

"后来 XDW 却被 EP 收购了，这么大现金流的收购案，知道是谁给 EP 出的资金么，是梅氏旗下的 LH 资本。"

办公室里顿时有了些交头接耳，孟飞澜还未说什么，顾淮已皱眉道："这和傅律师有什么关系？"

"傅律师的父亲是梅氏执行总裁傅时雨，这么大的投资，LH 资本的报批预算必须要有梅非奇和傅时雨的认可。"谭青阳挑着眉，话里话外都机锋，"而且 EP 收购 XDW 的动作很迅速，在我们中止邀约后一个月就完成了收购案。这件事难道不诡异吗？即便傅律师没有把这件事透露给她爸，那她判断 EP 对 XDW 的巨大法律风险会导致收购方的利益损失，现在看来也是一个失误。"

"傅时雨是傅筱筱的爸？傅筱筱是傅时雨的女儿？"顾淮睁大眼睛，似乎乍然听了个不得了的大新闻，说话颠来倒去的，"原来她是傅家的小姐，难怪对我……难怪这样厉害。"

他话说到一半遇到叶晖深邃的目光，顿悟自己还在战略会上，忙收了胡言乱语的心。谭青阳却被他插科打诨给气得面色铁青，提醒道："我们在说XDW收购案。"

"是，"顾淮说，"XDW既然被我们拒了，趁机接受EP的邀约，这有什么问题吗？"

敢情他刚刚就听到了自己的第一句话？谭青阳放弃和他沟通，直接对叶晖道："无论如何，这样敏感的身份在恒美确实不妥。即便XDW收购案和她无关，后续若出现其他类似的事，没有人可以解释明白。"

叶晖点点头，温言对孟飞澜道："傅律师确实不适合再在恒美工作，孟律师，对这事我也很遗憾。不过傅律师对恒美的贡献，我们也不会无视。"他转头对人力资源副总裁道："傅律师情况特殊，我们不能走辞退流程，双方坐下谈谈，协商解决，好聚好散吧。"

"好的晖哥。"人力资源副总裁答应下。

谭青阳却瞥眼看着纪云深："可是傅律师现在却是我们重要业务部门负责人的家眷，这样的敏感关系，纪总可要处理好了，别像XDW收购案一样，以后落下什么让人诟病的机会。"

纪云深淡淡一笑，到此刻方说了第一句话："放心，定不会如你所愿。"

傅筱筱就这样收到了人生第三份离职证明，以及一笔数目可观的补偿费。

这一次的离职干脆利落，连交接工作的阶段也省却了。傅筱筱几乎是一瞬间从工作狂变成无业游民，不免有些茫然。纪云深问她接下去有什么计划，她想了想，说："不如去念个经济学博士？"

纪云深斜眼："你读书还没读够？念这么多博士，想做专家学者？"

"不可以吗？"傅筱筱毕业四年，换了三份工作，也算是折腾够了，"职场上人心险恶、变化太多，还是象牙塔来得安稳惬意。"

纪云深因她一句话想得深远，心道：如果将来成了家有了孩子，的确很难兼顾两人的事业，如果一个在商场，一个在学术圈，这样搭配倒是绝佳。想到这里，他豁然开朗，准备全力支持她的计划："你想出去念书，还是在国内念？"还没等她回答，他又道，"我念博士的那些学术资料都还在酒店里，反正不去住了，你这几天有时间就去帮我收拾一下，把东西都搬过来吧。"

傅筱筱哼道："你真会使唤人。"

"那些都是我的宝贝，交给别人我也不放心。筱筱，以后就要依赖你持家有方了。"纪云深将脸埋在她的颈窝里，深深呼吸着她身上的香气。

岁月静好，有侣如此，现在这样的状态，是他此生从未感受过的安定满足。

傅筱筱本以为卓文眉知道了她和纪云深同居的事后定会第一时间杀回国,谁知道老夫妻俩依然在欧洲玩得优哉游哉,根本没有一丝要回国的心思。不过卓文眉却也记得在微信上日行一嘱:傅筱筱你要保守底线,注意分寸。傅筱筱先还觉得奇怪,以傅时雨的脾气,怎么会这样平波无澜,后来等卓文眉和她视频时神神秘秘压低了嗓音便明白了,傅时雨怕到现在还不知道自己和纪云深同居的事。

卓文眉对纪云深的忌讳不像傅时雨那样深刻,在她这个年龄,看到有事业有上进心而且又年轻帅气的年轻人岂有不喜欢的。即便纪云深身世复杂了些,但卓文眉也顾念当初纪云深对傅筱筱的救命之恩,觉得这两个孩子冥冥之中或许就是有一生的缘分。因而斟酌良久,卓文眉还是决定先不去管束,让两个年轻人自己去走自己的路。更何况,卓文眉也担心傅时雨知道事情后暴跳如雷、血压升高,这欧洲是异国他乡,既无相熟的医生,也无信得过的亲朋好友,卓文眉心道傅时雨即便要发作此事,也要等回国发作才妥当。

不过即便卓文眉瞒得死死的,在瑞士滑雪的那天,傅时雨血压也险些升高,因为有人跟他通风报信:你闺女再次失业了。

等傅时雨弄清楚,恒美居然是因为他和筱筱的父女关系而让她离职,一时气得他五脏生疼。好好的闺女培养成才,放着一流的外资所不待,也不去他安排的顶级投行和咨询机构,非得要跟着孟飞澜去互联网公司做小小法务,还勒令他

第十一篇　第二次失业

不能和孟飞澜打招呼。傅筱筱辛辛苦苦这些年，就拼搏出来个被人扫地出门的结果。傅时雨一时心疼一时又心塞，想要给叶氏打个电话问问究竟怎么回事，念头一转，却又叹气。

算了吧，儿孙自有儿孙福。都是傅筱筱自己选择的路，无论前方怎么坎坷不平，她也要自己走下去。难不成他能庇佑她终老不成？只是这个事，傅时雨打定主意不能让卓文眉知道，不然一向以女儿为傲的她也会膈应死。

夫妻俩思维惊人地一致，卓文眉和傅时雨各自按捺着闺女的秘密不让彼此知道，心思重了，这一路游玩也就格外疲累。

傅筱筱远在国内，对父母心底的官司全然不知，而且她虽赋闲在家了，但眼前的麻烦事可一样没减少，比如——眼前平白无故多出一个情敌。

倪姗说得没错，对她傅筱筱而言，总是福无双至、祸不单行。上一次失业恰逢前男友另结新欢，这一次失业则与情敌狭路相逢。

事情要从那一日傅筱筱去酒店给纪云深收拾他的宝贝说起。

纪云深早没了家，所有家当都放在这酒店的套房里。除了上千本堆垒起来小山似的书，他的衣物行李收拾下来，也不过三四个大号行李箱的容量。傅筱筱收拾完衣物，看到衣柜里还有一个保险箱，密码锁住，应该还存着紧要的东西。

傅筱筱正琢磨着保险箱如何处置时，身后突然传来一人温婉和润的声音:"是要打开保险箱吗?密码是0616。"

这套房是酒店最大的套间之一,衣帽间离房门极远,傅筱筱并没有听到有人按门铃的声响。且或许地毯铺得太厚,她也没有察觉有人走动的脚步声,因此声音从背后传来时,她不免狠狠吓了一跳。

傅筱筱转身看着来人,惊疑未定:"你是谁?怎么进来的?"

来人是个身量纤细的女子,戴着墨镜,她红唇微扬时,即便看不清眉眼,也知道这张脸的笑容足以倾城。她举了一下手上薄薄的卡片,说:"我有备用卡,所以没按门铃。如果方才吓到你了,那很抱歉。"

傅筱筱骤然恍悟过来她是谁,惊疑过后,便是尴尬:"云深没有告诉我,今天会有客人来。"

"我应该不算客人,这间房一直是我定的。"来人又是微微一笑,她摘了脸上的墨镜,露出让傅筱筱再一次感到惊艳的眉眼。只不过这一次不是广告牌,真人亭亭玉立站在她面前,眸光流转如云霭缥缈,满是让人移不开眼的温柔多情。

沈曼也在打量傅筱筱,片刻后,她又将目光落在保险箱上:"其实这里面都是些旧物,不看也罢。"

傅筱筱不免解释一下:"我并不是对里面的东西感兴趣,只是云深让我来收拾他的东西,我不知道这个保险箱是酒店的还是他自己买的,能不能带走?"

沈曼面上笑意一直保持着三分,不冷不热,不咸不淡,也让人看不出她一分外泄的情绪。她告诉傅筱筱："保险箱是当年我和云深一起买的，不是酒店的，你可以拿走。"

这话下的熟稔亲密，让傅筱筱心绪开始控制不住地波动。

沈曼待要再说话，却听客厅里有小孩大声地叫唤："妈妈！妈妈！"声音由远到近，一道小小的蓝色身影风一般跑进来，抱住沈曼的腿："妈妈，你怎么还不出来啊？我们不是来找爸爸吃饭吗？"

沈曼弯腰抚着他的脑袋，柔声说："爸爸不在，妈妈和这个阿姨说几句话。"

"阿姨？"男孩不过四五岁，稚嫩的面孔十分精致俊秀，乌黑的眼睛悄悄打量傅筱筱，"妈妈，这个阿姨是谁啊？我爸呢？"

"爸爸还在上班，这位阿姨……"沈曼若有所思地看着傅筱筱，"是爸爸的好朋友吧。"

傅筱筱大概猜到了男孩的身世，走近前，蹲下身温柔地看着他："你好啊小朋友，我们第一次见面，相互认识一下好不好？我叫筱筱，你叫什么名字？"

"我叫南南，纪忆南。"

他姓纪，叫纪云深爸爸。

傅筱筱对着小男孩狐疑警惕的目光，微微一笑说："很高兴认识你，纪忆南小朋友。"她重新站起身，这时方对沈曼伸出手："你好，沈小姐，也很高兴今天能见到你。"

"你好，傅小姐，久仰了。"

好吧，她们原来都知道对方的存在。

傅筱筱深深吸口气，勉强把持住正在郁郁下垂的五脏六腑。

沈曼说："我们去客厅聊会儿？"

"好啊。"傅筱筱从不是临阵脱逃的人。

两人到了客厅，沈曼从冰箱拿出饮料和矿泉水，又打电话叫了房间服务，给纪忆南要了蛋糕和冰淇淋，这才对傅筱筱说："前天酒店的服务员打电话给我说云深很久没有回来这里，问我还要不要续住，所以今天我来看看。云深并不知道我今天来，我也不知道你在帮他收拾东西，不好意思刚才打扰到你了。"

她即便现在早不是明星了，但举止说话都仍自带气场，尤其是此刻她端庄大方地坐在玻璃窗前的沙发上，午后阳光笼罩她周身，望着隐觉有光芒在闪耀。

她娓娓道来，一口一个"云深"，旁边还有个天真漂亮的儿子不时发问："妈妈，爸爸不知道我们来吗？你怎么不告诉他？你不是说让他带我去吃饭吗？你快给他打电话，我好想他，他肯定也想我啦。"

此情此景，傅筱筱一时恍惚，感觉自己是误入三口之家的不速之客。

傅筱筱只得告诉沈曼："云深已经搬到我那里了，他应该提前和你说一声的。"

沈曼眸眼一扬,轻笑说:"这件事,云深可能不知道怎么和我说。"

"他没有说是他不对,我代云深和你道个歉。"傅筱筱看了下手机上的信息提示,"我叫的搬家公司十五分钟后就到了,待会儿东西搬走后,沈小姐就可以把房间退了。"

沈曼再认真打量一眼傅筱筱,忽然叹口气:"师妹,你还真如十几年前一般,这样不谙世事啊。"

"师妹?"傅筱筱愣了一下,"我们之前认识吗?"

沈曼不无讽刺地说:"当然只是我认识师妹,师妹是 L 城第一企业家傅一亿的女儿,怎么会认识我们这些住在狭窄弄堂的穷人呢?"

傅一亿——傅筱筱面色顿敛,这个称呼她太久没有听到了,已经学不会当初的风轻云淡了。

傅筱筱道:"你也是 L 城人?"

沈曼微微斜侧的脸被阳光纤毫入微地照着,这让她看起来十分地明媚动人,她一字一句说:"我不仅是 L 城人,还是云深的邻居,从他出生即相识。我和他之间的情谊,似乎轮不到旁人来代替道歉。"

傅筱筱不是没遇到过情敌,她前男友金豫是比纪云深更招人的性格样貌,身边自然不少狂蜂乱蝶。但是她那时根本就不怎么把男女之情放心上,对金豫也是依赖多过依恋,因此那些莺莺燕燕的应对全靠金豫的自觉。而纪云深却不同——

他已经存在于她的心底,动辄牵扯她的情绪心境,是能叫她欢喜甜蜜也能叫她六神无主猜测万端的人。因而此刻傅筱筱对着这沈曼,才真真正正第一次知道了情敌存在的堵心是什么滋味。

既然沈曼话都说到那个份上了,傅筱筱也无须再好言好语地应对,搬家公司到了后,她把纪云深的东西一件不落地都拉走了,临了对沈曼说:"既然我替纪云深和你说不了什么话,我和你又是素昧平生,多说没必要。只希望此前不曾相识,此后也不会再见。"

她和她怎么会再也不见呢?沈曼只是婉转一笑,看着她关门而去。

|第十二篇|
命运多舛

纪云深这几天不在北京,正在新加坡谈一笔新的融资。三角关系缺一位当事人,傅筱筱独自愁肠百结也无用,便将沈曼带来的烦恼抛诸脑后,自去忙她的事。她既然打算要继续念书,便开始全网比对专业、学校和师资,八九年前DIY留学的准备流程历历在目,重新操作起来并不费劲。

除此之外,她还要处理纪云深的书。

上千本书籍被搬家公司装入三十个硬纸箱,傅筱筱一天拆四五个,拆到第五天,书房闲置的书架上再无摆放空间。傅筱筱习惯将书分门别类,一本本看过书名,才知纪云深涉猎广博无所不纳,除了本职的经济学书籍外,哲学、历史、音乐、建筑、艺术鉴赏等等,所有门类的书籍简直无一不含。傅筱筱都怀疑,一个人匆匆这些年的时间,要怎么废寝忘食、怎么一目十行,才能看完这些书?

她也才知道纪云深酷爱历史书籍,尤其是三国魏晋南北朝历史，历史名家田余庆、逯耀东、周一良、唐长儒的那些书和史料里，他居然还密密麻麻写满了札记。傅筱筱忍不住感慨此人还真是个做学术的料子，可惜被移动互联网的浪潮改了命。

这天她正翻着一本书闲阅时，冷不防接到一个来自陌生号码的电话。

"喂，傅小姐。"

苍老的声音微微有些沙哑，似曾相识，傅筱筱略想一想，便反应过来："费老？"

费长海贸然打电话来，是邀请傅筱筱前往国贸大酒店见梅非奇。梅非奇今天正在北京参加一个财经年会，是主办方特邀的演讲嘉宾。按照傅时雨和梅氏的关系，梅非奇、费长海等人，都算是傅筱筱名副其实的长辈，且此刻费长海的语气诚恳非常，安排来接她的车和人也都到她家小区门口了，傅筱筱要说拒绝，一时也张不了这个口。

她只好下楼上车，去了国贸的酒店。

像梅非奇这样的身份，自然不可能参与任何一个活动的全程，主办方给他安排了专属休息室，傅筱筱跟着工作人员进入时，不知为何竟紧张得深深呼吸了一口气。要知无论是杂志的照片上、新闻的播放上还是从纪云深偶尔吐露的"那人"的做派上，梅非奇都是个威严至极不苟言笑的人，而且他和纪云深是那样深刻而又别扭的关系——这让不擅长处理人情世故的傅筱筱感到压力山大。

贵宾室里梅非奇和费长海正商量着事，见到傅筱筱进来，梅非奇对费长海叹道："早听说傅家姑娘才貌双全，今日一见果然名不虚传。"

费长海也笑得一脸和蔼："是啊，自从见筱筱第一面，即便不知道她的身份，也觉得是个有缘的。"

傅筱筱忙上前拜会："梅先生好，费老好。抱歉之前一直没有机会跟随我爸拜会梅先生和费老，是筱筱的过失。"

"是时雨藏珠于蚌，这样好的闺女，要是我也不想让等闲人给觊觎了，"梅非奇指指一旁的沙发，对她微笑，"别叫梅先生了，你该叫我叔叔。"

"好的，梅叔叔。"傅筱筱这才坐下。

眼前的梅非奇儒雅可亲，和她想象的浑然不同。而且他和纪云深长得有六七分像，即便他现在容貌因为不可逆的时光衰老了些，但五官依然可见往日的隽永风华。

傅筱筱略放松了些，含笑说："这次论坛的主办方想必诚意十足，竟能邀请到梅叔叔出来参加。"

"我和你一样，之前不出来，是瞧不上这个圈子。"梅非奇双目望向傅筱筱时，黑沉沉的眼瞳和纪云深一般无二的深刻悠远，"这圈子看起来浮华满目，实则尔虞我诈、朝秦暮楚，一言一行都是大作公关秀，实在无聊得很。不过为了一些人、一些事，我们偶尔却也要牺牲自己来迁就一下，但最重要的是能守住本心不为所动。"

傅筱筱说："梅叔叔是瞧不上，我可不敢这样说。只是有人天生喜欢社交,有人天生不喜欢。我就是属于后者。不过,"她话音一转,嫣然笑道,"像您说的一样,为了一些人、一些事,以后我会多多出来学习的。"

"是因为云深吗?"梅非奇说话从来直截了当,"嘉时拍卖会上,你和云深在一起,确实给他长脸。"

想起那条两千万的项链,傅筱筱脸上一热,抿紧红唇不说话了。

梅非奇适时转移话题:"我听说你最近从恒美离职了,如今找好下家了吗?"

"还没有,我现在的计划是去念书。"

"念什么?"

"还没想好。"傅筱筱当时和纪云深说念经济学博士,不过一时戏言。

"其实最好的课堂一直都在社会,在职场,在人和人真实的交往、事件实践的处理上。"梅非奇循循善诱,"这次找你过来,是有个工作机会想介绍给你,不知道你愿不愿意试一试?"

"什么机会?"

"梅氏董事会秘书。"

傅筱筱怔了一下,随即道:"梅叔叔真是太高看我了。我毫无财务知识,连一般的上市公司董秘也无法胜任,更不可能说梅氏这样大的集团了。"

她语气委婉,但拒绝的话却是没有商榷的余地。梅非奇道:"你再考虑考虑,我这个邀约,一直有效。当然,等时雨回国后,我也会和他商量一下的。"

聊到此时,有主办方的人员来提醒梅非奇上场的时间到了。梅非奇扣紧西服起身,对傅筱筱说:"你要是还有时间,一起去听听?"

这个邀约傅筱筱倒是能轻松应对,笑道:"好啊。"

今天这个场合并不是对公众开放的论坛,傅筱筱跟着梅非奇进场时,放眼望去,商界大佬、精英新秀比比皆是。恒美的谭青阳也在主席台下的第二排嘉宾位子上,傅筱筱在工作人员的带领下经过前面的嘉宾位时,正见谭青阳倾身和他前排位子上的人低声耳语。素来冷心冷面的谭青阳面对那人,竟满是谨慎尊敬的模样。傅筱筱心中大奇,望一眼那人的名牌,见上面赫然写着——叶楚卿。

这便是传闻中那位叶氏的掌权者,听说是叶晖的小叔叔,没想到看起来竟这般年轻。

梅非奇和他一比,真的算是垂垂老矣了。

主席台上光影变幻,梅非奇登上演讲台,台下掌声雷动。他已经许多年不出席这样的场合,整个会场此时满满当当座无空席,都是冲着这位神龙见首不见尾的商界奇人。傅筱筱找到了位子坐下,看着站在台上被耀眼的灯光照得如同神祇的梅非奇,只觉他面容孤冷、目色如渊,正如她此前想象的是可望不可即且深不可测的人物。

傅筱筱一时恍惚,突然觉得方才和自己闲聊的那大叔都像是另有其人了。

傅时雨在国外不过一个月,回来后感觉天地已变色。

先是飞机落地北京后,还在跑道上,卓文眉就告诉他,傅筱筱和纪云深正式走到一起了。傅时雨好不容易压住陡然上升的血压,正要细问到底怎么回事时,手机上又收到好事的老友发来一条消息,他打开一看,竟是傅筱筱和梅非奇一起出现在顶级企业家的财富年会上的照片。

傅时雨顿时有些心绞痛,自家闺女看来是真的要被梅家父子给拐走了,自己给梅氏打工半辈子不算,这下还搭上了自己的女儿。

傅时雨又悔又恨,揉着额头忍不住想:要是自己不负气去一趟欧洲,是不是世事就不会变化这么快?

他的秘书早在机场外候着,夫妻俩上了车,卓文眉把降压药和水都递到他面前:"瞧你醋的。女大不中留,难道你刚知道?"

傅时雨怒道:"留不住也不给他们梅家!"

那父子俩,都是狼子野心的阴谋家,他家闺女怎么能是他们的对手?

傅时雨一个月前为什么要给自己放假,就是因为梅非奇从费长海那知道了自家闺女和纪云深走得近的事,也开始打他闺女的算盘。梅非奇找傅时雨商量,想要利用傅筱筱把纪云深引回梅氏,傅时雨对此断然拒绝。十年搭档一朝反目,傅时雨索性撂挑子去欧洲修养了一个月，岂料回来后面临着更让他后悔不迭的局面。

傅时雨现在都开始怀疑，是不是梅非奇暗中使了什么手段，否则恒美怎么突然这么作，居然让他闺女丢了工作。

一路压抑着怒火直奔傅筱筱的住宅，闺女没见着，倒是看见那枚"眼中钉"正施施然站在吧台旁喝着水，他身边放着一个行李箱，似乎也是刚刚到家的模样。

纪云深听到门响本以为是傅筱筱，没想到转身却见到瞠目结舌看着自己的老夫妻俩，他愣了一秒反应过来："傅叔叔，卓阿姨？"

"你……"傅时雨伸手指着这望文生义的家伙，心里诸感交杂，此刻倒不知道该说什么好了。

"筱筱不在家啊？"卓文眉暗中对纪云深使了个眼色。

纪云深这才想着招呼他们沙发上坐，端茶递水，然后道："傅筱筱被那人请走了，还没回来。"

看来他也知道梅非奇此刻正玩的把戏，傅时雨哼了一声："'那人'，不是你亲爹么？"

纪云深听到这句话，脸上的神色一时变化多端，傅时雨看得赏心悦目，心中终于舒畅了些。卓文眉拿起手机给傅筱筱打电话："喂，筱筱啊……我和你爸回来了……在北京，正在家里呢……我们在和云深说话，你没事了也抓紧时间回来吧，晚上一起吃个饭。"

这电话打过去无疑是催命符，傅筱筱抓了包赶紧和梅非奇告辞，争分夺秒往回赶。不过北京的交通岂是能让人畅通无阻的，等傅筱筱气喘吁吁赶到家时，已经是一个小时后的事情了。

她打开门，看见那三人正坐在客厅里聊着天，有卓文眉在旁周旋，傅时雨和纪云深同处一室，倒也没有想象中的冷场和尴尬。

傅筱筱回来后，傅时雨一眼也不看她，对卓文眉说："走吧，吃饭去。"

卓文眉拍拍傅筱筱的手，和傅时雨先走了。

纪云深望着傅筱筱，目色也很深刻："你刚刚去哪里了？"

看他这副样子就是明知故问，傅筱筱轻轻一哼，反问："保险箱密码是怎么回事？"

纪云深听着她的话一时茫然，皱着眉想了想，依然不明所以："哪个保险箱？"

"酒店那个！"傅筱筱瞪他一眼，转身就走。

纪云深赶紧去拉她的手："你怎么知道密码？"

"你说呢？"傅筱筱感受到纪云深握住自己的手骤然紧了紧，脑中又多想了几分，心底难免隐隐作痛。

傅时雨见他们手拉手走出来，低声对卓文眉道："你看看，你看看，这样腻腻歪歪的，没点稳重！"

卓文眉横他一眼："你再这样我牙关都要酸倒了，没见过你这样醋的老丈人。"

"什么老丈人？！"傅时雨口风甚紧一丝不松，"八字还没一撇呢!"

晚餐订在四环边一个楼榭古雅、草木幽深的私家公馆,四人入了包间刚刚落座,服务员又轻轻推开门,引了一人进来。

"我的贵客来了!"傅时雨起身大笑。

傅筱筱看见贵客的面容,吃了一惊:"孟律师?"

孟飞澜进来一见屋子里的人,忍不住打趣:"呦,这是傅家的家宴呢。"

傅筱筱和纪云深都没想到孟飞澜突然出现,两人赶紧相迎。傅时雨握着孟飞澜的手再三道歉:"老孟,真是对不住了!这次又给你添麻烦了吧?筱筱她也没和我说,原来这一路都在跟着你做事。"

孟飞澜笑道:"她也没和我说,原来她是你傅时雨的女儿。"

傅时雨说:"待会儿让她给你赔罪,给你敬酒。"

傅筱筱已经戒酒一年了,正犹豫着今晚要不要破戒,一旁纪云深已道:"筱筱戒酒了,待会儿我来替她。"

傅时雨心底暗骂贼小子又献殷勤,嘴里却说:"好好,待会儿多喝几杯,不醉不归。"

孟飞澜哈哈一笑:"老傅你真是好福气,女儿女婿都这样出众,不愁后继无人啦。"

"哪里哪里。"傅时雨听到"女婿"两个字又是一阵心绞痛。

傅筱筱因为隐瞒亲属身份一事被恒美辞退,虽则她自认为没有过错,但也觉得十分对不起孟飞澜的关照和提拔。她心里这些日子也一直琢磨着该如何和孟飞澜当面道歉,不料傅时雨一回国就给安排了饭局。

孟飞澜在傅筱筱身边落座:"最近如何?"

"还好,在准备继续念书的事。"

"多学点东西总没有错。多看看未知的领域,眼界开阔,才能更明白法律与世间万物如何融会贯通。"孟飞澜很满意她的计划。

"是啊,之前做很多事都已经开始力不从心,我想多读读书,想明白到底是为什么。"

孟飞澜一笑:"这世上不是所有的事都要求个明白彻底的。筱筱,以前不知道你为什么做事这样执着,现在知道了,你和你爸算是一脉相承。只不过老傅是把这样的执着用在事业上,你呢,用在了方方面面,这样对自己要求未免太高了。尤其是在生活中,对感情,对一些人,适当糊涂,适当圆滑,还是必要的。"

这样的谆谆教诲以后怕是难得了,傅筱筱眸中酸涩,一时都有湿雾笼罩眼前。她轻声说:"孟叔叔,之前隐瞒身份真是对不起。"

孟飞澜叹道:"这有什么对不起的?现在职场谁知道谁的父母是谁,我也从不问下属这些事。不过你有这样的背景,却甘心从头做起、从初级职位做起,真的很不容易了。"

傅时雨也是长长叹了口气，这孟飞澜看起来倒比自己这个做父亲的还要懂闺女，他心底又有些不是滋味了，忙说："不说了不说了，这傻丫头看起来都要哭了，我们喝酒！"

纪云深陪着两位长辈干了一杯，又亲自给孟飞澜和傅时雨再斟满酒。

孟飞澜含笑打量他："这还是第一次有这样的荣幸，能得我们纪总亲自服务。"

纪云深道："两位一位是筱筱父亲一位是筱筱师长，我服务你们，都是应该的。"

能让傲气十足的纪云深说出这样的话，傅筱筱的终身是可以托付了。孟飞澜笑一笑，与傅时雨碰杯，再次一饮而尽。

没想到今日就这样见了双方家长，虽和传统会亲有些区别，但毕竟到了此刻，纪云深傅筱筱两人的关系才在双方至亲的心中正式挂上号。吃完饭回到家中，两人都有些疲惫，瘫倒在沙发上，互视对方的眉眼，各有些意味不明的纠缠藏在其间。

纪云深先问："你觉得，你爸妈对我还满意吗？"

"要是不满意，也不会让你一起吃饭了。"

"真的？"纪云深勾了勾唇，似笑非笑道，"我看你爸对我还是吹胡子瞪眼的，看起来没一点瞧得上我。话说回来，傅叔叔喜欢的难道是段祺年那样的？"

华而不实，绣花枕头，而且——风流浪荡不羁？"

傅筱筱忍不住一拳砸在他胸口："胡说八道！我爸当时找段祺年，还不是被你们梅家吓怕了。"

"我这样的身世——"纪云深拉过她抱入怀中，低头轻吻她的额头，"委屈你了。"

这算什么委屈？对傅筱筱来说，这些根本不算事，只是心底的隔阂倒有一处，却是因为沈曼。她正要问沈曼的事，却又听他在耳边低沉沉地说："那人，对你满意吗？"

傅筱筱玩笑道："我这样人见人爱，梅叔叔怎么可能不满意。"

"梅叔叔？！"纪云深冷冷一笑，抱着她的手臂微微松了些，"他找你到底什么事？"

"他想让我去梅氏做董秘。"

纪云深哼道："真是异想天开。"

"怎么就异想天开？纪云深，你觉得他为什么发出这个邀约？是真的看重我，还是因为你？"傅筱筱坐直身体看着他，"我今天见到的梅叔叔，和你形容的那人有些不同……"

她还未细说，纪云深已豁然起身，浑身凛冽的气势让傅筱筱不禁一个瑟瑟。

他冷冷道："时间也不早了，睡觉吧。"

傅筱筱眼睁睁见他这样扬长而去，心里不知什么滋味，她原本以为两人已经到了坦诚相待、言无不尽的地步，但在他看来，可能依然隔了山隔了海，尤其是那些往事，雾里看花、水中望月，彼此最初的模样原来是这样的模糊不辨。

第二天傅时雨夫妇就要回S市，机场送别时，傅时雨对纪云深缺席送机很不满："姓纪的就那么忙？"

纪云深今天很早就出了门，在微信上给傅筱筱留言是：有站点的外卖配送员在闹罢工，要去紧急处理。纪云深需要亲自去处理，傅筱筱也是理解的。只是傅时雨这样三番两次找碴实在让她头疼，索性直接怼道："爸，是不是我记忆有问题啊？难道以前金豫送过您？"

傅时雨噎得一句话都说不出来，卓文眉忙柔声劝他："你以前体谅金豫忙，云深的工作难道比金豫轻松？算啦，不要和小辈斤斤计较啦。"

傅时雨掉头就去了贵宾室，卓文眉对傅筱筱叮嘱道："云深是个好孩子，不过……他经历也着实坎坷，你要好好焐热他的那颗心，别太刁钻太任性，两个人相处总归要相互迁就相互包容的。"

"我知道，你放心。"傅筱筱看着傅时雨的背影，无奈叹口气，"妈你也帮忙劝劝爸，何必和云深计较呢？一切都是我的选择，和云深有什么关系？"

"你爸啊，是担心你被人卖掉还帮人数钱。他就是太爱你了，所以和梅家斤斤计较，不过我会劝说他的。"卓文眉温婉笑道，"还有啊，你和云深年纪也老大不小了，如果真的喜欢对方，那就抓紧时间办手续吧。回S市后，梅先生和你爸那边，我会好好斡旋的。"

傅筱筱心中暖意流淌，忍不住抱了抱卓文眉："妈，谢谢你。"

卓文眉摸摸她的头发："筱筱，只要你能幸福，妈妈一定支持你。"

送走了父母，傅筱筱刚驾车出了停车场，正在刺目的秋阳下转弯驶上机场高速时，手机铃声突然大作，她看了一眼，是顾淮的电话。

傅筱筱皱皱眉，现在是上午十一点，这个时候顾淮不忙着工作，怎么有时间打电话。

她接通道："顾总，有事？"

"傅筱筱，赶紧来协和！"顾淮的声音十分急迫，"云深受伤住院了。"

"他怎么了？"

"今天早上有站点罢工，涉及上千名配送员，云深去了站点安抚，没料到有人趁机起哄，将他从四层楼的高台上推了下去。"

傅筱筱握着方向盘的手险些打滑，周身血液一刹那冷如冰封。这时候问什么都是多余了，她挂断电话，一路紧踩油门驶向医院。

到了医院的手术室外，顾淮、齐期正焦急徘徊在走廊上，旁边软椅上还坐着位苗条清瘦的女子，正低着头双目紧阖合手祷告，竟是沈曼。

傅筱筱奔向顾淮:"云深呢?他现在怎么样?"

"还在手术中,我也是刚赶过来,齐期说送过来时云深满头都是血,一直在昏迷状态。"

傅筱筱竭力压住慌乱无措,看一眼齐期:"闹事起哄的人呢?"

"移交警察了。"

"到底为什么闹?"

"我们调整了配送费结构。配送员以为我们是降低了薪酬,实际上我们只是按照更合理的计算方式去重新设置了配送费,以一定公里的配送范围为基础运费,然后再按照时长和路程分阶段累加……"

"细节就别说了,"傅筱筱低声喝住他,"配送费调整的事,难道你们事先没有宣贯吗?"

"当然宣贯了,平台公示贴了一周,还走了征求意见的程序。当时没有人有意见,等正式施行后,突然闹起来……"话未说完,齐期突然意识到她这样问的缘由,凛然一惊,"有人借机闹事?是百闻的人?"

顾淮目中尽是厉色,问:"派出所有人盯着吗?"

"有,我去打个电话。"齐期匆匆走开。

这个时候沈曼已经睁开了眼,看向傅筱筱,不无讽刺道:"这个时候,你关心的居然是这些事?"

"那应该关心什么?"傅筱筱冷冷一笑,"我相信医生,不想指望虚无缥缈的神仙,何况,这事不是我关心,而是云深关心。沈小姐和他那样的情谊,难道不明白?"回敬了沈曼,她才对顾淮道,"你先去忙吧,我在这边守着就行。"

顾淮刚和纪云深从新加坡谈完融资回来,既要处理融资后续,还要应对IPO的港交所聆讯事宜,本就忙得不可开交。眼下他就有个紧急的电话会,便道:"我就在楼下大堂,有事发信息给我。"

齐期打完电话回来时,正见手术室的灯暗淡下来,有护士出来问:"谁是家属?"

"我是。"傅筱筱和沈曼齐齐上前道。

齐期看看沈曼,再看看傅筱筱,忍不住暗暗抽了自己一巴掌。他怎么忘记了老大新交的女朋友是傅律师?怎么当时就习惯性地打给了沈曼?

他讪讪凑上前:"伤者醒了吗?"

护士道:"伤者脑袋上虽然受伤留血,但是没有大碍,是皮外伤。不过大腿骨折一处,腰椎也骨折了两处,需要住院疗养一段时间。你们谁去办住院手续?"

"我去我去。"齐期忙接过护士手里的单子离开。

护士又看看傅筱筱和沈曼:"伤者行动不便,最好能有人贴身照看。二位商量一下陪护安排吧。"

纪云深掉落高台的一瞬间,蓝天白云,清晨的阳光射花了眼眸,眼前黑白光影刹那飘过,似乎正是母亲浮萍般飘散在空中无所归依的柔弱身躯。他直到此刻,才真正明白了母亲当年纵身一跃的无助和绝望。

他落地时被剧痛震昏过去,那痛能入骨髓,即便是在昏迷中,他也能感知那刻骨的痛,密密麻麻吞噬他的周身。他在剧痛中昏过去,又在剧痛中清醒过来,迷迷糊糊睁眼望到的,是傅筱筱含泪凝望的眉眼。

"筱筱……"他在遍体的疼痛中虚弱出声,"别哭,没事。"

那含泪的眼眸似乎怔愣了下,继而更是泪如雨下。纪云深想要安慰她,奈何气若游丝,阖上眼眸,又在药效的作用下昏睡过去。

傅筱筱跟护士确认了这晚的输液药物,推门进来时,望见沈曼怔怔地守在病床旁,眼角泪珠落了线一样地往下掉。她站到沈曼身边,伸手按了按她因抽泣而颤抖的肩膀:"他不会有事的,你别担心。你也累了,先回去吧,今晚我照顾他。"

沈曼抬起手指缓缓抹去满面湿润,话语一如既往地慢条斯理又藏针含锋:"不劳烦傅小姐,这些年云深已经习惯了我的照顾。"

傅筱筱今天的脾气已经被折磨到见底了,于是直接撕开面纱针锋相对:"先不说我才是他的女朋友,本就该我陪着。便说沈小姐你还有个儿子,因为纪云深,你连儿子都不要了?"

沈曼的身体微微一颤,良久,她站起身,迈出去的脚步仿佛系带千斤,那样迟缓踟蹰。将出门时,她终于止住了脚步,低声一笑:"傅筱筱,你以为女朋友对他来说算什么?"

傅筱筱一怔,沈曼声音清冷如水:"云深缺的从不是女朋友,他缺亲人。傅小姐,希望你能明白,这个世上,只有我和南南,我们沈家,才是他的亲人。"说完这句话,她身影袅袅,关门而去。

她人走了,余音却足够意味深长。傅筱筱愣了片刻,才轻轻透出口气,在纪云深身边坐下。

病房里只剩下他们俩时,她才能没有顾忌地摸着他的面庞,放任自己的脆弱和担忧侵袭心头。

古人说命运多舛,大概就是如此吧。只是不知上天将要降什么大任给他,竟要这样地苦其心志?傅筱筱看着纪云深雪白孤瘦的面孔,只觉心底的疼痛一时都能窒住她的呼吸。

"你一定不会有事的。"她握着他的手,缓慢而坚定地说。

她相信,命运总不会这样狠绝,把所有的坎坷灾难都降临在一个人的身上。

纪云深昏睡了一日一夜,醒来时,已经是第二天的下午了。他的病房是 VIP 套间,沈曼正在外间小客厅削水果,听到里面传来一阵动静,走进去见纪云深双臂强撑着要起身,忙道:"你做什么呀?赶紧躺下!你骨头折了,现在不能乱动!"

纪云深不知多久醒来的,此刻已经折腾出一头的汗珠。

他的身体如坠石下沉,自己似乎再难以掌控——纪云深万分沮丧地闭上双眼,沉沉喘息。

沈曼湿了毛巾给他擦脸,柔声问:"饿不饿?想吃点什么?"

纪云深不答却问:"一直是你在这里?"

"不然呢?"

"筱筱呢?"

"傅筱筱?"沈曼的红唇挽起讥诮的弧度,"她说有要紧的事情办。"

纪云深不再言语,休息了片刻,再度睁眼撑臂,想要起身。沈曼恼道:"都说了你别动!你难不成想要残废?现在腿已经折了一处,腰也折了两处,医生让你这段时间就这样躺着静养,等骨头养好了,康复训练做得好,兴许还能和往常一样。"

和往常一样?纪云深轻轻冷笑,低声问:"医生说我会残废?"

"医生说养好了,应该不会。"沈曼的"应该"二字说得迟疑。

纪云深面色从用力过度的通红转为青白灰败,似不过一瞬间的事,他再度闭上眼眸,攥着床单的双手紧握到指骨嶙峋毕露。

傅筱筱到傍晚才赶来病房,她抱着一束鲜花,粉色玫瑰、紫色桔梗还有多头的百合花,清清爽爽、浓淡相宜,她还拎了一个花瓶来，边在床头插花，边和纪云深交待一日去向："早上齐期说你的电脑里有重要资料，我便回家去拿你的电脑了。到了恒美齐期他们正好在讨论外卖配送员的调查报告，我就按耐不住也看了看，就现状合规和未来政策方向提了几条建议。你别担心，我看的是不涉及敏感数据的版本，不会给老谭他们留把柄的。下午我和齐期又去了趟派出所，了解了一下那些闹事者的情况，警察已经审出来了，原来真是百闻的人在背后搞鬼，现在百闻那边的合作商负责人也已经被公安给刑拘了……"

她将一天的行程娓娓道来，纪云深却惘若不闻，目光一直望着窗外月色，不知在想什么。傅筱筱捏捏他的脸："你在想什么？为什么一句话都不说？对啦，你既然醒了，恒美业务高管们明天就要开会和你汇报工作了，今天晚上要好好休息。"

纪云深依然不说话，抓住傅筱筱在他脸上不安分的手，轻轻握了握，又慢慢松开。

傅筱筱低头见床底尿壶已经满了，正要弯腰去端，纪云深冷道："放那儿！这些不需要你做。"

傅筱筱对他笑一笑："这种事情，我不做谁做？"

"有护士，有护工！"纪云深涨红了脸，似乎怒极攻心，"我说了放在那儿！你听不懂人话？"

"纪云深！"傅筱筱瞪他一眼，顾念他是病人，又放柔了语气说，"云深，我和你之间何必在意这些？今后的日子还长得很，我们……"

"日子长得很？"纪云深冷笑打断她，"你想得太多了吧。"

傅筱筱被这语气刺得微微一痛，不再劝说，仍弯腰去床底，纪云深惊慌失措，厉声道："出去！"

"云深……"

"你给我滚出去！"纪云深狂怒之下挥手打落了床边的保温茶杯。

傅筱筱深深吸了口气，她隐约明白过来纪云深此刻的狼狈不堪，心酸、心疼和心涩一时齐齐涌上。她将茶杯捡起来放回原位，轻声道："你别生气了，我去叫护工来。"她疾步出门，叫了护工进来收拾卫生，而后孤身坐在小客厅的沙发上，忍了两天一夜的泪水，此刻再也控制不住地夺眶而出。

纪云深不愿意让傅筱筱贴身照看，每次她一来，纪云深的别扭毛病就很多。医生见了也是无奈，私底下劝说傅筱筱，让她找更适合的人照顾病人，有利于病人康复。

医生指的更适合的人，自然是沈曼。两天后，沈曼的父母也从 L 城过来探望，面对沈家人时，纪云深的面容看起来很是平和从容，似乎已经恢复往日的心境。

沈曼父母在北京待了一周，每日变着花样给纪云深炖汤滋补。每次他们来时，傅筱筱就默默避退一旁，她有时候也会悄悄地隔着玻璃和百叶窗看着他们，看着沈家人对纪云深无微不至的照顾和亲热至极的嘘寒问暖，有那么一瞬间，她也为沈曼口中曾经说的"亲人胜过男女朋友"的论断给动摇了。

纪云深已经开始处理工作,齐期和其他业务高管每天轮流来病房汇报工作,但到底纪云深现在是病人,很多文件和报告,都由"无事忙"的傅筱筱先过一遍,再交给齐期他们上报给纪云深。

齐期和傅筱筱在医院外的咖啡厅有固定讨论公事的小包间,这天顾淮从香港回来探望纪云深,得知这个"秘密基地"也过来瞅一眼,看着傅筱筱有模有样地处理纪云深的那些文件,一时眼热得不行:"云深这是因祸得福啊,让傅大小姐做他的超级助手,真是羡煞旁人。"

傅筱筱瞥他一眼:"顾少也去断腿腰折试试?肯定也有不少超级助手争相上前来伺候。"

"你为什么咒我?"顾淮瞪大双眼表示无辜,转念顺着傅筱筱的话往下一想,却想到如果此刻躺在病床上的是自己,那超级助手或许就是那个又泼辣又妩媚又口是心非的女人。他一时心猿意马,眼中光彩流转,煞是风流。

傅筱筱冷冷盯着他道:"还有事吗?想要做梦,为何不回家睡一觉?"

这是要下逐客令了,顾淮咳咳嗓子,故作神秘地悄声说:"我还有事,你知道吗?百闻马上就要变天了。"

"怎么?"

"LH资本正在一级资本市场聚拢资金和盟友,梅氏要全资收购百闻。"

傅筱筱奇怪："LH不是已经是百闻的投资人？这是要干什么？"

"梅非奇差点被百闻弄得断子绝孙，自然不会让百闻创始团队好过，现在正在进行恶意收购的程序。"

傅筱筱觉得这事像是梅非奇传闻中霸道狠辣的作风，笑一笑："恶意收购百闻这事，顾总是最乐见其成的吧。恒美下周就要正式上市，看来这次发行价可大涨了。"

"这就是时也命也。"顾淮最近在路演中收获颇丰，自然有些得意扬扬，但看到傅筱筱疲倦黯淡的眉眼，不敢表现太过。他低声问："云深还是不愿意你去照顾他？"

傅筱筱敛眉垂目，淡淡道："他不是不愿意我照顾他，他是不想让我看到他现在的样子。"她推己及人，也许当她这样狼狈的时候，也不愿意让纪云深贴身照顾，被自己爱的人看到最落魄最潦倒的样子，确实是一种折磨。

顾淮看着她的目光不免有些怜惜，轻轻一叹，没有再说话。

傅筱筱每天傍晚都会去医院陪纪云深一会儿，等到纪云深入睡，她再离开。晚上的时候纪云深精力耗尽，也就没有力气再去和她闹别扭。两人相处即便静默着听听歌、看看电影，也总比先前几天剑拔弩张的相互猜忌要好太多了。

这天晚上，等纪云深睡下，傅筱筱离开国际部住院大楼时，突然听到有人唤道："傅小姐。"

她回头，见到静静等候在门口的男子，有些吃惊："章先生？"

章白云走至她面前，夜色下瘦削的身躯虽被剪裁得当的西服勾勒得可称修长俊挺，但他脸色依旧白得病态，在这微弱的光线下越发显得羸弱不堪。

"你刚从云深那儿出来？"章白云不复初见的咄咄逼人，温和地问，"他现在如何？"

"恢复得还可以，再过几天，就能下床进行康复训练了。"傅筱筱打量他的神色，"您是来探望云深的？为什么不进去？"

章白云轻笑："你觉得他会愿意见我？章某专程来此，是见傅小姐的。"

"见我？"傅筱筱不明所以。

章白云伸了伸手臂，邀请她走到一旁的避风处，掩鼻咳嗽几声，这才说明来意："嘉时周年晚会那天，我请乔总做说客，没想到她给我带回一个惊天的新闻。因为我和云深一直无法好好沟通，所以想和您确认一下。"

"什么？"

"乔总回来告诉我，云深以为他妈是被姨父逼死的？"

他说的姨父便是梅非奇。傅筱筱对纪云深家的往事也是一知半解，她一时难以回答，想了想才说："章先生您可能不相信，对于过去的事，云深从来没有和我详细说过。关于他母亲的死，我也是那天听他和乔总说起我才知道，所以这个新闻恐怕我无法代替云深和您确认。"

章白云一向不动声色，但此刻听闻她的话，那双浅褐色的眸底还是毫无掩饰地露出诧异："我没想到，云深连你也不曾推心置腹过。"

他说得倒是光明坦荡，傅筱筱听着却觉得刺耳又难过，再想一想这些日子纪云深的亲疏有别，心里更是不痛快。她正准备和章白云说告辞，不料他又道："傅小姐是学法律的，应该知道证据总要有链条、事发总要有动机。我想不明白，如果说是姨父逼死纪云深的妈，那么他的动机是什么？云深这么说的证据又是什么？"

傅筱筱被问得有些无语，沉默片刻，才和他说："实不相瞒，我对这件事也存疑，只是云深不肯多说，我也不敢细问。不过当年的事当事人总不是云深一个，章先生为什么不和梅叔叔求证？"

章白云很无奈："说实话，我也不敢问。不过我算了一下时间，云深母亲去世那年，姨父恰好带着姨母和秋白去瑞士治病，如果他特地去见了云深的母亲，那应该也是道别，因为此后姨父长达三年不曾回国。"

道别？傅筱筱皱眉，既然那乔萝说梅非奇对梅秋白的母亲用情至深，既然梅非奇根本就不在乎纪云深母子、自从纪云深出生就不闻不顾，梅非奇当年有这个必要去特地道别？

"很多人先入为主，以为自己所想就是事实。但你我都知道，这常常是自以为是的作茧自缚，害的也不是别人，而是自己。云深心中执念太深，一时半刻是不肯回头细想的，但是傅小姐如此聪明，应该明白云深的母亲当年既然有勇气把他生下来，将他抚养大，想来也不是因为一场告别就轻生的人。而姨父——"章白云顿了顿，缓慢而真挚地说，"以我对姨父的了解，他没有理由也不会去伤害一个对他情根深种的女人。"

"所以，"傅筱筱听到这里有些糊涂了，"章先生您的意思是？"

"云深他母亲的死，应该另有缘故。"章白云看着她的目光很是深远，"听说傅小姐也是L城人，我想事情的真相总有人知晓的，还要拜托傅小姐查出当年的真相，还姨父一个清白，也让云深心中彻底过去这个坎。"

傅筱筱如果要查，就要冒着触犯纪云深逆鳞的风险。她低头沉思片刻，轻声说："好，我会试一试。"

"多谢。"章白云说话时一直在断断续续咳嗽，此刻话说完，他咳嗽更厉害了，手扶着胸口，看上去身体很不舒服。

傅筱筱迟疑道："章先生，你……"

"我没事，"即便气息都在颤抖，章白云唇边依然保持着从容笑意，"那章某就安心等你的消息了。"

| 第十三篇 |

黑白记忆与彩色影像

在病床上养了将近一个月后,纪云深终于获批下了床。主治医生甚至允许他除了上午和晚上的康复训练外,其余时间可外出工作。入院时还是深秋,漫天黄叶飘零无序,如今出院时,北京已入隆冬,天寒地冻,万物萧瑟。

这天早上,傅筱筱从家里带来西装大衣,为纪云深整整齐齐穿戴好,又给他细细刮了胡子,毛巾擦走他唇边细小的胡楂后,她打量着他与以往一般无二的俊美面孔,最终将视线落入他的眼眸深处。

那双墨瞳仍如黑夜的幽深无尽,只是今日今时,望之更让人生畏。

"云深,我要离开北京两三天,医院的事我都和医生说好了,有什么情况他们会打电话给我的。"傅筱筱望着纪云深,言词温婉柔和,"你工作也不要太拼,请量力而行。"

纪云深也目不转睛看了她片刻,出声时嗓音微微有些沙哑:"好。"

傅筱筱挽唇微微一笑,将要起身时,他却拉住了她的手。

他的声音低沉缓慢,对她说:"对不起。"

傅筱筱怔了一怔,等反应过来,差点落下泪来。积压多日的委屈和郁闷因为他突然的服软更肆无忌惮地游走胸间。她用力吸了口气把泪憋回去,扶着他坐到轮椅上,轻声说:"没关系。"

齐期来医院接走了纪云深,两人到达恒美大厦楼下时,谭青阳正好在酒旅业务的几个高管簇拥下经过。见一向好强的纪云深此刻不得不憋屈坐在轮椅里,谭青阳停下来笑道:"纪总腿折了腰废了还来上班,这样拼搏工作的精神,值得我们大家学习啊。"

纪云深经历这次大难,性情已经比先前更乖张。之前他敬谭青阳是前辈、是恒美创业元老,还从不曾给他当面下过脸色,这次却不同了。纪云深问身旁齐期:"看见谭总我才想起来,上周你说酒旅业务让你归还当初借过来的三千地面销售人员,你安排好了吗?"

齐期朗声道:"我安排是安排了,可是那些同事的意见反馈上来,没有人愿意回酒旅。他们正式调岗的书面申请都已经在走 HR 流程了,很快就到谭总批复程序了。"

纪云深这才对谭青阳说道:"谭总刚才夸奖是谬赞了,我不过回来打打酱油,毕竟外卖业务兵强马壮,竞争对手又奄奄一息,实在形势大好。只是酒旅少了三千销售,竞争对手又虎视眈眈，谭总倒是有得忙了，我就先不打扰您了，借过。"

齐期推着纪云深从大堂招摇而过，谭青阳的面色黑得不能再黑，盯着纪云深进了电梯，这才冷冷一笑："一个废人，还敢这么嚣张？"

高管之一说："是啊，纪总从四楼摔下来，身体伤了，这脑子也摔伤了不成？梅氏收购了百闻后难道会没动作？梅氏可不是吃素的，恒美外卖这条路恐怕是越走越窄呢。"

这话对谭青阳此刻的心情毫无劝慰作用，他的心结还在底下人的"叛逃"："那三千地面销售真的都不愿回来？"

另一高管回答说："谭总，当初外卖指名要三四线的销售，那些人散乱如沙，本来就不是我们的嫡系。"

又有人补充道："那些人想必是看外卖业务如今市占率节节攀升，成长创业期空间大、拓展快、机会多，那些人是墙头草，不回来也罢。"

谭青阳还是难压心头恶气，边走边训斥身边的高管们："我不管你们用什么办法，那三千人绝对不能全给纪云深留下。还有尽快招兵买马，补充三四线的人手。纪云深为什么现在这样得意？就是因为他占了三四线乃至十八线的小县城，百闻针插不进水泼不进。你们就不会学学？别看小城市客单价低，但绝对是全国消费订单的中坚力量。说了多少次，你们就是不听！"

高管们纷纷受教点头，心头却都呼啸过一万头羊驼：不是之前一直强调海外市场疯狂扩张吗？怎么一下子就又落到十八线的小县城了？这天上地下里外颠倒的，上头的心思真是太难猜，当然，他们什么也不敢问、什么也不敢说。

无论酒旅业务的人怎么酸，现在外卖业务在恒美的地位正如冉冉升起的新一轮旭日，烈阳如火正当红。这次恒美IPO异常顺利，就是因为外卖业务的竞争对手百闻集团被梅氏恶意收购，导致恒美外卖市占率直线上升，促成了恒美上市当天股票就大涨。便是酒旅这群人，因都在恒美的大船上待着，此刻的身家也不可与创业穷酸期同日而语，按着手握的期权来估算，一个个腰包丰厚，都是年轻财富榜的新贵了。

酒旅高管们更敢怒不敢言的是，人家外卖业务除了根植三四线城市外，其实也没有放过海外市场，而且海外市场的部署相当成功。

年初酒旅在北美收购XDW时，外卖也进行了一次小小的海外收购。纪云深看中的是一家东南亚小科技公司，当时的估值只有几千万美元，和XDW的庞大收购金额根本无法比拟。谭青阳当时还不屑一顾，这次等纪云深和顾淮以那家小科技公司名义在新加坡募得一笔数额可观的融资时，谭青阳才恍然大悟：纪云深的狡猾就在于把中国市场的成功模式当成样板故事，复制到那些和中国民俗风情相似的东南亚，那些地区合规成本较低、急需新经济新商业模式的刺激、地方政府扶持力度也大，正适合业务疯狂扩张版图。

谭青阳即便嫉妒得发疯，但也不得不承认自己在酒旅海外业务进深策略的失败。谭青阳至今也想不明白,叶晖什么时候就这样慧眼如炬,是从哪个旮旯里挑中的这个名不见经传的小子?短短数年,纪云深这个名字竟成了媒体商业故事中不可或缺的狠角色。

纪云深到了公司先去见了叶晖,叶晖也惊讶他这么快上班:"你恢复得怎么样了?别告诉我是从医院逃出来的?"

"我现在又不要去救火,何必要逃?"纪云深道,"何况,我的行踪即便能瞒过医生,也瞒不过她啊。"

叶晖听出了他最后一句话的无奈和缱绻,笑着说:"听顾淮说傅小姐对你真的是情深义重,她可是傅家娇养出来的千金又是新时代的职场精英,居然如今还能这样放低身段,你可真是捡到宝了,不要不珍惜啊。"

纪云深道:"原来她是我捡到的?你也捡一个看看。"

他的言辞犀利更胜以往,叶晖被他怼得一噎,随后悠然笑道:"我早捡到了,娃都有三个了,你有空在这里和我打嘴炮,不如抓紧时间再捡个娃吧。"

这下轮到纪云深无语了。叶晖年轻时最爱说笑,自从创办了恒美之后,倒是鲜有这样放松闲聊的时候。两人互相打趣了几句,终于将话转移到正题上。叶晖说:"梅氏正式收购了百闻,几乎是闪电战,你应该知道了吧?"

纪云深轻轻一哼,算是默认。叶晖深望他一眼:"梅先生这些年鲜有这样雷厉风行的手段,如今他突然恶意收购百闻,他为什么这样做,你知道吗?"

纪云深又是一哼，叶晖叹了口气："你的家事我也不便多说，不过你和梅先生现在算是真正的棋逢对手了，下一步有什么打算？"

"那要看他下一步要做什么。"

"你觉得他要做什么？"

纪云深大概是病床上待久了，连唇边好不容易出现的笑意也是病弱虚浮的："那人从来不肯吃亏，更不可能让自己蚀本。我想，他的下一步有可能会打算让外卖市场彻底合并，唯有垄断才能迎来巨额的盈利。"

"我也觉得这是他下一步的计划，我倒是不排斥合并，况且他们外卖业务体量小，我们体量大，我们有明显的优势。"叶晖想了想，无奈一笑，"只不过他可不是百闻那位外强中干的创始人，梅先生既能以最低价买了百闻，就能以最高的估值卖给我们，而且到时候可能还要董事会的投票席……看来这轮资本大战够难缠的。"

纪云深淡淡道："顾淮接下去的对手会是章白云，你觉得他能应付吗？"

叶晖摇头："恐怕够呛。我会和小叔叔商量一下，从叶氏给你和顾淮找个得力帮手。"

沈曼晚上带着儿子过来探望纪云深时，正见他躺在床上做着功能训练。这个阶段钢板还没有完全拆除，不能下地负重训练，只是这样躺在床上不过二十分钟的肌肉拉伸动作，就已经让纪云深累得满头大汗。不过今天的他看起来比前些日子要有精神得多，想是出院透过气，终于沾染了几分人间颜色。

纪云深正要进行下一组训练，耳边听到稚嫩的声音喊："爸爸，加油加油哦！"

纪云深转过头，这才见沈曼牵着南南笑吟吟地站在房门口。他皱皱眉："这么晚了，你怎么还带南南来医院？"

"我求妈妈带我过来的，我想爸爸啦。"南南扑到床边，搂住纪云深的脖子亲他的脸。

沈曼嗔道："南南，别挂在你爸脖子上，他现在腰不好，快下来。"她是拎着饭盒过来的，对纪云深柔柔一笑："我白天在录节目，傍晚才有时间给你炖汤。来的时候南南本来都准备上床睡觉了的，听到我说要来医院，他吵着也要来，说今天从幼儿园放学时给你买了蛋糕，要一起送过来给你吃。"

"录节目？"纪云深有些诧异，"你已经复出了吗？"

沈曼解释："也不是复出，就是接了一个综艺，录制轻松，回报也丰厚，我就接了。"

纪云深瞬间明白过来："你的公司缺钱了？"

"我们投资的两部古装剧到现在还压着没播，资金没有回笼，确实有点吃紧。"

"怎么不和我说？"

"总不能都指望你啊，你的钱不是大风吹来的，你也有你的用处，也不能都在我这盘子里放着。"

纪云深没有再说，低下头揉揉南南的脸："你带了什么蛋糕？"

南南一脸机灵地说："当然是我最爱吃的巧克力蛋糕啦。我爱吃的爸爸就爱吃，对不对？我陪你一起吃好不好？"

沈曼哭笑不得说："原来是你自己想吃蛋糕啊？真不知道这小子像谁，甜言蜜语一套一套的，这么擅长糊弄人。"说完，她自己却愣了一下。她忙低头掩饰好神色，将热汤倒出来给纪云深，似随意问："你那个女朋友呢？她不是每晚都在的吗？"

"她这几天有事不在北京。"

"傅小姐不是不工作了？还这么忙？"

纪云深没有回答，慢慢喝完一碗汤，才对南南说："今天晚上我们就不吃蛋糕了，你把蛋糕分一半，你带一半回家，留一半在这里，就算我陪你一起吃了，行不行？"

"今晚不吃啦？"南南有些失落，"爸爸你刚才那么累，吃了蛋糕力气会大一点。"

纪云深温言道："可是小孩子晚上不能吃甜的，什么理由都不行。既然你吃不了，我也就不吃了，我是不是很讲义气？"

"爸爸最讲义气了，我最爱爸爸！"南南跳起来爬到床上，小嘴巴凑上前，又是一个吻落在纪云深脸上。

沈曼看着眼前其乐融融的"父子"，不知为何，一时有湿雾沾染了眼眸。他对自己这样好，为了南南，甚至做了这个不明不白的爸爸，难道自己真要那样自私，亲手去掐断他对她的所有念想，就这样让他枯心灭情地待在自己身边？那样的结局，就真的是美满团圆吗？

她清晰听到心底有人在连声冷笑：沈曼啊沈曼，你总以身不由己的借口，却不知现在的自己已经成了年少时最讨厌的那类人了。

傅筱筱此刻已经在 L 城的云曼酒店，这是恒美酒旅 APP 上 L 城酒店推荐榜单排位第一名的酒店。

云曼酒店是三年前新建的，位于老城区，布局仿江南园林设计，临湖望山，一步一景，亭台楼阁绵延不绝。傅筱筱在酒店大堂办理入住时，看到沈曼身着旗袍的大幅宣传照被嵌入大厅青石壁墙，不由问前台服务员："沈曼不是退圈了吗？还为你们酒店代言？"

服务员含笑回答："不是代言，沈小姐是我们老板。"

傅筱筱略微一怔，继而再看酒店的名字，刹那明白过来"云"和"曼"的意味，心中顿时打翻了醋瓶。

这两人还真是牵扯不断的关系，走到哪里都能让她堵心。傅筱筱正负着气胡想八想时，服务员将办好的房卡交给她："您的房间安排好了，在听雨轩。"

听雨轩在酒店庭院深处，是最高端的几个房型之一，单门独院，身居高地。

傅筱筱入室放下行李，拉开窗帘，透过雕花黄木窗棂望向远处。

与这家酒店比邻而居的,是 L 城老城区最大的一个园林。园林里外的灯火熙熙攘攘,在夜色中勾勒出那再熟悉不过的轮廓。飞檐走壁,假山幽壑,长而狭窄的走廊连接了数十座黛青房舍,哪处种着梅树,哪处种着海棠,哪处又有棵馥馥郁郁的桂花树,傅筱筱即便闭上双目,也能将那座园林里的细微景致说得分毫不差。

她外婆家就曾在她脚下的这片土地上,她小时候无数次整日流连在对面的园林里,每一座屋子、每一处泥土,甚至每一株花草,都留着她童年不可泯灭的记忆。不过自从她十二岁时外婆去世后,她就再没来过这里。几年前听卓文眉说外婆老宅已经拆迁,没想到昔日破旧狭窄的弄堂里巷摇身一变,成了与隔壁园林同样风流旖旎的五星酒店。

物是人非,确实让人感慨万千。

傅筱筱洗漱后打开电脑,她已经对这家酒店生出了满满的好奇心,便开始查阅相关资料。

从旧房拆迁到土地拍卖再到酒店兴建,沈曼的名字紧随这块土地的变迁而频繁出现,从头到尾,倒是没有看到纪云深的名字被提及一次。前些年沈曼还当红,许多事情她不方便出面,和区政府签订协议包括这座酒店登记注册,负责人和法人写的都是沈奎。

沈奎是沈曼的父亲,傅筱筱在医院照顾纪云深时照过面。沈曼当红年间的那些旧新闻里,沈奎跟着出了不少风头。不过其中也夹杂着几条黑料,沈奎多次在澳门赌博欠下巨额赌债,追债的人当年曾在网上点名道姓让沈曼还钱。沈曼早年因为这些事被竞争对手黑了无数次,不过事情总有两端,虽然沈曼有一个嗜好不良的父亲,但一大批路人也因为这事被虐成了她的忠诚铁粉,网上现在还能查到沈曼的粉丝为了维护她的声誉和前途与各路人马大战三百回合的帖子。

在娱乐圈打拼的人,一言一行都被无限放大,能有几个容易的?傅筱筱看了那帖子内容的来龙去脉,心里对沈曼不禁也有了些同情。

她关了娱乐八卦网站,开始想此行的目的。

章白云让她查往事,她要从哪里查起呢?傅家搬离L城十年了,所有亲故都已疏远。而且整个城市脱胎换骨,人口流动也频繁,如何才能找到当年的知情人呢?

沈家倒是可以当突破口,只不过沈家是纪云深的邻居,如果知晓些因果,应该早说给纪云深知道了,不会让误会埋藏至今。

至于其他人——

傅筱筱想起纪云深母亲跳楼时,因她也是目击者之一,有警察曾经问询过她。傅筱筱想,也许那个警察会知道当年的一些隐秘。

虽说住的是听雨轩,夜里下起了雨,傅筱筱竟不知道。早晨推开窗户一看,外面烟云灰青,草木湿润,湿冷之气钻肤透骨,让久不回南方的傅筱筱冻得一个寒噤。

南方的雨总是绵长,傅筱筱用过早餐出门,细雨依然淅淅沥沥地落着。她撑了把伞,徒步走到临近的派出所,礼貌询问服务窗口的民警:"您好,我想打听一位警察,叫陈志国,十年前是这个派出所的所长,不知道现在还在不在?"

那民警下意识地就皱眉,警惕地看着她:"你打听他做什么?"

她柔声细语说:"我有点事情想要请教陈所长。"

想来她看着终究不像是别有用心的样子,那警察抿唇再打量她两眼,才说:"那你去省城吧,什么陈所长?你晓得不,人家早调走了,现在是省城的陈局。"

"调走了?"傅筱筱讪讪退出来,"抱歉打扰了。"

就这样一条线索又断了,傅筱筱愁眉苦脸站在派出所外的青松树下,刚叹了口气,冷不防一辆警车闪电般开到面前,前轮压着台阶下的泥坑,狠狠溅了她一身泥水。

"哎呦!"司机穿着警服,跳下车连声道歉,"不晓得有人站在这里,抱歉抱歉。"

她一身淡蓝色羊毛大衣被污得面目全非,见那人诚恳道歉,只得说:"没事没事。"撑了伞,待要离开时,那人却又大声叫道:"哎呀!你是傅筱筱!"

傅筱筱愣住,那人微黑的脸庞凑到她伞下来,浓眉大眼,笑容可掬,确实似曾相识。

他期待地问:"傅筱筱,我们可是从小学一起到高中都是同学啊,你居然不记得我?"

"你是……"傅筱筱这个半脸盲症患者费思在脑海里盘旋半日,终于有了点印象,"韩应?"

昔日圆圆滚滚的矮胖墩,现在成了这样高瘦挺拔的大个子,都说女大十八变,这韩应倒像是男大三十六变,真让她不敢相认。

韩应见她认出自己来,十分欣喜,拍着她肩膀说:"我刚办案回来,你等等我,我去交接下就出来,请你吃饭。"

傅筱筱正想推辞,不料韩应一转身就钻进派出所了。傅筱筱只好站在外面等着,半个小时后,韩应才走出来,他换了一身便装,少了制服的衬托,显得有些不修边幅。且这个时候傅筱筱才见他眼底两个大大的黑眼圈,颔下也是胡楂疯长,看起来是疲惫过头的模样。

她不免说:"你要不要回去休息下?吃饭也不急在一时啊。"

"急啊,怎么不急?"韩应豪爽一笑,"我们十几年没见了吧,你这人啊说失踪就失踪,今天不吃不知道什么时候能一起吃了。"他带着傅筱筱到了一家附近的面馆,将菜单递给她道:"看看,要吃点什么?"

"我刚吃了早饭,"傅筱筱将菜单推回去,"你先点着吃吧。"

"那我就不和你客气啦,办了一夜的案子,确实饿了。"他一个人点了两碗奥灶面,一碗吃完又起一碗,边吃边问傅筱筱,"你什么时候回 L 城的,到派出所有什么事?"

既然是老同学,傅筱筱也就不藏着掖着了:"我本来是找陈志国的,你记得不,就是我们当年戏称的那个光头陈,想找他问点事,没想到他已经调走了。"

"光头陈早调走了,你找他问什么事?问我也一样啊。"

"有件往事,经他手调查的,想打听一下。"傅筱筱小心翼翼说了当年纪云深母亲跳楼的事。

韩应嘴里吸着面条,想了一会儿,才把面条咽下:"纪云深他妈那件事?有什么好调查的,不就是跳楼自杀吗?你难道有什么怀疑,难道是他杀的不成?"

他大眼一瞪,眉宇肃杀,警察本能顷刻发作了。傅筱筱忙尴尬摇手:"哎,不是不是,我就是想知道,纪云深他妈跳楼前见过什么人、说过什么话、因为什么跳楼?当年是光头陈调查这起事故的,我想有些细节他可能知道。"

韩应这才低头哧溜吃面,嘴里含含糊糊说:"既然不是凶杀案,那肯定没有详细记录的档案,就算找出当年的文字记录,估计对你也没什么用。要弄清楚这件事,你可能要穿越才行。"

傅筱筱有点无语,韩应吃完了两碗面,这才放下筷子认真地盯着她,以警察的直觉问:"傅筱筱,你怎么对纪云深的事情这么感兴趣?你不要告诉我,你和纪云深好上了?"

傅筱筱抿唇沉默,韩应突然一笑:"我以为他还和沈曼在一起,没想到居然和你在一起了。"

"他和沈曼……"傅筱筱有些迟疑地问,"我其实不太记得高中的事了,他们曾经在一起过吗?"

"在没在一起过不敢确认,不过,他们不是门对门的邻居吗?当时在学校除了上课外,这两人上学放学形影不离,你难道不知道?"

"我还真不知道,"傅筱筱问韩应,"你怎么知道的?"

韩应的目望虚空似乎停滞了一下,继而若无其事地喝了口热水,笑一笑:"沈曼可是我们学校当年的校花,纪云深更了不得,既是校草又是超级学霸,多少双眼睛盯着他们啊。也就是你傅大小姐,自成一派,目下无尘,什么人都入不了你眼吧,刚刚看见我居然还不认识。"

傅筱筱无奈道:"韩应,你以前是长这个样子吗?"

韩应没心没肺地笑:"帅了点,是不是?"

傅筱筱点点头:"你要是穿越一下,估计也是枚校草了。"

"可惜啊,时光不能倒流啊。"韩应叹息,"不过长得好有什么用?像沈曼那样的,长得是美,美得像仙女,说起来也是个大名人,可是人前风光,背后不还是一堆烂摊子等着她收拾。十几年前她成绩也不错,为什么就念了大专一头钻进娱乐圈?不就是要养家。不是我说啊,沈曼那个父亲,真的是没见过这么能拖后腿的爹。"

"你说沈奎?我看网上有人说他在澳门曾经欠下过巨额赌债,现在还赌吗?"

"赌啊,赌徒难道还能有金盆洗手的时候?不过沈曼现在能赚大钱,又开影视公司,又开酒店,自然不惧还不上赌债罢了。对了,你听说过么,沈奎十几年前因为欠赌债,还被人砍过手指。"

傅筱筱想起沈奎在北京探望纪云深时,左手确实一直戴着手套。她当时还觉得奇怪,现在才恍然大悟。

"他欠了多少钱,竟要被人砍手指?"

"据说上百万,你想想,十几年前的上百万,对普通人家来说那可不是天文数字?据说借他赌资的人还想要了他的命,但后来沈奎居然把钱凑到手了,这才留了一条命熬到了现在的福气。"

傅筱筱追问:"这什么时候发生的事?他哪里来的那么多钱?"

韩应耸肩:"我怎么知道他哪里来的钱,反正不是偷的不是抢的,因为没人报案。而且发生那件事的那年L城的新闻太多啦,L城服装厂破产、工人闹事、纪云深的妈跳楼……反正一桩桩奇奇怪怪的事太能吸人眼球,沈奎这点事也就没人关注了。你们家当时风波也大,肯定不关注这些事的。"

傅筱筱沉默下来,她太敏锐太聪明,透过韩应的言语已能隐约望到旧日的黑白影像,虽然依旧模糊不清,但她知道,她已经抓住了一条微弱的丝线,正牵引她一步步迈向真相。

傅筱筱在三天后返回北京，落地时已经天黑，从机场去医院的路上，她的闺密群里多了一条视频，是倪姗发的，视频后是随即跟着一条倪姗暴怒如雷的语音："什么情况？纪云深和沈曼有了儿子？！筱筱你被三了你知不知道？这纪云深就是一旷世大渣男！"

傅筱筱心中一惊，忙点开视频。视频内容是一档名叫《妈妈美好的一天》亲子综艺节目的片段，片段内容是沈曼儿子南南在节目中被主持人采访的一段话。视频很短，只有两分钟，只是傅筱筱看完，却觉得自己从头到脚被人浇了一盆冷水，冻得她全身寒颤。

视频里主持人问南南："纪忆南小朋友，你在家里更喜欢谁啊？爸爸还是妈妈？"

南南一脸天真，童言童语说："当然是爸爸啦，我爸爸是超人。"

主持人被逗乐："你爸爸是超人吗？他叫什么，除了做超人外，还做什么工作啊？"

南南说："我爸爸叫纪云深，他是一个了不起的创业者哦。"

……

傅筱筱关闭视频后，发现群里又多出倪姗转过来的几条新闻链接，题目清一色是"退隐女明星沈曼的真实生活家庭曝光，老公原来是商场新秀！""女神沈曼退出娱乐圈原来是嫁入豪门"……

傅筱筱只觉一颗心彻底坠入了冰窖，连愤怒都被四溢的寒气给冻住。她正想打电话给纪云深，不料手机屏幕亮起赫然显示是卓文眉的来电，她又慌乱又紧张，一时竟不知要如何应对爸妈的询问，咬着牙按下红色虚拟键挂断时，手指的颤抖已经有些控制不住。

卓文眉随即又是微信轰炸："筱筱，你为什么不接电话?!我刚看新闻才知道的，纪云深怎么有个儿子？他和沈曼什么关系？筱筱你接电话啊，真是急死妈妈了!"

傅筱筱深深呼吸，迫使自己冷静下来，简短利落地给卓文眉回复："那小孩和纪云深没有关系，是沈曼和段祺年的儿子，你问爸就知道了。"

卓文眉收到消息一秒后便回过来："你爸高血压犯了，我们正在去医院的路上。等他头不疼了，我再问问他吧。话说回来，段祺年的儿子怎么叫纪云深爸爸？这都是些什么事呀？现在这新闻铺天盖地，你和纪云深又曾经在拍卖场上一起出现，多少人暗地里在笑话我们家，你爸都快被气死了……唉，我也要气死了……"说到最后，卓文眉的语气也从焦急转到哀怨，显然也是极度失望痛心了。

傅筱筱从不轻易发火的人，此刻也是恨死纪云深的拎不清和沈曼的自以为是了。

她这三天里也算是彻底弄清楚了，沈家和纪家，不愧门当户对，这些年这些事牵动的纠葛真的就是一摊烂泥!

傅筱筱到了医院，拽着行李箱正要进住院楼，刚上台阶，便望见沈曼身穿黑色貂绒领的修身款羽绒服，正袅袅娜娜地从电梯里走出来。

什么叫仇人相见分外眼红，此时就是了。

沈曼看见傅筱筱，脚下也微微一顿，继而慢步上前，站在傅筱筱面前的台阶上。居高临下的优势让她气场一反素日的似水温柔，素白的脸衬着一双清冷含霜的眼眸，盯着傅筱筱颇有些逼迫审视的意味。

沈曼缓缓出声："傅小姐长途跋涉，累了吧？"

看起来她是知道自己的L城一行了，傅筱筱不答反问："沈小姐怎么出来了呢？看您脸色不太好，难道是纪云深刚刚招待不周？"

"傅小姐真是咄咄逼人啊。"沈曼勾起红唇，叹了口气，似乎是气馁，又似乎是自嘲，"说实话，我是被云深赶出来的。傅筱筱，我今天才知道，原来我们二三十年的情分居然抵不住你相遇的这一年，我真是低估你的分量了。"

她看着傅筱筱的眼神如此专注，褪去了针锋相对的所有锋芒后，里面清清楚楚地透出嫉妒，还有落寞。

傅筱筱退了一步，道："沈曼，我觉得我们需要谈一谈。"

"好啊，"沈曼也点头表示认可，"不过谈之前，傅小姐能否先去把保险箱取过来？有些事情，光说，是说不清楚的。"

这件事已经越拖越复杂，越拖越含糊不清。傅筱筱决心要快刀斩乱麻，今晚不管沈曼提出什么要求，她都答应。她领着沈曼到了自己住的小区，请沈曼在楼下咖啡厅等，她上楼抱了保险箱下来，重重放在两人之间的桌上："保险箱拿来了，你可以打开了。"

好在这个点咖啡厅人不多，不然傅筱筱把一个保险箱就这么明晃晃地抱来抱去，怪惊世骇俗的。沈曼也是不可思议："都说傅小姐是聪明人，可是这么重的东西你就这样抱下来？密码你也知道，打开把里面的东西拿下来不就好了？"

傅筱筱自然有她的原则："涉及别人隐私的东西，我从不碰。当然，你要是想看想拿里面的东西，我也不拦着。"

沈曼微微蹙下眉，旋即又展颜一笑："傅小姐不愧是大家出身，真讲究。"她输入密码，0616，保险箱打开，里面放着是各色证件和资产文件，沈曼从最底下抽出一包牛皮纸的大信封，然后又关上了保险箱。

"这是我和云深从小到大的照片，还有我们两家的合影，不算是什么隐私，傅小姐你可以一起看看。"沈曼将牛皮纸信封里的照片一张张摆在桌上，望着那些记录往昔从黑白到彩色的影像，目色柔和得如同一汪春水。

"这张是云深三岁的时候，刚刚回到L城时，他外公外婆带着我和他去照的。"沈曼指着那张最斑驳泛黄的照片，幽声说，"我比云深大一岁，比傅小姐你应该大两岁，在云深回来之前，我是弄堂里最小的孩子，纪家的阿公阿婆都很喜欢我。云深三岁那年，纪敏阿姨带他从S市回了L城，纪阿姨未婚生子,纪家阿婆和阿公气得不行,一开始不让纪阿姨和云深进门。我爸妈就住在隔壁,听到吵闹知道原委,心疼纪阿姨天寒地冻地抱着孩子没处去,就收留了他们母子在我家暂住。你看云深那个时候,眉清目秀的多好看啊,人心都是肉做的,纪家阿公阿婆一开始是生气,等日久天长地看着这么可爱的小孙孙在眼前转来转去,自然心软。不到两个月,阿公阿婆便让纪阿姨回了家。那年过年,阿公阿婆就带着我们两个孩子去拍了这张照片。"

傅筱筱的目光却落在另外一张照片上,照片上瘦得和竹竿一样的男孩站在一座庭院水榭前,目光冷淡,身形孱弱。傅筱筱看着有些眼熟,拿起来细看了看,有些不敢置信地问沈曼:"这照片里又瘦又小的孩子,也是纪云深?这是什么时候照的?"

沈曼想了想:"大概七八岁的时候?纪阿姨回来没多久,纪家阿公修电缆时意外受了伤,他们家里条件一下紧张起来,因为只有纪阿姨一个人在工厂做工的收入。云深那个时候营养可能有些不良,所以看起来比寻常孩子要小些。他那时候怯懦孤独,因为身世的原因,他总是被弄堂里孩子们看不起。所以从小如果我不在的时候,他就独来独往。这张照片应该是在我们弄堂对面的园林照的,他小时候喜欢躲在那个园林里看小人书,为了不让别的小孩来打扰他,他总是藏得很好,我们也经常找不到他。"

不过,我倒是经常找到他——傅筱筱怔了半晌,低声说:"原来我早认识他。"

"什么?"沈曼的目光滞住。

小时候的那些事情充满了意外和偶然,傅筱筱也是到今日才知道,年少的时候自己数次仗义出手帮的是谁。她小时候在部队大院长大,生就豪爽大气的行事,后来跟着傅时雨转业回地方后,她自然而然成了整条街的孩子王。每次她到外婆家时,也呼朋唤友去邻近的园子里玩,看到有人欺负那个瘦瘦小小的男孩,她站出来一声怒吼,威风凛凛地吓跑了那些对纪云深恶作剧的孩子们。只不过,她原以为她帮的是个小弟弟,没想到居然是比她还大一岁的纪云深。

这些往事太过戏剧性,傅筱筱一时也没法说得清楚,只道:"我外婆家也住在这座园林附近,我小时候也经常去园子里玩,在那里碰到过他。"

她对那个小男孩印象深刻,是因为他身上的小人书实在精彩,有时候她也躲开跟屁虫们,跟他窝在各处秘密基地看书。他从小懂得就多,小小的人儿脑袋里居然藏着那么多精彩的故事,尤其是三国的周边故事——想到这里,傅筱筱突然有些明白过来,他为何对三国魏晋南北朝的历史那样感兴趣了。

沈曼又指着一张照片说:"这一张,是云深十岁的时候,我们两家的合照。从那天起,我们两家几乎年年都在一起合影留念,直到云深念了大学,我们才没有再去照。"那张照片里并肩而立的两个小孩粉雕玉琢,精致的五官已隐隐露出了后来的惊人风采。

沈曼摩挲着男孩女孩的脸,轻轻说:"我和云深年纪相仿,又经常在一起,大人们看我们,经常打趣说小新郎小新娘,郎才女貌得很。说实话,我一开始从没有存过这样的心,直到上了高中时,在同学们的风言风语中,有些事情就似乎尴尬而又明朗起来了。"

她白玉一般的手指从随后的几张照片上流连而过,指着一张人数最多的合照:"这一张,是云深十七岁、我十八岁的时候,最后一张两家人都齐全的全家福。后来呢,几乎每年都有人少,先是纪阿姨,再是阿婆,再是阿公。再然后,云深就什么亲人都没有了,吃住都在我家,成了我们沈家的人。我妈从来把云深当自己儿子看待,便是我爸那样不靠谱的人,也是打心眼里疼云深。云深每次生病,都是我爸陪着他去医院。有一次云深阑尾炎发作,又逢江南几十年难得一见的大雪,那个夜里,是我爸背着他一步一个脚印去的医院。"

傅筱筱听到这里才叹口气:"你爸那样对云深,你有想过为什么?"

沈曼敛眉淡淡一笑,边将桌上的照片收起,边说:"傅小姐这次从L城带回来些什么新闻,不妨也说说。"

傅筱筱直接问:"沈小姐,十二年前,你爸的那笔巨额赌债,是怎么还上的?"

沈曼的声音有些寡淡无味:"是他的朋友周转借给他的。"

傅筱筱轻轻一笑:"恕我直言,当时你爸从哪里能找到出手这样豪绰的朋友，能够借给他一百万现金？沈小姐，那笔钱是梅非奇给纪云深母子的生活费。你爸冒充纪云深的继父，拿走了这笔钱。等到梅非奇和云深妈妈对峙时，梅非奇以为纪阿姨另跟了人还对自己纠缠不休，说话就未免过激了些。纪阿姨解释不清羞愤交加，这才从九层的高楼一跃而下。她寻死，是为了证明自己的清白。"

沈曼沉默不语，傅筱筱望着她并无一丝惊讶的神色，这才凛然一惊："你早知道？"

沈曼苦笑了声："我自己的父亲，我能不了解？傅筱筱，你为什么要查得这样彻底？"她悲哀地说，"那你觉得云深，先是以为父亲逼死母亲而六亲不认，然后又得知这么多年对他照顾得无微不至，可称'养父'的人一手造就了当年的意外，他要情何以堪？傅筱筱，你真的想让云深彻底孤家寡人吗？"

"说实话这也是我回来的一路上所顾忌的，不过在去医院的路上，当我看到那段视频，我心中就有了答案。"傅筱筱冷静地看着她，一言一语说得明明白白，"你们沈家或许对云深真的情深义重，但是这一切都是在欺骗的基础上。而到现在，你还在利用他，无所不用其极地利用他。如果你真的待他如亲人，为何不告诉他当年的真相？为何让他有父不能认，有家不能回？为何你还要千方百计地离间我和他？你明明知道，他对你的感情并非爱情，为什么你要绊住他，这难道就是你认为的对纪云深的好？"

"傅小姐，你真是问住我了。"沈曼冷冷地笑，"我承认我自私，用心险恶。但是这么多年，陪着他的是我，帮着他的是我沈家，而你呢？你就不自私？就浑身无错无可指摘？你明知道当初自己的救命恩人是谁，你明知道他经历过什么，可是你又在哪里呢？知道纪阿姨为什么那天会在医院的高楼上吗？因为你住院了几天，云深就守着你几天，纪阿姨去医院找云深，梅非奇去医院找纪阿姨……如果那天云深不在医院，纪阿姨也许就在家中，也许就轮不到我爸去骗那笔钱，也许纪阿姨和梅非奇也就没有误会，而最后，云深也就不会阴差阳错地丧母恨父。"

沈曼说到最后，眉眼的愤恨怒火如利剑："所以，一切都是因为你，傅筱筱！世事因果循环，没有一个链条是断开的。"

傅筱筱念了七年的法律，向来引以为傲的逻辑被沈曼这番强词夺理给完败了。她摇摇头说："沈曼，你走火入魔了。"

"疯魔便疯魔了，世事如此，不就是想把人逼疯？"沈曼轻嘲，"我为了让云深心无旁骛地念书，进了娱乐圈，当了所谓的明星。你知道我当年赚钱有多么不容易吗？跑龙套，卖笑讨好，忍受百般刁难，拍戏时冬天跳冰湖游泳，夏天在沙漠晒烈日……我也曾死去活来，我赚的每一分钱都是辛苦钱血汗钱，可是我都无怨无悔用在云深身上。他念书的钱、他考学的钱，乃至他当年创业的钱，都是我出的。你以为我现在是看中云深的身家吗？说实话，当年我也有嫁入豪门的机会，只是我为了云深放弃了。时到今日，请问你要如何计算我和他之前的关系，不论情感，还是金钱，你这个外人能分得开吗？"

听到这里，傅筱筱无言以对，确实，这笔烂账牵扯太深了，怎么能分得清？如真的要分，对纪云深而言，怕也不啻于抽筋剥皮、伤心裂肺。她心中的苦涩一点点漫溢，从心底到肺腑，再到四肢百骸，让她如坐针毡、几乎想要落荒而逃。

不过先离开的是沈曼，她重新收好了牛皮信封，临行前神色已经恢复自若，施施然道："傅小姐，如果你还有自知之明，希望能尽早离开纪云深身边。天下男人那么多，为什么非得抢我的这个？即便抢过去，他也早遍体鳞伤，那样有意思吗？"

说完，她以一如既往婀娜清雅的身姿，走出了咖啡馆。

| 第十四篇 |

桥归桥，路归路

沈曼走后，傅筱筱一人在咖啡厅里坐了许久。

手机握在掌心已经开始发热，她看着不断亮起的屏幕上连环 call 的提示，一时不知该如何应对。

身旁香风飘过，一只涂着豆蔻色指甲的雪白手掌横空伸过来，夺走了她的手机。那人利落接通了电话："喂，纪总。筱筱刚被你的沈大明星给说蒙了，这个时候正在伤心断肠着呢。今晚她是没心思和您聊了，您请明天再打来。"不等电话那边的人说出只言片语，她又利落按键挂断，把手机重新塞回傅筱筱手里。

"多大点事啊，这样犹犹豫豫、瞻前顾后的，还是我认识的傅筱筱吗？"童依依在傅筱筱对面坐下，一头妩媚卷发这日难得地束起来，看上去又飒又靓。她斜眼看着傅筱筱，"怎么，你难道就这样败了？"

傅筱筱扶额："我刚才确实被她说晕了。"

童依依也是感慨:"沈曼真是多才多艺啊,就算不做明星,也能参加司考拿个执照来做律师了。这样的口舌之利和强大逻辑,真是让人叹为观止。"

"你全都听到了?"

"只听到后半截,"童依依道,"刚下班时看到群里倪姗发的信息,怕你出事,过来看看你。不料经过这家咖啡厅看到两个当事人居然亲亲密密坐在一起聊天,我就躲在后面那桌听了一会儿。"

"亲亲密密?"傅筱筱微微一哂。

童依依蹙眉:"筱筱,当初我因为感情的事撞得头破血流,你劝我时那么明白利落,怎么今天遇到自己的事,却这样糊涂起来?"

傅筱筱苦笑:"不然你以为当局者迷这句话怎么来的?"

童依依想了想,忽而一笑撩人:"沈曼的事,交给我吧。"

"你想做什么?"

"我自有办法为她孩子的身世验明正身,给你洗脱小三的头衔,说不定还能赐沈曼一段美满姻缘呢。"

她这句话意味深长,傅筱筱警惕道:"你怎么知道她孩子的身世?"

"我想知道的事一定会知道。"童依依一脸神秘,然眉眼的欲说还休还是透露出了一些心底涟漪,"就算你不告诉我段祺年的事,总有人告诉我啊。"

"是不是顾淮告诉你的?"只要不碰纪云深的事,傅筱筱还是一如既往的聪明通透。她现下无暇顾及童依依和顾淮突飞猛进的关系，只提醒她道，"那孩子是无辜的，你可别乱来！"

童依依拍胸脯保证："放心把，我有分寸，你也别在这里发呆了，快回去休息。"

傅筱筱奔波了三四天，早已累瘫，这夜经历了这些事的折腾，更是身心俱疲。她夜里好不容易平复心境躺在床上，闭上眼睛，脑海里一会儿是纪云深童年时瘦瘦小小的模样，一会儿又是纪云深少年时默默凝视的目光——她终于想起，年少时那道总在背后注视着她的视线属于谁。

她现在的记忆深刻了，才知道他当年确实对自己心境有异，而香港的那一吻，也确如她所料，他心底一直有她，从少年到今日，也许一直都没有变。

而她呢，虽然童年就曾相遇他，高中和他还是同学，但她从不曾把他放在眼里，直到那夜他跳下水救她，直到他母亲的死如同凄厉的闪电划过她的眼前，让她心神俱骇——他才刻在了她的心底，成了隐秘、成了伤疤、成了她难以面对只能在梦里纠结和纠缠的过往。

她此刻心里甜蜜而又忧伤，昔日青春言情小说她觉得酸掉牙的形容词，此刻用来形容她的心境，竟是这样的贴切。

沈曼的话依然句句回响在耳边，虽然立场各异，但傅筱筱不得不承认，沈曼有些话也有她的道理。当年傅筱筱知道了救命恩人是谁后,一直不报恩,一直不出现,是傅筱筱以为纪敏的死是由于服装厂下岗的风波而引起的,因此胆怯不前,理亏在先。这么多年里,在纪云深最需要人陪伴、最需要人安慰的时候,守候在他身边陪他成长、助他成才的,确实是沈家的人。即便是始作俑者的沈奎,他也确实在努力偿还、负疚前行。

沈曼还有句话说得也对,如果纪云深得知当年事情的真相,想必会更加情难以堪。这些年沈奎的行事对于纪云深来说,确实可称"养父"。而梅非奇也有过错,他错不该讥讽嘲笑纪敏,企图能在离别之前将两人的陈年旧事一笔勾销。当年的真相对于纪云深而言,就是生父加养父一起逼死了自己的母亲。这样的打击,远超之前的恨和怨,不知纪云深能否承受得了。

可是——

傅筱筱学法这么多年,看过无数卷宗案例,深知事情的真相总有大白的一天。难道要等再过十年,甚至纪云深老了后,才得知真相悔之莫及吗?她也比任何人都愿意从纪云深的角度去想,这件事的本质,不是这里面的情何以堪,而是纪云深应该有获知当年事情真相的权利。

想到这里,傅筱筱才从今晚的这些乌七八糟的迷雾中找出了将去之路,心中稍微安了安,在将近凌晨的时候昏昏沉沉睡了一小会儿。依稀又有梦,是她从水中被他捞出来,在他的拍打帮助下吐出污水时,那个少年在月光下露出的明亮笑容。

傅筱筱既想明白了所有事，一早起来就去了医院，不料纪云深却不在，值班的护士说："纪先生刚被人接走了，说是出了什么要紧事。"

要紧事？傅筱筱看了眼手机，没见纪云深有任何留言，正要打电话过去，童依依却来了电："你赶紧来梧桐展览馆，这边出了大事。"

"什么大事？"

"段祺年把当年给沈曼画的画办成了展览，一大早的还叫了一堆记者过来，哎……那不是倪姗？倪姗也在这儿！你赶紧过来。"

幸亏梧桐展览馆离得不远，就在东三环边上。傅筱筱入馆到大堂，看到几十幅沈曼人像画被悬挂四周，大都是她曾经的影视形象，还有一些生活照，一笑一颦、一嗔一怒都是私底下难见的小儿女情态，而那幅轻纱薄照的人体油画也赫然在其中，无数记者长枪短炮正对准着画狂拍。

傅筱筱头皮发麻，逮到童依依厉声问："这不会就是你昨天说的主意？赶紧让段祺年撤下来啊！"

童依依脸上写满了无辜："怎么是我的主意，我可没这样神通广大。我今天早上刚打电话给阿淮……呃，顾淮，听他说了这事，才赶过来看的。我和你一样，只比你早知道半个小时啊。"

倪姗见到她俩在窃窃私语，忙走过来。她是科技频道的记者，没有收到段祺年的邀约，只是一早在记者八卦圈中闻到风声过来看热闹，对此刻现场的状况完全摸不着头脑。倪姗将脑袋挤在两人中间，左顾右盼："谁能告诉我这里是什么情况？段少闹的是哪出？他和沈曼五六年前的绯闻是真的吗？怎么这个时候爆出料来？"

童依依现在都快冤死了，被倪姗的连环问更是问得心浮气躁，怒道："谁知道？谁叫的记者过来，你去找谁问！"

倪姗瞪她："你这炮仗脾气，小心再也嫁不出去！"

童依依狠狠地盯她一眼，倪姗做个鬼脸，跑远了。

"段少来了，段少来了！"前方围着画的记者们突然一阵喧嚣吵闹，傅筱筱和童依依转目过去，看到段祺年慢条斯理地走过来。

记者的摄像镜头正式对准了西装革履、从头到尾都收拾得精致得当的段祺年。

"段少，您选择在这个时候办这个画展，是出于什么考虑？"

"曼姐之前和段少传过绯闻，你们双方不是都否认了吗？那段少这次展示的这些画，是什么场合什么情况下画的？"

"段少，段少，这次展览这些画，是要卖吗？"

……

记者们七嘴八舌地争相提问，段祺年抬抬手示意大家少安毋躁。他的外表向来极具迷惑性，此刻在闪光灯照得雪白一片的光线下更显温润如玉。

等诸人安静下来，段祺年清清嗓子，开始了今日的长篇大论："感谢各位辛苦跑一趟，今天是段某举办个人画展的第一天，邀请大家来捧捧场，同时，我也要在此正式宣布一件事。当然，宣布事情之前，我还是想要先回答一下各位的问题：诚如大家所见，这些画的人物都是一人，是我曾经的女朋友沈曼。六年前为了她的影视生涯，我们选择了不公开恋情，但我想说的是，沈曼是我心头挚爱，这些画是我的心头至宝，它们是我这次个展的重要组成部分，但是这部分的作品只展览不售卖。"

"那段少今天要宣布的事是？"

段祺年负手而立微微一笑，举止之间依然是谦谦君子的温文尔雅。他缓缓开口："我要宣布的事是：沈曼的儿子忆南，各位这些日子应该从综艺节目里看到过，这孩子不姓纪，姓段，是我段祺年的儿子。"

"是段少的儿子？"记者们哗然，"可是节目里南南说的爸爸是纪云深啊？"

段祺年不慌不忙重复刚才的话："我再重申一遍，他姓段，是我段祺年的儿子……"

"段祺年！"一声厉喝打断了段祺年。

这声音不是很大，但足够让段祺年面色发怔、双眼发直。

众人闻声回头，看到了苍白着脸站在大厅中央摇摇欲坠的沈曼。她应该刚刚从外面进来，冰冷的目色似乎浸透了这个冬日的温度，每飘过一个人的脸上，都冻得那人心底发寒。

和她一起来的,还有坐在轮椅上的纪云深。

当事人一下齐聚于此,当天爆款头条近在咫尺,记者们都有些蠢蠢欲动。

童依依担忧地看了看傅筱筱,却见她此刻倒是奇异地平静下来,双目望着厅中,竟没露出一丝的情绪。顾淮也不知何时过来,悄悄站在童依依身侧,握住她的手:"这下事情难办了。"

"怎么回事?"童依依压低声音说他,"让你去稳住段祺年,你就稳成这样?"

顾淮无奈道:"毕竟是他儿子啊,这事让他怎么放弃?要说也是沈曼的错,她怎么就这么想不明白,上了那个综艺……"

他俩交头接耳时,记者们已经纷纷在问沈曼:"曼姐曼姐,段少刚刚说的是真的吗?"

沈曼已经不复刚刚进来时的惊慌失措,这样的围攻她也不是第一次经历,既然要吃这碗饭,就要端得起这个碗。她调整呼吸从容应对,淡淡一笑:"是真的。凡人都有遇到渣男的时候,我也不例外。"

"阿曼!"段祺年自看到她进来眼神就狂乱了,他走到她面前不惜双膝下跪,"当年的事是我错了!你能原谅我吗?是我对不起你,当年不管家里如何反对,我都应该坚持和你结婚的。但不论如何,你都不应该让南南叫纪云深爸啊?毕竟南南是我的骨肉……"

"闭嘴!"沈曼俯视着他,唇角的冷笑透着极致的厌恶,"你的骨肉?他从出生到现在,你敢过去看他一眼吗?你不敢!你有种在你爸妈面前提起过吗?你没种!这些年南南不知道你这个人,他活得很快乐很开心。南南他也有爸爸,是云深。这些年都是云深给了南南爱、陪伴、抚养,只有他才有资格做南南的父亲!"

听到这里,段祺年刚刚见到她疯狂火热的心凉了大半。他从地上慢慢站起来,轻声一笑:"阿曼,你说这些不过是自欺欺人吧。这些年纪云深不是也没娶你吗?就算南南叫你妈妈,叫他爸爸,你们就真的是一家三口?"

沈曼微微一怔,段祺年怜悯地看着她:"纪云深他就是同情你,难道你不明白?他心底有别人,他也会娶别人,南南这个爸爸迟早是别人的爸爸,当纪云深和别人组织了家庭、有了他自己的孩子,到时候对南南的伤害就不大?"

沈曼紧咬住红唇,雪白的面孔上透出彷徨迷惑的神色,正是让段祺年当年一见倾心的柔弱无辜。他趁机挽住她的手臂,柔声说:"阿曼,醒醒吧,回到我身边,好不好?"

童依依看着两人偶像剧一样的起承转合,被恶心得不行,冷哼道:"什么是渣男贱女,今天总算见识了。"

顺着这声嘲讽,沈曼的眼角余光透过人群望到了他们那儿,自然也看见了傅筱筱。她忽而轻轻一笑,挣脱段祺年的双手:"我不回你身边,又如何?"

段祺年这个时候终于露出他金玉之下的败絮,恶狠狠道:"那我就在此撂下一句话,请各位记者给我作证:纪云深若愿娶你,诚心善待南南,那我就此放手,心甘情愿把自己儿子让给他。若纪云深不愿娶你,我死缠烂打,即便丧尽天良,也要你和儿子与我一家团圆!"

沈曼浑身颤抖,她转过身看着纪云深,眼中的凄凉和祈求让人难以直视。

段祺年心知纪云深和傅筱筱的关系,此刻见他目中狂潮涌动似要杀人,一时快意大笑:"纪云深,你敢娶沈曼吗?"

纪云深唇角紧抿,一言不发。

段祺年扬扬得意地和沈曼说:"你看,我就知道他是个大话满嘴的虚伪人。"他又转过头讽刺纪云深:"纪云深,你不是最喜欢逞强出头吗?你不是总说要替阿曼讨公道吗?现在该你出来逞能的时候,你怎么又缩成了乌龟?我看你才是真的伤阿曼的人,做着人家儿子的爹,给了别人期望,却从无承诺,你又是什么好鸟?"

他明知如今纪云深受伤在身,再无往日挥拳过来让他吃亏的可能,这样当众故意挑衅,实在可恶。傅筱筱怒火横生,将要冲出去时,却被童依依死死拉住:"你去做什么!这浑水你蹚得还不够?纪云深这点事都摆不平,还拿什么面对你?"

便是这一耽搁,事态一瞬万变,人群围观的中央,此刻已经有了定局。

"你给我住嘴!"沈曼再一次喝住段祺年,她眼中泪水扑簌滚落,抽泣着哀声道,"云深,对不起,又让你为难了……"

段祺年冷笑:"你对不起他什么?你曾经供着他、养着他,他呢?他心里有你吗?你再想想他的身份,犄角旮旯的私生子,沈曼你这个蠢女人……"

他话音未完,纪云深已道:"我娶。"

厅中大都是看热闹不嫌事大的人,而且看沈曼和段祺年的对峙,所有人都明白了沈曼当年被抛弃的惨状和现今没有退路的难堪,此刻听到纪云深这句落地有声的话,不免鼓掌起哄。

可是傅筱筱耳中万物静寂,甚至能清晰听到自己心底碎裂的声响。

她方才已被沈曼那一眼看得后背发凉,情知今日一事,可能必要有个说法。即便已经做了万全的准备,但这两字入耳,还是让她忍不住眼前发暗。

旁人喧哗越大,她那颗破碎的心就越无限下坠,直坠入了冰天雪地,再无一丝的温度。

童依依正紧攥她的手,感受着傅筱筱手指惊人的凉意,咬牙切齿道:"纪云深浑账!"

顾淮也在一旁扶额,只觉场中惨状实在不忍目睹。

"那纪总的女朋友怎么办?为了这个不明不白的便宜爹,

就想不起当日拍卖场上一掷两千万的豪情了?"问话的记者话语含冰、言词含讽,却是倪姗。

"是我……对不住她。"纪云深压在喉中慢慢挤出的声音似乎是从万丈深潭中而出,冒着寒气钻着湿气,无尽惘然,透底怅凉。

"呸,人渣!"倪姗唾弃一口,转身和童依依拉着傅筱筱决然而去。

三人上了童依依的车,傅筱筱坐在那茫然了一会儿,一瞬仿佛万物皆空,一瞬又觉得酸楚难当。耳边倪姗和童依依似乎在说什么,但是她一句话都没听进去。矛盾的心绪折腾到她肺腑都发凉起来,伤心怨怼到最后,竟是自怜自艾的情绪漫溢。她忙调整了一下思绪,望向窗外的景色,突然醒悟过来:"哎,怎么就走了,我的车还在那里呢。"

童依依见她沉默许久后开口竟是这话,不由松了口气:"小姐,你活过来了?"

"这个时候,你还记着你的车?"倪姗瞠目结舌。

傅筱筱见童依依上了环路一路向北,又说:"你要去哪里?"

"送你回家啊。"

"先不回家,送我去医院吧。"

"你还去见那人渣?"倪姗愤愤道,"他都当众承诺娶别人了,你还要凑上去?"

冬阳照在傅筱筱面庞上,她此刻似乎已经无悲无痛,安宁静谧得如同一幅画。她对倪姗说:"即便分手了结束了,但也要结束得体面。而且两人的关系,就凭他一个人就能了断吗?我也需要去画一个句号,不是吗?"

这话说得有道理,难不成傅筱筱还要做最后落荒而逃的人。童依依听话地折转了方向,从透视镜里审视傅筱筱:"筱筱,我再问你一句话:时至今日,你还要报恩吗?"

傅筱筱淡然一笑:"这世上这么多事,谁欠谁的都说不准呢。对我来说,恩情是连在一起的。有情才有恩,无情则无恩。"

恩情至此,也许不散也要散了。

不是她想断,而是沈曼这一步,把所有人都逼入了死局。以他的心性,目前进退皆是深渊,不管真相与否,他都断然不会再牵连自己了。

傅筱筱所料无差,纪云深果然在医院等着她。

她现在已经没有身为家属出入不告的自由,到了他的病房门外,她扣指敲了三声,里面一片沉寂,她站在门外默默地等,直到他低声说:"进来吧。"

她这才推了门,走了进去,站在他的面前。

"你不坐吗?"

"如果你允许的话。"

"请坐。"

"好，谢谢。"

她已经刻意和他处处生分，而这一切因为什么，他心知肚明。今天早上的事一切都突如其来，他万没想到事情的最后竟是以他自己陷入炼狱而告终。只是就此沉沦下去的，不仅是自己，还有与她的这段感情。此刻他即便想要道歉，也知道"对不起"三字太过轻飘飘，不如不说。

但，即便如此，他也要给她一个最后的交代。

纪云深斟酌着用词缓缓开了口："筱筱，今天的事……"

"我全程旁观了，不必解释。你有你的无奈，我也有我的成见。只是——"傅筱筱认真地看着他，"我还是想当面问清楚，纪云深，今天你用一句话折断了我们所有的可能，到底是因为什么？"

纪云深不想欺骗她，他嘶哑着声音说："沈家对我恩义双全，沈曼为了我受过无数的苦……我不能狼心狗肺。"

傅筱筱轻轻一笑："我一直以为你对沈曼的感情不至于把自己全搭进去，现在看来，是我自以为是把自己想得太重了，当然我也把沈曼想得太轻了。纪云深，其实我不怪你，如果是我，我可能也会这样为难。不过现在我有点怪我自己，昨天晚上我不应该不接你的电话，不应该不过来医院和你把事情说清楚。也许说清楚了，也就没有今日这样回不了头的局面了。"

"什么事？"

"你母亲跳楼的真相。"

纪云深面色骤然变冷，傅筱筱平静地望着他："我和沈曼昨晚聊的就是这件事。沈曼让我不要告诉你，因为她担心你知道真相后会受到更大的伤害。不过我觉得，你有权利知道事实的真相。"

"什么真相？"

"你母亲跳楼，不是梅先生逼死的，根源在沈奎。"

她说得这样干脆利落，全然不想听这话的人该如何消化。纪云深剑眉紧紧拧在一处，自然难以置信："你在胡说什么？"

"我是个信口胡说的人吗？"傅筱筱被他这声质疑激得有些怒气，但还是努力克制了不断涌动的万般情绪，秉持了沉稳的声调缓慢交代，"之前我离开北京的几天，是去了L城。我去L城，是受章白云所托。这个名字你可能不想听到，但是我确实是被章先生说服了，才对当年你母亲跳楼的事产生了怀疑，所以我去查了一下往事。"

纪云深的目色已经寒如冰霜，傅筱筱问他："那一年，沈曼的父亲突然断了两根手指，你还记得吗？"

"记得。"纪云深记得清楚，沈奎那年被机器割伤了手，深夜回家时，沈家一阵闹腾，让住在隔壁的他们一家也带着一宿不能好睡。沈奎的妻子哭声那夜如此凄凉，更是听得自己的阿公阿婆都唏嘘不已，低声叹道：这沈家是遭了什么孽哦。

傅筱筱告诉他："沈奎当年欠了百万赌债，那手指是被放贷的人割掉的。放贷的人甚至还想要了沈奎的命,但后来沈奎最终还上了这笔钱,你知道是谁给他的吗?"

欠赌债?纪云深怔了一怔,心知这像是沈奎的行事。昔日阿公阿婆的感叹似乎另有意味,他到此刻才醒悟过来。一刹那念光如电闪,他已隐隐约约明白了几分,脸色青白交加,额角冷汗涔涔渗起。

傅筱筱见他的神色便知道他已经想到了什么,他是那样聪明,可惜事发时是少年,即便受尽生活的折磨,但依然不明人心之迂回、世事之艰险。这么多年先入为主的偏见更是牢牢掌控了他的心智,让他一叶障目,竟从未往旁的方向去想一想。

傅筱筱轻轻叹了一声:"想必你已经想到了,沈奎还债的钱是梅先生给的。他当年以你继父的身份,向梅先生索要生活费,骗去了这一百万的巨款。那年夏天梅先生特地来 L 城找你,是他要去国外长住,所以来看看你顺便辞行。可是他在家中没有找到你,等他到医院找你时,却见到了你的母亲。你母亲见到他非常惊喜,但梅先生却误会她另嫁了人还对自己纠缠不清,于是说了一些过激的话。这些事,当时医院有个护士正好在天台上,她听得清清楚楚。"

纪云深面色已渐如灰败之色,傅筱筱低声道:"我不了解纪阿姨,但我想她是个用情至深而且性烈如火的女人。纪阿姨当年那纵身一跃,是为了自证清白,即便她是受梅先生刺激,但是始作俑者、造成一系列误会的人,是沈奎。"她说到这里顿了顿，问纪云深："所以，沈家对你的情义双全，大概是多全？"

纪云深咬紧了牙关，直到唇齿间尝出了腥甜的味道，他才缓缓松弛了周身紧绷欲裂的神经。

傅筱筱见他瞳孔中已有红血丝缕缕涌出，觉得自己真的太残忍了，为什么说完了之后，还要用最后一句去讽刺他。她这才发现，自己说得再大度，还是对"我娶"两个字恨极怨极，再装得若无其事，实则早已被这段纠葛复杂的感情给弄得失了章法。她匆匆起身说："对不起云深，我只是希望……你能过自己的人生，你谁也不欠，希望不要再被有心人利用。"

"傅筱筱，你每次都说得这样风轻云淡……"纪云深张了张口，察觉到自己话语中的怨愤之气，怔了一怔，立即收住。

他怪她什么，怪她听从章白云的话去查清了真相，让自己这十几年亲者远、仇者近的行径看起来显得既愚蠢又可怜，还是怪她昨夜没有及时告诉自己事情的真相，以至于让今天的自己看似壮士断腕去报答恩情的义举更加滑稽和可笑？即便他现在一怒去割断与沈家的所有瓜葛，难道他和傅筱筱两个人还能真的当作什么事也没有发生，就这样继续相处下去？且听傅筱筱今天来说的话，他也知道，她心底已经对他的糊涂透顶感到极其失望。

他们之间已经不可能，便是傅时雨和卓文眉，在因为他和沈曼的关系对傅筱筱一次又一次几近公开的羞辱后,也不会再让他们的女儿和他这样的蠢人在一起。更何况他现在还是这样残破的身躯,什么时候能站起来、能恢复如初谁也不知道。他现在不过是一个废人、一个笨蛋,他以什么配得上傅筱筱?

纪云深惊觉万事俱休,生无可恋,生意场上的杀伐果断需立即用在斩断情丝上。他再开口时,声音寒凉如水,与她留下最后几句话:"谢谢傅小姐告知往事,事实的真相既然没有在最初的时候分辨,现在再去判断谁善谁恶也就更难分清了。我和沈家的这笔烂账也不敢再牵连傅小姐,从此之后,一别两宽,一路顺风。"

傅筱筱此行的"句号"依然由他主导画上,她即便早已知道了结局,还是愣愣半晌,才涩声道:"好,我走了。再见……小奉先。"

她走时轻轻关了门,咯哒声传入纪云深的耳中,如同巨锁锁住了他周身血脉。

小奉先——她终于认得了自己,却在这最后的告别时刻。

初识时,她如同骄阳一样照亮了他的天空,吓跑了欺负他的孩子们不说,还对他拍着胸脯笑:"往后我罩着你,跟着姐姐我在一起,可没人敢欺负你。"

她骄傲的小脸高高扬起,秀美的五官是他从未见过的精致出众。她问他的名字,他鬼使神差地说:"我姓梅,叫奉先。"

"奉先?"她注意到他手上的小人书,惊道,"你喜欢吕布?"

马中赤兔、人中吕布,那样的跃马沙场枭勇无双的战将对年幼怯弱的他来说无疑是最大的偶像。只是那时他刚开始看三国,还不知道后来的吕布竟是三姓家奴,一生的经历实在不堪得很。

纪云深此刻想想,吕布的一生认贼作父、痛失所爱、未得善终,某种程度上,竟与自己如今的处境不谋而合。他失声大笑,笑这命运的戏谑不公,笑这三十年的不幸与孤苦,笑自己的愚蠢和糊涂,更笑那一如既往深入骨髓的自卑和怯懦——只要她不回头、她不靠近,他就只会无望地守候,而从不知如何去追求;甚至在她微微露出一丝蔑视后,他便失魂落魄地逃之夭夭。

难道他真的是如吕奉先,独有孤勇,而无大谋?

不,不是。他不是吕布,他既无天命,也不认命。人生再糟糕的境遇也不过如此了,难道还能更坏?与其痛失一切被命运打败,不如与命运搏斗一番,看看最终结局又如何?

三天后,傅筱筱收拾好行李,准备回 S 市。

"你真的打算下个月就出国?"在傅筱筱家的客厅里,倪姗抱着傅筱筱依依不舍,"上一次你走了三年,这一次你又要离开我们多少年啊?"

童依依正跪在地上帮傅筱筱打包行李箱,听着这话眼中也是一热。

傅筱筱拍拍倪姗的肩膀："放心，等我多学点本事，我就回来了。再说了，现在你们家华远每个月都飞欧洲，你随时可以和他一起来看我啊。"

"你以为谁都和你一样，不愁吃喝？"倪姗白眼瞟她，"我还要工作还要赚钱，哪有那么多的假期。"

傅筱筱揉揉她的头发，坦然说："我却羡慕你，有华远这样好的人一直宠着你陪着你。"

"唉，筱筱……"倪姗叹了口气，却不知道该说什么了。

世事就是这样，有人不愁衣食，却孤家寡人。有人家庭幸福，却必须为了生计疲于奔命。人生总有阴晴圆缺，凡事总难双全，这些只能如人饮水、冷暖自知。

童依依提着行李箱站起来，说："好啦，你们别这样依依不舍了，现在通信技术多发达啊，我们天天可以视频聊天。而且倪姗你别哭穷，一天到晚跟葛朗台一样的，守着你们家的小金库发霉吗？以后再给我哭穷，顿顿饭都你请。"

倪姗呸了一声："你个周扒皮，哦，不对，童扒皮！"

童依依双臂一展，同时揽了倪姗和傅筱筱："好了好了，我们赶紧出发去餐厅，筱筱下午还要赶飞机，今天中午的钱行饭定得早。"

三人说说笑笑到了小区楼下时，一辆路马遽然横冲过来，就这样霸道地停在她们面前。三人正怔愣时，驾驶座上下来一条纤瘦的人影，正是沈曼。她疾步过来抓住傅筱筱的衣领，厉声道："傅筱筱，是不是你把南南带走了？你怎么这样卑鄙，居然动我的孩子？"

她脸庞涨得通红，目中怒火和恨意喷薄而出，情绪异常激动。

"起开！"童依依伸手想将她推开，"你发什么神经？谁动你孩子了？谁稀罕你的孩子？自己的孩子自己看不住，还过来找别人的茬？"

沈曼此时却如雌虎一样的莽撞凶猛，童依依哪里是对手，被沈曼反手一搡差点倒在地上。

沈曼盯着傅筱筱已然目眦欲裂："南南兴趣班的老师说一个长相清秀的年轻女人把南南带走了，南南还认识她，满嘴都叫她'傅阿姨'。不是你还是谁？"

倪姗怒道："沈曼你要点脸，我们家筱筱这张脸，只是长相清秀？"

沈曼被这句话喝得略微一愣，看着傅筱筱的脸，突然有些茫然。傅筱筱却想起来段祺年画室里的那个女孩，对她说："你有没有去段祺年那里看看？段祺年画室有个姑娘，我那日见她的胸牌上，写的名字是姓傅……"

傅筱筱话还没说完，沈曼转身就走，脚下却被台阶绊倒，踉跄摔在地上。

傅筱筱还从未见她这样失态过，心知她这样的状态也根本开不了远途车，叹口气，上前扶起她："算了，珍珠泉太远了，我陪你去吧。"

童依依拉住傅筱筱："你疯了？要不要这么圣母？"

"无所谓，反正我和纪云深分手了，和她也没什么瓜葛了，毕竟她还是我的师姐。"傅筱筱对童依依和倪姗道，"我待会儿直接去机场，你们帮我把行李先带过去吧，我们机场见。"

交代完，她便和沈曼上了车。这个点不是拥堵的时候，五环外出城的路上车辆更是稀少，她们一路畅通无阻。到了珍珠泉，傅筱筱还在上一次七拐八拐的路线中细想方位时，沈曼已道："这条路走到底，左转。"

她对段祺年的画室想必非常熟悉，在她的指引下，傅筱筱十分顺利地找到了绮年画舍。

画舍依然门庭寂静，相比上次夏日来时的草木葳蕤，此刻院墙内外不见一片绿色。苍野四处乱云低坠，冬日里满目皆是萧瑟。画舍外的那扇木门依然未曾上锁，两人走进去时，听到草地上传来小孩和大人的对话声。

"叔叔，我这个线条为什么总画不圆？"

"画不圆也不要紧，不圆也是一种意境。"

"叔叔，你说我画得好吗？"

"当然，南南画得真好，不愧是我……是我教出来的。"段祺年好不容易才压下脱口而出的"儿子"两个字。

沈曼刚刚急得都要发疯，却不料这两人在院子里的小山坡上自得其乐地画着画。父子二人兴许是天性使然，交流起来语气亲密，互视一笑的瞬间竟有温馨流溢。

沈曼静静望了片刻，才唤了声："南南！"

南南回过头，看到站在山坡下的沈曼，欢呼道："妈妈，你真的来啦？段叔叔说是你的好朋友，原来他真的没骗我。"

他小跑下来扑到沈曼怀里，沈曼摸着他的头，目光却注视着段祺年，话中有话说："南南，以后不要随便和陌生人走，知道吗？"

"段叔叔不是陌生人啊，他是我美术课的老师，已经教我上了好几次课啦。"南南指指山坡上的画板，"你看，我画得好不好。"

段祺年这个时候才温和地对沈曼及傅筱筱颔首，笑吟吟地告诉沈曼："你送他去上的兴趣班正好是我创办的品牌，几个月前我心血来潮去那个分支机构看了看，没想到却遇到了南南在那里学画，从此他的画画课就是我上的。你说，这是不是缘分？"

沈曼冷冷一笑："你们真有缘分，会到现在才相识？"

段祺年笑意僵了僵，沈曼弯腰对南南说："这个地方离家太远了，以后不要再来了，不然妈妈找不到你，会很着急很伤心的。"

"可是……"南南迟疑地说，"这个地方多好啊。这里安静，风景也美，段叔叔的画室里还有各种各样的画。我喜欢这里，妈妈，我喜欢画画。"

沈曼心如刀割，却依然道："可是妈妈不喜欢这里。我们走吧。"

血缘这个东西真的很奇妙,南南从一岁多就表现出了对绘画的极大兴趣,沈曼没办法压制孩子的天性,等他稍微大一点,便送他去少儿专业绘画课的地方学习,只是没想到那里竟是段祺年的"老巢"。

段祺年见她带着儿子就要走,忙从山坡上追下来,伸臂挡住他们的去路:"阿曼,南南挺喜欢我的。你何必这样呢?给我们一点相处的时间可以吗?算我求你了。"

沈曼深深吸了口气,这才压住怒气不至于破口大骂,她冷声说:"段祺年,该说的我上次都说完了,不该说的,我们也没有说的必要了。人要脸树要皮,你何必这样死缠不放、让人讨厌?"

段祺年笑一声:"你还说我?你对纪云深难道不也是这样?"

沈曼的目光从傅筱筱脸上轻轻飘过,她真的很累了,尤其是先前担忧儿子失踪,一颗心七上八下实在是被折磨够了。她疲惫地说:"我和纪云深也说清楚了,桥归桥、路归路,从此之后再不相干。"

这句话她本没必要说,但现在说出来,其实并不是给段祺年听的。

"陌生人?"段祺年愣了一下,等惊喜过望地反应过来,沈曼已经带着南南出了院门。

傅筱筱慢了几步,段祺年对她叹了声:"没想到,今天居然是你陪着阿曼过来。"

傅筱筱连眼角余光都懒得赏他一眼,抿紧了红唇,径自出门。

沈曼将傅筱筱送到机场,临别时,她终究说了声:"谢谢。"

傅筱筱面上喜怒不现,唯独目光透着远隔千里的疏离。她说:"不客气。"

"傅小姐,"沈曼见她要走,忍不住又唤住她,"你还是要走?"

"不然呢?"傅筱筱笑一笑,转身离去。

南南见沈曼迟迟不回车上,按下车窗,喊道:"妈妈,你看什么啊?"

沈曼叹了口气:"妈妈在看一颗心。"

她已经习惯了周围满是精致的利己主义者,却不习惯这世上还有傅筱筱这样的人。

| 第十五篇 |

白云飘逝明月归

2019年,春天。

瑞士,圣莫里茨。

这日临近傍晚的时候,库尔姆山庄酒店靠近湖边的酒吧涌入了一群青年人,他们想必是刚从科尔瓦奇峰滑雪下来,此刻依然浑身上下亢奋着,正手舞足蹈交流方才滑雪的趣事。说到高兴处时,众人哈哈大笑,欢乐的气氛瞬间传遍酒吧内外。

他们在室外湖畔的位子坐下,这群人非俊男即美女,落日余晖照在他们身上似能闪闪发光。在这一众高鼻深目的欧美面孔里唯有一张亚洲脸庞,那女子留着齐肩的秀发,长眉如画,黑眸如星,整张脸以国人的眼光看无可挑剔,便是欧美人见着也觉得赏心悦目。众人喧嚣,只有她话少了点,但唇角始终挽着一个优美的弧度,听着伙伴们彼此打趣。

一位侍者在他们坐下后就送来了酒水小食,说:"那边的先生请客,说是傅小姐的朋友,请尽情畅饮。"

"傅小姐?"伙伴们拍桌起哄,"筱筱,那肯定是你的追求者。"

傅筱筱转头一看,见到那个独自坐在远处桌边的男人。他也是亚洲面孔,一身湖蓝色的休闲装,昔日总沉静深远的眉眼今日在这湖光山色间显得十分柔软,他举杯对她一笑,唇边动了动,似乎在说"久违"。

没想到在这里竟遇到了金豫,傅筱筱微微一怔,和伙伴们说了声"抱歉",便往金豫那边走去。

"一个人?"她问,"我能坐吗?"

"当然。"金豫伸臂邀她坐下,打量她几眼,"筱筱,你看起来气色不错。"

傅筱筱说:"刚滑完雪,浑身血液还都兴奋着,气色肯定好。没想到在这里看见你,我们多久没见了?"

"一年半?或许更久。"金豫话中有话说,"从那次嘉时酒会之后,就再没见过你。江晴还抱怨说,那天和你说了今后要多走动,结果你一转身就去国外了,一年多都没走动成,那话却是白说了。"

提到江晴,傅筱筱忍不住微笑:"听我妈说你快做爸爸啦,恭喜恭喜。"

"谢谢。"金豫再是老成持重,此刻脸上也有掩饰不住的欢喜,"你呢?近期个人感情有什么进展吗?"

"我现在两耳不闻窗外事,只专心念书呢。"

金豫指指远处的那群年轻人："那些人是你同学？有几个看起来不错，不考虑发展发展？"

傅筱筱摇头："我可不喜欢近水楼台。"

金豫道："是不喜欢近水楼台，还是心里仍容不下别人？"

傅筱筱感慨道："你真是一如既往管得宽啊。"

金豫对着她确实习惯性地苦口婆心，只怕是因为二人初见时那个什么都懵懂莽撞的小妹妹让他印象太深刻，从此之后恨不得事事替她揽着，以至于后来成为男女朋友时，他竟也没觉得哪里不对劲。他聪明一世，但也糊涂一时，和傅筱筱一起，两人错把兄妹情当成了男女情。幸亏傅筱筱醒悟得早，也幸亏他后来得遇了江晴，才将人生不可或缺的、轰轰烈烈的爱情弥补圆满。

听到傅筱筱的指摘，他无奈说："不是我管得宽，是实在不忍心看傅叔叔一直唉声叹气下去了。筱筱，再过几个月，你也满三十啦。"

"三十怎么了？三十就人老珠黄了？怕我嫁不出去？"

"不是怕你嫁不出去，是担心你不想嫁别人。"

不想嫁别人？金豫小心翼翼地别有所指，傅筱筱却风轻云淡地一笑："你们想得太多了，我只是没那么恨嫁而已。还没遇到对的人之前，难道为了所谓的婚姻，就要让自己蒙眼狂奔？"

她一向牙尖嘴利，金豫听着却忍不住叹气："我现在才知道，你是一根筋的傻姑娘。"

傅筱筱有些坐不下去了，起身说："好了好了，你还是不改老毛病，就喜欢说教人。以后江晴生了孩子，你可以名正言顺去教你孩子，不要再来管我啦。我过来就是谢谢你埋单，他们还在等我，我先走了。"

金豫喊住她："筱筱，你不问问我来瑞士做什么？"

"不就是谈项目谈案子，还能做什么？"

"章白云去世了，昨天夜里的事情。"金豫脸色有些黯淡，话语亦变得沉重，"我正好在德国出差，听到消息就先过来了，昨天赶过来见了他最后一面。江晴现在的身体状况出不了国，我在这要待几天，等白云后事完了，我再回国。"

傅筱筱心中咯噔一下："章先生……章先生走了？"

"他有先天心脏病，能活到今日，也是很不容易了。"金豫想到一事，对她道，"明天是他的告别仪式，毕竟也是相识的故人，你要是有时间，也来送一程吧。"

傅筱筱怔了片刻，才道："好。"

章白云是混血，他妈妈是中国人，爸爸是瑞士人，傅筱筱也是今日才知道，脚下的这个小城市圣莫里茨是章白云出生长大的故乡。

傅筱筱回到伙伴们的桌上，她依然忌酒，独自喝着苏打水，望着日暮从湖光倒影中抽离一分分白日颜色，天空由霞光烂漫到灰冷铁青，转瞬之间的变幻正如同人间万事的起伏不定，连带她的心，也在暗淡的光线下逐渐冰凉怅然起来。

说起来章白云与她并无深交,在国内时两人不过三面之缘,第一次她对他心有抵触,第二次她见他惊鸿掠影,直到第三次,两人之间才算是坦诚沟通了纪云深母亲的事。再然后,傅筱筱从 2017 年年底到了欧洲,极少关注国内的人和事,章白云这个与她无甚关系的人在她的字典里更是快消没无影了。然而世事就是这样难料,在去年九月她顺利进入欧洲工商管理学院念 EMBA 后的第一周,章白云却又意外出现在她面前。

那时是章白云作为杰出校友回来做演讲,同时也为了 LH 资本的海外扩张寻找合适的欧洲合伙人。傅筱筱被同学拉过去听章白云讲座,见台上那人一直坐在沙发上,看上去比一年前更弱不禁风了些。他的声音着意低沉缓慢,即便如此,每说完一条长句后,他转换气息时仍透出了微微颤抖的喘息声。傅筱筱即便是和他萍水相逢的交情,那一刻也不禁为他支离破碎的身体状况感到心惊胆战。

他演讲时手掌有意无意总摸着胸口,傅筱筱那时还以为这是他下意识的习惯性动作,直到今日听金豫说了章白云的病史,才明白过来原来是他心脏有问题。

那次讲座傅筱筱一言不发听完了整场,在章白云硬撑着回答听众的问题时,她便起身走了。后来是章白云特意寻到了图书馆,找到正在埋头查资料的她,邀请她去一起吃了饭。

那是傅筱筱到欧洲后第一次他乡遇故知,她没有拒绝,尽管她知道赴这个人的饭局会让她之前刻意隔离有关纪云深一切的努力前功尽弃。她记得清晰,那天他这样与她切入话题:"我这次来欧洲,除了寻找合伙人之外,也是为了谈一笔生意。梅氏准备把百闻出手。"

"哦?"傅筱筱切着松茸鹅肝的刀叉顿了顿,"梅氏在外卖市场撑不住了?"

章白云说:"梅氏还是以传统行业为主,董事局都是一班老头子,缺少新鲜血液,没有几个人能说明白移动互联网到底是什么。虽然烧起钱来财大气粗,以此也能维持百闻的市占率不下跌太快,但是这样下去除了内耗别无所用,是我说服了董事会,放弃百闻。"

"那为什么来欧洲谈生意?我以为梅先生会考虑把百闻卖给恒美?"

"我们来欧洲不是想把百闻卖给老外,当然,我们也不想把百闻卖给恒美,且不说国内现在关于反垄断的合并调查越来越严,便说恒美和百闻业务重叠,我们谈不到高价钱。"章白云对着傅筱筱这个对金融资本一窍不通的"小白",很有耐心地解释,"我们想把百闻卖给即刻,但是即刻拿不出那么多的现金。LH作为即刻的股东之一,准备联合即刻背后最大的股东,出钱帮即刻拿下百闻。"

即刻出行的最大股东在欧洲,同时也是傅筱筱的前前东家WB全球的大股东之一,那家欧洲私募基金掌握着全球移动出行公司的最大股份,是数字经济发展浪潮中最大受益者之一。傅筱筱挑挑眉:"既然即刻买百闻的钱LH也要承担一部分,那梅氏的这笔买卖不是从左手换右手?有区别吗?"

"区别大了。"章白云笑意深远,"首先,百闻是梅氏买的,即刻是LH资本投的,LH资本独立梅氏运营,从来不是梅氏的子公司,所以这笔买卖可不是左手转右手;其次,这次的交易不仅可以让梅氏彻底剥离掉这个不擅经营的资产,而且当初恶意收购百闻时被刻意压低的价格现在正能借着对标恒美竞品的上市价格,抬高两三倍卖出去不成问题;三来,这次买卖后,即刻出行的估值将翻倍上涨,LH资本在即刻的占股虽不多,但也会沾上这波估值上涨的利好,我们买百闻出的钱也会在这次的估值上涨中赚回来。所以,无论从哪里算,梅氏和LH资本都会是受益者。"

傅筱筱一边感慨着资本玩法的翻云覆雨,一边也慢慢体会到了章白云这样细致和她讲述当前形势的缘由,皱眉道:"所以——"

"所以——云深啊,以后的日子艰难了。"

即刻出行的流量、商业模式将彻底和百闻外卖打通,对于深耕本地生活服务的平台来说,百闻自带的口碑商圈和外卖场景将极大满足点对点闭环模式的想象,从消费者出门,到用餐,到吃喝玩乐,"即刻+百闻"的商业结构已经能全部覆盖,这对缺乏本地交通服务的恒美外卖将提出极大的挑战。

傅筱筱手下切的那块鹅肝迟迟送不到嘴中去,章白云望她一眼，又不紧不慢说："你放心，叶晖也帮纪云深从叶氏请来了帮手，叶蓁。"

"叶蓁？"

"叶蓁是叶氏的大小姐，目前担任恒美外卖的首席财务官，也是纪云深目前最得力的助手。"

章白云说话时即便气力不足，但依然秉持了一如既往的从容不迫，即便像此刻闲情逸致地聊天，他也要掌控全局，不管傅筱筱爱听不爱听，他依然侃侃谈来："叶蓁到了纪云深身边后，大家也才恍然大悟过来，都说恒美这样看中纪云深原来是叶氏为乘龙快婿铺路。这件事，傅小姐你怎么看？"

"他要是想受人余荫，早就不是今日的纪云深了。"

"没有人比你了解他深刻，"章白云顺势问，"所以你什么时候进梅氏？"

"什么？"他话锋转得太快，傅筱筱一时反应不过来。

章白云这顿晚餐能支撑到现在全凭药效，他又下意识摸了摸跳动吃力的胸膛，苦笑了声："说实话，我这病体，也不知道能撑到什么时候。梅氏集团正如我刚刚和你说的那样，看上去烈火烹油，实则已经开始腐朽。管理者都是一群老年人，他们要跟上现在这个年轻人的世界，真的心有余而力不足。其实梅氏的产业说到底也是云深的，他真的愿意看到梅先生几十年奋斗的成果就这样烟消云散？"

傅筱筱沉默片刻，轻声叹了口气。她清清楚楚明明白白地告诉他："对不起章先生，不是我不愿帮你们，只是……"

让我去梅氏，然后再引纪云深回梅氏，怕是您和梅先生想得太天真了。纪云深这个人，我了解他，也不了解他。我了解了他的过去，却从不了解他心里在想什么。他也从不曾和我敞开心扉，更不愿我与他一起分担。我来欧洲之前，也抓心挠肺地想过，我于他而言，算什么？"

"算什么？"

"爱人未至，欢喜是有。至于亲近，恐怕只有近而无亲，旁人因亲而近，他却因近而远。"傅筱筱惘然一笑，"所以章先生和梅先生你们还是另做打算吧。"

也许她爸傅时雨说得对：当他心里全是恨时，根本无法去爱人。

和章白云的这顿饭局最终在寂寂无声中散场。

往事如烟，从傅筱筱脑海中一闪而过。昔日面对她谈笑风生的人骤然魂魄消散，她此刻想来，倒真的感受到了恍如隔世的意味。

不过她此刻想得最多的，竟是不由自主为梅氏的未来开始担心。毕竟到现在为止，梅氏还没找到新一任可以托付的职业经理人。她的父亲傅时雨算是第一任职业经理人，但确如章白云所说，人老了，已经看不懂新的商业世界玩法了。章白云在时，即便不直接去管理梅氏，但是他掌握着梅氏最大的资金流，变相为梅氏跟紧了所有的商业潮流，也挡住了所有的资本危机。章白云走后，梅氏下一个有这样敏锐嗅觉能精通数字经济的人，会是谁呢？难道她这个半桶水，真的要回去献丑吗？不过，她又为什么要回去呢？

那公司毕竟是姓梅，不是姓傅。

傅筱筱想到这里心烦意乱，和那群已经喝得微醺的伙伴们告辞，回到酒店的房间，从包里摸出手机，鬼使神差地打开微信，找到那个熟悉而陌生的头像。她犹豫了许久，才点开了他的头像，曾经的聊天记录早已删除，屏幕上一片空茫茫，她在对话框里摸索良久，终是没有打下一个字。

自己要对他说什么？她很茫然。他有难题时从不曾想要和她一起去解决，他面临两难的选择时也从不曾问过她的意见。不管是沈曼，还是叶蓁，都能在他事业的发展道路上给出建议和帮助，可每当她去说时，他的第一反应不是驳斥，便是回避。

她又能为他操心什么呢？对着那样固执偏执而又一意孤行的人，她所作所为从来不过是白操一顿心。

算了，就这样吧。

圣莫里茨斜塔旁有个小教堂，章白云的送别仪式设在那里举行。章白云当地的亲朋故友并不多，国内的朋友们也多数赶不过来，小教堂里只有二三十人，烛火通明，圣歌纯净，即便是傅筱筱这样不信教的人，也甘愿在这一刻的歌声中相信神与天堂的存在，闭目合十，默默送出最后的祝福。

牧师的祷告很短，总结章白云生平更是寥寥数语。他生前控带亿万资产，在投资圈呼风唤雨，但人死了后却如他的名字一样，白云冉冉而逝，再低调寻常不过。金豫律所的创始合伙人江宸和他妻子乔萝是章白云生前挚友，在祷告结束后，江氏夫妻亲手给章白云的棺柩上盖了金色的天鹅绒布。

一行人又跟着送灵柩的人去往公墓，路上飘起了细雨，清晨的空气越发显得冷冽清澈，这种气息就像是章白云给人的印象。若非深交，也许常人连他真正的笑容都难见到，会觉得他清冷傲气高高在上；但等了解多了，才知道此人心底清澈、双目透彻，凡事于他，总是一望见底的明白了然，也因此，他少了转圜的余地，少了婉转的托词，与人交流起来最简单不过、也最艰难不过。

章白云的墓地在圣莫里茨湖畔，环水望山，风水极好。诸人在他墓碑前放下白色的菊花和翠绿的冬青，依次道别，转身离去。

傅筱筱是最后走的，她留下不是因为和章白云交情最深厚，而是因为那位在章白云墓前迟迟不肯转身的长者。梅非奇出现在章白云的葬礼上，傅筱筱并不意外，她意外的是他一身黑色中式长褂，面容看起来凄苦无限，那样的悲痛，倒像是送别了至亲骨肉。

傅筱筱有些吃惊，更有些担忧。

梅非奇身边一直跟随的助理转过身到傅筱筱面前："傅小姐，梅先生请你走近说话。"

他把手上的伞递给傅筱筱，傅筱筱默默接过，上前撑在梅非奇头上。

她低声说:"梅叔叔,请节哀。"

梅非奇目光依然落在章白云的墓碑上,上面刻着碑文"比永生更长久",他伸手轻轻摸了摸冰冷的碑石,嘴里轻轻叹了口气:"你是不是奇怪,我为什么这样伤心?"

"梅叔叔是性情中人。"

"这和性情无关,"梅非奇摇摇头,"白云,算是我另一个儿子。我还不到六十,就已经接连送走了两个儿子了。剩下的那一个……"他说到这里,话语无以为继,只是冷冷淡淡叹了声,"都说父子之间无隔夜仇,但我和他,却像是几世的宿怨,也罢了。"

傅筱筱默然片刻,终是说:"也许有一天他会想明白的。"

梅非奇道:"当年他连你都不愿意挽留,我怎么期待,他还有想明白的一天?"

细雨落在伞上扑簌有声,远处湖面上吹来微风,墓地周围草木潇潇而动,拂身皆是凉意。傅筱筱心底也有绵坠湿气沾染,自以为这一年多筑起来的铜墙铁壁,不过因为梅非奇的一句话,她的心又不可抑地裂出一个口子。

"古人说的士为知己者死,滴水之恩涌泉相报,白云不是个地道的中国人,却记得清楚,做得彻底。"梅非奇手指摩挲碑石,话语中满是伤痛,"白云身体向来不好,若不是为了梅氏,也许还能多活一二十年。但这些年为了梅氏,他操劳过度,这才再次伤了根本。"

傅筱筱忍不住好奇:"他要报谁的恩?"

"白云身体里的那颗心,是秋白的。"

"秋白?梅秋白?"傅筱筱彻底惊住。

"是啊,白云活着,我感觉秋白还在。白云死了,我便连最后一点念想也没有了。"梅非奇的手无力从碑石上垂落下来,他的双颊深深凹陷,枯瘦的面容上老态垂垂、满是凄苦,让人不忍目睹。

傅筱筱也不知该如何劝慰,伸手挽住他的胳膊,扶住他已经颤颤巍巍的身子。

梅非奇长叹道:"大概是上辈子造孽太多,所以这一生我要受这样的折磨。儿子死的死、丧的丧,剩下一个当我是死敌。我这辈子,注定无人送终了。"

傅筱筱缓缓说:"不会的,梅叔叔,他会回来的。"

梅非奇怆然一笑:"他会回来?"

"他会回来。"她一字一字坚定地说。

梅非奇拍拍她的手背,却只把她的话当成安慰。他仰头看着苍云过野,飘向远处皑皑雪峰。那里层峦叠嶂,入目皆是晶莹皎皎的寒凉之气,从他的眼眸浸入他的心底,叫他周身皆留不下一丝的热气。

而傅筱筱的目光却一直透过稀薄的雨雾,看着不远处林荫道下的修长人影。他穿着黑色的风衣,面庞朦胧在细雨中,他就那样静静地伫立着,既不上前,也不离去,就这样远远地看着他们,如同一尊化石。

傅筱筱把梅非奇送回他住的酒店,等她自己返回库尔姆山庄时,已经是午餐时间了。经过山庄外看到她的那群伙伴正呼呼喝喝地开车出去野餐,叫她一起,被她婉拒。她回房间休息片刻,到酒店餐厅吃饭时,意外看到伙伴中还留下了一人,正坐在一处餐位上含笑看着她。

"你怎么没去参加活动?"傅筱筱坐到他对面,有些疑惑。如果她没记错,今天在瑞士国家公园野餐兼徒步的活动计划,正是这个叫"布兰登"的同学组织的。

"总要有人留下陪你啊。"布兰登说得很坦然,"瑞士国家公园我去过很多次了,这次就不去了,让他们去玩,我留下陪你。"

他说话时脸上一直带着笑,极为出众的五官是无论古希腊的雕塑家还是文艺复兴的画家都极偏爱的侬丽深刻的英俊,尤其是那双蓝色的眼眸,笑起来似乎能绽出光芒,十分的孩子气也十分阳光。

傅筱筱对他微微一笑,矜持道:"谢谢。"

两人在一起吃了饭,布兰登建议说:"我们出去散散步?"

"好。"外面不知何时出了阳光,经历了一上午的伤心沉惋,傅筱筱无疑正需要阳光治疗一下阴郁的情绪。走出餐厅时,眼角余光不经意瞥见远处草地上有一抹熟悉的身影,傅筱筱怔了怔,待再凝目看时,那里青天白日的空寂无人。

难道是自己的错觉?她忍不住揉揉眼睛。

布兰登说:"筱筱,你是不是眼睛不舒服?"

"嗯?"

"你眼睛红红的,像是我家农场的小兔子。"布兰登开玩笑地比比画画,到了室外,他满头金发被阳光一照,衬得那张脸庞更是惊人的俊美。

"是吗?"傅筱筱被眼前的美色晃得眼睛生疼,忍不住又伸手揉眼。

她只顾着双目的不舒服,却忘记了脚下正下台阶。待一个踉跄倒下来时,她的惊呼还未出口,后仰的身体已经落入了身边人伸出来的双臂中。

"小心。"布兰登扶着她站稳,手指却没松开,甚至借机下移,紧紧握住她的双手。

傅筱筱有些怔怔地看着两人双手,一时还未明白过来,布兰登已经在她耳边柔声说:"筱筱,你有男朋友吗?"

"……没有。"

"我也没有女朋友。"

"所以?"

"所以,我在求爱。"布兰登满脸的柔情蜜意,"你像是清晨的微风,雨夜的花朵,你身上一直罩着雾蒙着纱,太神秘也太吸引人了。我之前想靠近,却一直无法靠近。我原本想,喜欢的人,远远看着就好,可是我不能违背我的心意。我现在心里想的全都是,你与阳光同在我身边,便是美好的未来。筱筱,做我的女朋友吧。"

他说的是法语，音色潺潺如水，情话念得和诗歌一样，入耳相当浪漫动人。傅筱筱也是个寻常女子，听了这仿佛发自肺腑的情意也是忍不住心神摇曳，只是她脑海中浮影掠过，却是那个电闪雷鸣的雨夜，那人小心翼翼带着乞求地在自己耳边说：傅筱筱，做我女朋友吧。

布兰登在她恍惚的神情下显然误会了什么，当他低下头将唇试探地靠近时，身前的人突然离开了。布兰登吃惊转眸，看到突如其来的一个中国男人紧紧抓住了傅筱筱的手腕，将她拉到了他的身旁。而傅筱筱却一脸怔忡地看着身旁人，唇边似笑非笑，目色似喜似悲，却是布兰登怎么也读不懂的神态。

"你是谁？你做什么？"布兰登对眼前的突发状况一头雾水。

那中国男人满面寒霜，清冷的双目因怒意充盈而显得戾气十足，他对布兰登冷冰冰道："看不出来吗？我是她男朋友！"说完，拽着傅筱筱扬长而去，留下站在台阶上莫名其妙的布兰登。

他步伐太快，傅筱筱被他紧紧牵扯着手臂，一路要小跑才能跟上他的步伐。她从他的腰，看到他的腿，见那两处没有一分一毫的僵硬失衡，她才从心底慢慢透出口气，也才有心思去揣摩他满是恼火的脸色。

他恼什么？因为布兰登？不是说一别两宽了吗？他又为

什么要恼？他凭什么恼？

她觉得他这样的行径和这样的态度实在可笑，但同时又觉得自己可悲。可笑的是他出尔反尔，说到却做不到；可悲的是自己再见到他，竟还是这样地欢喜和激动。她在满心的矛盾和挣扎中糊里糊涂地跟着他走了一路，又糊里糊涂被他推入一个房间。等他关上了门，反手将她拥在怀里，低下头将吻密密麻麻落在她脸上时，她才醒悟过来。

"你干什么……"她话没有说完，因为他直接用清冷干燥的唇吞没了她的质疑，唇齿相依的亲密和缠绵那样久违又那样狂热，让她忍不住身子发软，却不知是因为生气，还是因为沉沦。再过了一刻，傅筱筱在晕晕乎乎中只觉得一阵天旋地转，他将她丢在了软绵绵的床上，身体倾覆下来，密不透风贴住她的身体。

男人的力量压得傅筱筱连一丝动弹的空间也没有，她任凭他的吻从自己的眉眼到唇齿、再到脖颈，他再想要往下时，傅筱筱终于怒了："纪云深！你在做什么？"

"求爱。"他吐出这两个字，眉眼欲望浓烈得肆无忌惮，"说几句酸溜溜的诗就是求爱？原来现在老外都这么纯情？傅筱筱，你要他做你的新男朋友？你说你没有男朋友？"说到最后两句，他已经是妒火中烧，燃得那双黑暗的眼眸深处尽是危险的火苗在涌动。

倒好像是自己欠了他、负了他一样。傅筱筱试图和他讲道理："一别两宽，不是你说的？"

"我说了你就走了？我说了你就不能再驳回来？难道不是你觉得我的过去越来越复杂，越来越难解，又看我腿脚不便是个废人，所以你先逃走了？"纪云深蛮不讲理地封住她的话，在她气得怒火攻心时，他的吻重新落下来，先前一次是极度思念和气血上涌下的急不可耐，而此刻，他的吻湿润绵长，吻得她几近窒息。

她索性在盈胸的恨意下狠狠噬咬他的嘴唇，他只微微挣扎了一下，便不再动，任凭腥甜的味道在两人嘴中满溢。

傅筱筱的眼前突然不争气地模糊起来。感觉到贴面温润的湿意，他才与她唇齿相离。他稍稍抬起头，这才看到她的唇被他的血染成惊心动魄的鲜红，以至于她轻轻挽起一个笑容时，竟透出了刻骨的苍凉和失望。

"纪云深，你刚刚说的是人话？你还有没有良心？"

纪云深用手指缓缓擦去她唇上的颜色，轻轻一笑："我就是有良心，才一念之差说了那两个字，伤了你的心；我就是有良心，才让你走了，伤了我自己的心。在这世上，良心有什么用？往事会回转吗？你会回来吗？不如没有良心，才能将话一吐为快，才能活得痛快自在。"

这等歪理并不是以往的纪云深能说出口的，这样的愤世嫉俗也不是她认识的纪云深。傅筱筱在他的话下怔忡片刻，摸着他腰间依然微微崎岖的骨头，放柔了声音问："章白云去世了，你很难过吧？"

"他死他活，与我何干？"

| 第十五篇 | 白云飘逝明月归

"那你为什么今天出现在这里?"

"因为我几天前才知道,他竟然留下遗嘱把他在梅氏的股份给了我。我想亲自来问问他,为什么要丢这个烂摊子给我?"

"因为,你是梅非奇的儿子。"

生平第一次,说到他的身世和梅氏那边的人,纪云深没有满身寒气地将她推开。

纪云深只是一声哂笑,他重新伏低身体,脸埋在她的肩窝处,说话的声音嗡嗡沉沉传入她的耳中:"我就是不想姓梅,怎么就这样难?再说了,回到梅家的人有什么好下场?梅秋白,章白云,一个个英年早逝,你难道希望我做第三个?"

"他们一个是意外,一个是身体原因天不假年,"傅筱筱嘲道,"原来你那么迷信。"

"是啊,见过了太多命运易折的脆弱,所以比较惜命。"

傅筱筱的手指依然游离在他的腰背上,那里的旧伤已经愈合,只是现在摸上去却远非痊愈的程度。想到当年的那场意外,想到那千钧一发也许他也曾差点闯入鬼门关的可能,她的心不禁寒战了一下。

她忽然说:"你回与不回,其实与我无关。我只是觉得,你除了要惜命外,还要惜福。"

"惜福?"他放声大笑,"我这辈子有什么福?"

她也笑了声:"这辈子?你年纪轻轻说出这三个字,心倒是老了吧？纪云深，你这辈子还长得很，别只看到命运夺去的，也要看看命运馈赠给你的。你有爱你的兄长，虽然他去世了；你有顾念你的父亲，虽然他有过错；你有爱你的人，虽然你不屑一顾；你有自己的商业理想，有付诸实施的平台，只不过相较于自己去撑起一片天地而言，你更愿意帮人作嫁衣罢了。说实话，你回到梅氏，也不一定做得比章白云更好，你不回梅氏，梅氏也不一定就这样分崩离析了。"

"这就是你劝我的话？"

"不然呢？"傅筱筱望着酒店房间天花板上精致繁复的纹路，这座山庄酒店历史弥久，在这片天花板下，人世悲欢离合想必日日上演，经历过几千个轮回了。她的声音渐渐低沉下来，叹息道，"十四年前服装厂倒闭，我被那些下岗的工人围困在家里，看着他们无所适从慌乱而又迷茫的眼神，我就知道，衣食父母这句话真的做不得假。梅氏这样大的公司，回去承担它的运转，其实更多的不是名和利，只是责任而已。梅秋白，章白云，他们难道就没有抱负没有理想？却心甘情愿被梅氏的牢笼束缚着？为什么？"

"为什么？"纪云深撑起双臂，"你以为，我不回梅氏，是不敢承担这样的责任？"

"难道不是？"傅筱筱直视着他，"你在恒美待着，有叶晖掌控大局，有顾淮负责资本，还有美女财务官帮着你打点每一分钱的去向，你在那里待得惬意轻松，怎么会舍弃这样的安乐窝，回去梅氏独挑大梁呢？"

纪云深冷冷道:"傅筱筱,你觉得你之前屡试不爽的激将对我还有用?"

"是激将吗?"她很无辜地说,"我只是陈述事实。"

"知道为什么三十六计中没有激将法吗?"

"为什么?"

"因为真正的两军对垒时,没人有空听你说这么多废话。"

"那什么计有用?"

"暗度陈仓,瞒天过海,无中生有……"他低下头去用唇勾勒她清美动人的脸庞,含含糊糊说,"还有,美人计。"

"什么?"傅筱筱这才想起两人这样危险的姿势,她挣扎着要起来,"今天没时间了,下次再和你讨论三十六计。"

"不用等到下次了,"纪云深的吻直接落在她耳垂上,让她全身敏感发颤,"我现在就给你上课。"

傅筱筱道:"你是不是疯了……"不出意外,话没说完,声音再次消没于他的唇中。

他就是正人君子做得太多次了,以至于前两年的分手让她走得那样潇洒、那样头也不回。今日再相逢,必定不能再留遗憾,心中疯长的思念和身体渴求的圆满,务必一次达成。

傅筱筱从睡梦中醒来时,却发现自己是孤枕独眠。只是身旁的被子还是温热的,让她清楚知道睡前的一切不是虚幻。她坐起看了看四周,见到连接阳台处的纱帘在随风飘动,明月清光间或透过纱帘的缝隙照入房里,在深灰色的地毯上留下一道道闪亮银辉。

她起身穿了衣服，走到阳台上，望到静谧的夜色下山河沉寂，一轮圆月独照空中。纪云深仅披着一件单薄的睡衣，他手抚栏杆目望夜空，不知在想什么。

"醒了？"他并未转身，手却一下伸过来摸到她的胳膊，拉着她拥入怀中。

他肌肤的冰凉冻得她一个瑟瑟，他此刻已经不是先前的风流狂态，冷静自持，已经恢复成她最熟悉的那个人。

他垂首低声说："筱筱，对不起。"

她一时茫然，却不知道他的道歉是为之前的分手，还是因为今日的放肆和孟浪。过了一会儿，她才涩然道："现在才道歉，是不是晚了？"

"说实话，这一年半的时间，我是想将你放下的，毕竟像我这样的人，确实不知道如何好好地去爱人、去守护一个人。"他的声音柔和清凉，伴随着夜色下徐徐汩汩而动的湖水声一起传入她的耳中，透着从未有过的平静安宁，"可是今天再见到你，我却又像着了魔。我现在却要感谢那个布兰登，要不是他毛手毛脚，我还不知道自己的怒火和嫉妒都是这样的强烈，几乎烧得我神志不清。我也才知道，我这样爱你。"

傅筱筱第一次听他说这几个字，心里一时竟不辨什么滋味，过了好一会儿，才说："我也想将你忘记的，不过——"

"不过什么?"

她轻轻叹口气:"忘记你太难了,所以我就放弃了。"

她说的不似他的直白,但余音深刻,足以让纪云深神魂颠倒,抱着她的双臂紧紧收拢。

不知过了多久,他才开始放松,对着怀里的人第一次剖心相对:"筱筱,你知道吗,我曾经发过誓,永远不会回梅氏,永远不认梅非奇做父亲。即便到现在,我也不知道我为什么要回梅氏?他又凭什么做我父亲?"

傅筱筱有些欢喜:"你现在能说出梅叔叔的名字,可见已经是进步了。"

纪云深却是冷冷一笑:"梅非奇有他看重的人,梅氏的后继无人也不是你想的那样严重。只是,他太擅长使用苦肉计,当年因此俘获了章白云,现在也想来俘获我。眼看苦肉计攻不破,他又上楼去梯,断了我的后路。"

"什么?"

"谭青阳已经拿着我是梅非奇私生子的八卦新闻,摆在今日恒美的战略会上了。"

傅筱筱吃惊:"八卦新闻……媒体怎么能知道你和梅叔叔的关系?"她说完便明白过来,一时瞠目结舌,"梅叔叔不至于吧?"

逼迫回来的人,和心甘情愿回来的人,怎么会是一样的人?何况不惜自爆丑闻,倒让全天下都在看梅家的笑话了。

纪云深一脸清冷淡漠:"既然他这样想方设法地让我回,

我便回去看看,到底是什么烂摊子,非得叫我去接手。至于回去是不是他想要的结果,恐怕却不能让他得偿所愿。"说到这里,他望一眼怀中的女子,放缓了声音问,"筱筱,如果我回梅氏,我说如果,你……愿意陪我一起吗?"

"当然,如果你需要我的话,我一直都在。"她微微踌躇地说,"不过,我这样帮你,你要记得报恩。"

"报恩?"纪云深闻言不免一笑,想到她当年挟恩相报的模样,却是说,"我会比你大方,以身相许,一生一世。"

"这一次,你可别说话不算数了。"傅筱筱脸颊贴着他的胸口,听着他沉稳的心跳慢慢变得热烈急促,也不禁微微一笑。

远处明月正落在冰山之巅,冰月相映,人间盎然。